Gorgo – eine erfolglose Schriftstellerin mit rabiaten Charakterzügen – schreckt selbst im Club bei wummernden Bässen nicht davor zurück, unser politisches, soziales und wirtschaftliches System und seine Auswüchse zu kritisieren. Dabei geht es ihr nicht nur ums große Ganze, sondern sie macht auch deutlich, wie sich das internalisierte Patriarchat im Privaten auswirkt und es in unzähligen Kleinigkeiten zum Ausdruck kommt. Mit ihren Freundinnen Louisa, Elma, Merve und Tine diskutiert Gorgo unermüdlich. Gemeinsam planen sie eine öffentliche Aktion, um die schreckliche Alltäglichkeit von Sexismus und Rassismus in der Welt anzuprangern.

Pia Klemp schrieb in ihrem Roman *Lass uns mit den Toten tanzen* (2019) über ihre Erfahrungen als Kapitänin in der zivilen Seenotrettung im Mittelmeer, die zeigen, dass die EU wissentlich für den Tod von Tausenden Menschen verantwortlich ist. In *Die Schrecklichen* kämpft sie für ein Ende der Unterdrückung und Ausbeutung von Tieren und Menschen, diesmal auf dem Festland. Ihre Protagonistin Gorgo ertappt sich manchmal selbst dabei, vorgefertigte Rollenbilder zu erfüllen oder rassistische Klischees zu bedienen. Das wird ehrlich und radikal reflektiert.

Pia Klemp

Die Schrecklichen

Roman

MaroVerlag

Für Lea, Paula, Hanns und Claire.

»Nein«, erwidere ich und verbiete mir zu lächeln. Ich bin da dieser Tage streng mit mir. Stattdessen lehne ich mich gegen den Türrahmen und beobachte, wie sich sein Lächeln allmählich zu einem pikierten Staunen verwächst. Als sei ansteckend, was *nicht* in meinem Gesicht passiert. Der Schwund an Manierlichkeit ist uns beiden unangenehm. *Plingplingpling* klopft sein Fingernagel emsig gegen das Glas in seiner Hand. Er kriegt das vielleicht gar nicht mit und starrt mich weiter an, in voller Überzeugung, ich müsste mich erklären. Ich atme durch die Nase aus und will nicht.

Die *Arcade-Fire*-Platte wird vom neuesten Schalala der *Black Keys* abgelöst. Ein betrunkener Tänzer stößt ein paar Flaschen von dem teuren Kirschholztisch, der vor das Fenster geschoben wurde, und der darunterliegende Perserteppich saugt sich mit dem Bier voll, sodass es niemanden zu kümmern braucht. Mehr als fünfzig parfümierte Menschen versuchen, das Wohnzimmer mit Esprit zu erfüllen. Durch die verqualmte Luft schallt sorgloses Geschrei. Meines nicht.

Ich weiß nicht, wer der Besitzer dieser pomphaften Wohnung ist. Vielleicht einer von denen, die auf dem breiten Balkon stehen und neben den Palmkübeln Anekdoten aus dem Büro zum Besten geben. Die Leute hier haben Handtaschen und Hochschulabschlüsse. Die Gemachten lassen sich von den Aufsteigenden gern bewundern, darum sind wohl so viele junge Leute da. Sie klimpern fleißig mit den Lidern, damit man nicht übersieht, dass sie folgen können. Dann lachen sie zu laut. Alle sehen aus, als würden sie mehrmals am Tag duschen und auf Millimeterpapier träumen. Ich trinke mehr Bier, auf alles, was ich nicht mit ihnen gemein habe.

Wie so oft bin ich mit Louisa mitgelaufen, die besser weiß als ich, wo und wie man feiert. Deshalb hat sie mich auch ziemlich schnell hier stehen lassen, in diesem Domizil, das samt seiner Menschen aus einem Hochglanzkatalog gefallen ist. Ich bin mir sicher, dass ich den Gastgeber nicht mag.

Die Schlange vorm Klo ist länger geworden und zu einem eigenen Happening aufgestiegen. Lässig schmiegen sich die Leute an die Raufasertapete und versuchen, sich nicht an den Bildern an der Wand zu stoßen, während der Druck ihrer Blasen und das gemeinsame Warten sie zu verkrampften Gesprächen verpflichtet. Zur Unterstreichung ihrer Nonchalance falten sie die Arme in absurden Winkeln vor sich, das Getränk sachte schwingend unter dem Kinn platziert, um wichtig und geheimnisvoll darüber hinwegsehen zu können.

Mit einem Knall fliegt die Badezimmertür auf, und Louisa kommt grienend herausgetippelt, dicht gefolgt von einem verwirrt dreinschauenden Partygast mit zerzaustem Haar und Lippenstiftresten, die wie Bissspuren sein Gesicht beflecken. Sie pflückt den alten Kaugummi hinter ihrem Ohr hervor und befindet ihn nach rascher Betrachtung für unbefriedigend. Ohne Zögern lässt sie ihn der Studentin, die in ihrer beigen Leinenhose ungeduldig die Beine verschränkt und immer noch zwei in der Reihe vor sich hat, in die Margarita plumpsen und macht sich davon.

Die Studentin und Louisas aufgekündigte Liebschaft schauen sich betreten an, zu peinlich berührt von der Ungeheuerlichkeit der großen Schönen, um etwas zu sagen. Der Verlassene steckt sich das Hemd in die Hose und linst trotz allem Louisas rotem Lockenkopf nach. Mit ihren sehnigen Schultern schiebt die sich durch die tanzende Meute. Ihr gefärbtes Haar ragt wie ein Nest blutvoller Schlangen aus der Menge hervor und verschwindet schließlich inmitten der wogenden Körper.

Mein Blick schweift zurück zu dem Kerl, dem in den wenigen Sekunden seit meiner unumschmückten Verneinung unwohl geworden zu sein scheint. Sein Schnurrbart zappelt auf seiner Oberlippe, als könne er vor lauter Anspannung nicht stillhalten. Die Hitze der Nacht, vermengt mit den Ausdünstungen der Feiernden, windet sich willenlos zwischen uns. Ich drücke die Zunge gegen meinen Gaumen, in der Hoffnung, mir so weiterhin das Grinsen verkneifen zu können, das die Situation entspannen würde. Er verlagert sein Gewicht auf den anderen Fuß und umklammert seinen Wein, mit wachsenden Schwierigkeiten, mir in die Augen zu sehen.

Dieses kleine Wort, das heute für sich stehen darf, sprengt den beschworenen Ablauf unserer nichtigen Unterhaltung und macht sie unerträglich. Was für ein Theater. Es gibt weder ein Vorankommen noch ein Entkommen. Mit einem einzelnen Wort geht das, so lange das Wort bloß einzeln bleibt: *Nein*. Das ist ein Trick, keine Magie. Ich habe nur die Souffleuse geknebelt und den erprobten Text verbrannt, das ist alles.

Ich nehme einen Schluck Bier und warte ab. Es ist ein kurzer Moment, jahrhundertealt. Das hat man uns so nicht beigebracht, und jetzt stehen wir hier in diesem Türrahmen zwischen gut bezahlten Kreativen, gestelzten Intellektuellen und solchen, die ohne Raffinesse Drogen nehmen, er mit dem Vakuum seines Anspruchs und ich mit riesigem Gefallen daran, es nicht zu füllen.

Mit der nächsten Zigarette und auch auf die Gefahr hin, dass die Wiederholung allen Zauber nimmt, sage ich es nochmals: »Nein.«

Ich belohne mich mit einem weiteren Zug aus der kalten Flasche, während er aus seiner Starre erwacht, vielleicht wachgekitzelt von der Schweißperle, die seine glattrasierte Wange hinunterläuft. Es zuckt beleidigt in seinen Augen, und ich merke, dass ich den Drang zu lachen bald nicht mehr bändigen kann. Aber nun nicht mehr, um die Situation aufzulockern, sondern um ihn offen zu verhöhnen. Es hilft nicht, dass er dieses Hawaiihemd mit Schmetterlingsdruck trägt, das partout nicht zu seiner verstockten Art passt und das nass an seinem durchgestreckten Rücken klebt. Mit abfälligem Unverständnis fordert er mich heraus: »Wie bitte?«

Ich atme mit geblähten Backen aus und gebe uns eine letzte Chance: »Nein. Ich bin nicht ›eine Lysistrata‹«, und mit gehässig gemimten Anführungszeichen für das von ihm Zitierte veredle ich meine Missgunst.

Seine Augen weiten sich kurz und werden dann zu Schlitzen, überhaupt zieht sich bei ihm viel zusammen.

»Und es ist weder passend noch witzig, wenn ein dahergelaufener Schlauschwätzer wie du das mit einem obszönen Grinsen geltend machen will«, referiere ich barsch. »Dass du glaubst, das Scheitern deiner Anbaggerei könnte nur daher rühren, dass ich mich der Enthaltsamkeit verschrieben habe, zeugt davon, was du für ein Trottel bist. Denn … wie soll ich es sagen? Du bist sehr, sehr, sehr unattraktiv. Nicht nur optisch, sondern vor allem so als Mensch.«

»Es war doch nur Spaß«, versucht er mich zu unterbrechen und öffnet seine Arme in tadelnder Gegenwehr, aber ich mache einfach weiter.

»Glaubst du tatsächlich, dass ich nicht mit dir bumse, weil dann irgendein Krieg vorbei wäre? Glaubst du wirklich, dass ich es mir abringen muss, mich nicht an dich zu werfen?«

»Aber ...«, zeigt er sich schockiert.

»Und jetzt denk mal scharf über die Story nach: Sexstreik, um den Krieg zu beenden. Was bedeutet das eigentlich, hä? Streik ist die Einstellung von Arbeit, eine Verweigerung von Leistung. *Leiiisstung*. Merkste was? Heißt das im Umkehrschluss, dass es zur Pflicht der Frau gehört, ihren Alten zu nudeln? Und wer zur Hölle behauptet, dass Sex für Männer wichtiger sei als für Frauen? Warum sollten wir leichter darauf verzichten können? Ach so, ja! Wegen dieser unbändigen männlichen Sexualität! Sowas haben Frauen nicht. Oder was?«

»Herrje, es war doch nicht so gemeint«, ahnt er seine Rechtschaffenheit verleugnet und sucht nach ihr in seinem Rotweinglas.

Die Sinnlosigkeit dieses Gesprächs zieht mich an wie ein Schwarzes Loch. »Aha, wie denn dann?«

»Man wird ja wohl noch flirten dürfen!« Er macht ein Gesicht wie beim Pampelmusenessen, und mir ist nicht begreiflich, warum er sich diese Unterredung antut.

»Zwischen *flirten* und *bei Desinteresse Leistung einfordern* ist ein ganz schön großer Unterschied, Kollege.«

Ein Typ mit überraschend unfrisiertem Haar stellt sich dazu und sieht uns belustigt an. Ich höre erst einmal auf zu reden. Der mit dem Schnurrbart scheint ihn auch nicht zu kennen und nickt nur knapp. Der Neue zwinkert mich an und prostet Schnurri zu, der deswegen jetzt nicht mehr wegkann.

»Medusa«, nuschelt er stattdessen in den Bart, der wie eine fette Schnecke unter seiner Nase sitzt.

»Wie bitte?« Diesmal bin ich es, die spitz fragt.

Er hebt den Kopf und wiederholt laut: »Medusa. Ein männerhassendes Monster.«

Das lässt er so im Raum stehen und führt in einer sperrigen Bewegung das Glas an die Lippen. Er wagt es nicht, weiterzusprechen, sondern wischt sich nervös mit den Fingern über den Mund. Irgendwas hat er mit altgriechischen Frauen.

»Ja, aber sicher!«, rufe ich und beglückwünsche ihn fast zu seiner Erleuchtung.

Er wirft dem Neuen einen vielsagenden Blick zu. Selbst ohne Worte wird jetzt über mich geredet, da mache ich lieber mit und werfe ein: »Wer wäre nicht gern eine Gorgone bei jemandem wie dir?«

»Eine was?«, fragt der Neue recht freundlich.

»Medusa und ihre Schwestern, die Gorgonen«, erkläre ich und schaue in leere Gesichter.

Ich stöhne, trinke einen großen Schluck und nehme dem Neuen, der sich mir mit aufgeschlossener Miene zuwendet, seine Zigarette aus der Hand. Ich bin gereizt und zugleich neugierig, was in dem Schwarzen Loch noch zu verlieren sein mag.

»Dann pass mal auf. Poseidon vergewaltigt die schöne Medusa in Athenes Tempel. Athene, die blöde Schachtel, ist deswegen sauer und verwandelt Medusa in ein Monster, in eine Gorgone. Poseidon wird übrigens nicht bestraft. Wofür auch? Medusa hatte sicherlich nen kurzen Rock an. Ihre Schwestern aber versuchen sie zu rächen. Dafür kommen sie in Sippenhaft und werden ebenfalls in Gorgonen verwandelt. Besten Dank, liebe Götter.«

»Und jeder Sterbliche, der Medusa nun erblickte, erstarrte zu Stein«, klugscheißert Schnurri und schaut sich nach Bestätigung um. Der Neue lächelt jovial, und ich beehre ihn mit einem verächtlichen Blick. So viel Sozialkompetenz habe ich übrig.

»Medusas Hass und ihre Abscheu gegenüber männlicher Gewalt sind ja wohl verständlich. Nur der Adressat reklamiert das als monströs.«

Der Neue verzieht anerkennend den Mund und legt den Kopf zur Seite, als könnte das Gesagte so besser einsickern. Der andere findet das alles nicht sonderlich vergnüglich.

Louisa kommt mit klimpernden Armreifen aus dem anderen Zimmer getanzt, ganz ohne sich zu grämen, was die Historie so von und über Frauen erzählt, und gesellt sich zu einem Grüppchen, das neben dem Klavier Sekt trinkt. Sie nimmt einer Frau mit straffem Zopf die Flasche aus der Hand und winkt mir kurz damit zu, bevor sie sich dem munter palavernden Kreis widmet.

Ich streiche mir die Haare nach hinten. Wegen der Verräterin hätte ich beinahe den Faden verloren. »Medusa ist die Versinnbildlichung der Angst der Männer vor starken Frauen. Und der Rest handelt davon, wie man mit solchen Frauen umgeht«, sage ich und beäuge Schnurri, der sich nur so wacker schlägt, weil er nicht mehr versteht, worum es geht.

»Voll interessant«, sagt der Neue und streckt mir seine Hand entgegen. »Ich bin übrigens Sven.«

Über seine Schulter hinweg sehe ich Louisa, wie sie quietschfidel mit den Sekttrinkenden anstößt. Dann dreht sie sich um, und das Lächeln fällt entnervt von ihren Lippen. Sie schlendert auf mich zu und drückt mir einen Kuss auf die Wange. Sie muss betrunken sein.

»Na, was ist hier los?«, sagt sie und rammt mir leutselig den Ellbogen in die Seite, weil ich schon wieder nicht hinreichend Spaß habe. Dann deutet sie mit hochgezogenen Augenbrauen auf Sven und wackelt mit der Nasenspitze, als würde er das nicht sehen.

»Sie hier schimpft sich Gorgone«, weiß Schnurrling zu berichten und presst mit geschlossenem Mund ein süffisantes Lachen hinterher. Ein nachträglich ausgerollter Teppich für seinen Witz: »Hnpfhnpf.«

»Ei ei ei«, japse ich entgeistert mit gesenktem Haupt.

»Gorgo ...«, murmelt Louisa nachdenklich und schlägt mir plötzlich auf den Oberarm: »Find ich gut! Das passt zu dir.«

Gehörig angesäuselt hält sie sich an mir fest. Sie grinst Sven breit an, und endlich muss ich lachen. Mein leeres Bier drücke ich Schnurri in die Hand, schürze die Lippen und ziehe Louisa in Richtung Schnapsschrank. »Komm.«

Louisa will wieder tanzen, also verstecke ich mich in einem der Schlafzimmer und trinke den Rum alleine. Ich sitze auf dem Fenstersims, und es zieht mich raus in die Sommernacht, auch wenn es nicht mehr heiß genug für Gewitter ist. Der automatisch bewässerte Garten unter mir kennt keine Natur, und ich frage mich, wofür ich mir noch die Muschi rasiere. Die Straßenlaterne ist auf gleicher Höhe mit der ersten Etage und wirft graue Schatten durch die langen weißen Gardinen neben mir.

Ich knibbel am Etikett der Flasche und blase den Zigarettenqualm durch die Nase aus. Die Lärmkulisse der Party kriecht durch die Wände, und ich liebkose die Wut, die ich unterm Herzen trage. Ich hüte sie wie einen Schatz in einer Truhe, der mir so teuer ist, dass ich den Deckel nicht immer ganz öffnen mag. Ich koste vom Zorn über all das uns Gestohlene und das, was ich nicht haben kann. Spüre dann einen verheißungsvollen Hauch davon, wie das Leben sein sollte. Gefangene träumen die schönsten Freiheitsutopien. Schnaps macht mich immer ein bisschen philosophisch, denke ich und rülpse laut.

Ich schnippe meine Asche nach draußen und bin fehl am Platz. Auf dem frisch gesaugten Teppich zeichnen sich nur die Spuren meiner Schritte zum Fenster ab. Das Bett ist faltenfrei, die Tagesdecke fest eingeschlagen. Minimalistische Nachttischchen säumen links und rechts das Kopfende, auf dem ein Berg Kissen in orientalischem Design thront. An den geweißten Wänden hängt lediglich ein goldgerahmter Spiegel. Es ist, als ob noch nie jemand auf dem samtbezogenen Sessel in der Ecke gelesen oder im Bett gegessen hätte. Nicht eine Erinnerung scheint hier je geschaffen worden zu sein, und wie eine Diebin werde ich meine wieder mitnehmen.

»Scheiße«, fauche ich leise, als die Glut meiner heruntergebrannten Kippe mir die Finger verbrennt. Mit schlechtem Gewissen drücke ich sie im Topf der aparten Orchidee aus, als ein Pärchen umständlich umschlungen durch die Tür hereinfällt.

»Hey«, melde ich mich, schwinge meine Beine vom Sims und trete dabei die Orchidee mit herunter.

Er zuckt zusammen und zieht seine Hand unter ihrer Bluse hervor. Sie springt zur Seite und schaltet das Licht an. Beide stieren mich bestürzt an. Nicht eine Silbe verlässt ihre jüngst geküssten Lippen.

»Trotzdem schönen Abend«, wünsche ich und schleiche mich, mit dem Rum in der einen und der Orchidee in der anderen Hand, an ihnen vorbei aus dem Zimmer.

Schnurri, der sich jetzt in der Schlange vor der Toilette probiert, ignoriert mich noch engagierter als ich ihn. Ich setze die Orchidee in die Obstschüssel zwischen die Bananen. Am Buffet entscheide ich mich für Salzstangen und spüle die pappige Masse mit Rum herunter. Ich stelle mich an den Rand und zupfe lustlos an meinem vollgekrümelten T-Shirt. Ich bin so gelangweilt von der eitlen Bourgeoisie, dass ich versuche, sie mit Blicken zu töten. Es funktioniert nicht. Beschämt schaue ich mich nach Louisa um, die bestimmt immer noch Freude am Dasein hat und nicht dauernd alle verachtet.

Im Wohnzimmer geht es immer hemmungsloser zu. Ein adrettes Geschwader durchgestylter, schnatternder Hipster wird von Tanzwütigen abgedrängt und stöckelt sukzessive in meine Richtung, bis ich mitten in ihrer Traube stehe.

»Sorry«, sagt eine, die mir ihren Absatz in den Fuß rammt, ohne mich dabei richtig anzuschauen. Sie sind vollkommen. Vollkommen von sich selbst absorbiert. Ich will eben ansetzen und ihr etwas dazu erzählen, als sich ihre Züge aufhellen: »Heeey! Du bist doch eine Freundin von Natalie, oder?«

Befremdet runzle ich die Stirn. Mein Fuß tut immer noch weh, und ich habe keine Ahnung, wer Natalie ist.

»Ich dachte wegen deiner krassen Klamotten.« Sie stutzt und mustert mich jetzt eingehend. Ich gucke an mir herunter: alte Flipflops, abgeschnittene Jeans, zerlöchertes T-Shirt. Ich kratze noch etwas Salzstangenpaste aus meinem Mundwinkel.

Schon ereifert sich die Nächste: »Ah, bist du die aus der Agentur?«

»Das ist mega, dass du hier bist«, bescheinigt mir ein Kerl mit hochgekrempelten Ärmeln und Büffelkopf-Gürtelschnalle. Sein nächster Satz hangelt sich mit steigender Intonation zu einem nörgeligen Falsett: »Ihr habt so einen geilen Style!«

Ich will gar nicht wissen, wovon die reden, dafür aber, wie das ist, so zu sein. Und ob man damit durchkommt.

»Hi«, sage ich also hübsch und nippe großzügig am Rum.

»Ey Basti, stell mich mal vor!« Einer im karierten Hemd drückt sich von hinten durch und mahlt ordentlich mit seinen Kiefern, ohne etwas im Mund zu haben.

Das dümmliche Lächeln in meinem Gesicht ist nichts als eine brutale Fratze. Ich nicke viel und jemand faselt etwas von *punk chic* und *casual grunge*. Sie lachen mich an, als würde ich dazugehören, eine betatscht ehrfürchtig mein T-Shirt. »Cool!«

Die kleine Dicke, die stets halb hinter jemandem steht, ignorieren sie. Ich lache zurück, als würde mir das keine Angst machen, und wir stoßen an. In ihren kühnsten Träumen würden sie nicht erahnen, wie hässlich ich bin.

Eine Stunde später weiß ich nicht mehr, wo ich die Flasche Rum stehen gelassen habe, und mache mich am Bücherregal zu schaffen, weil mich dort niemand stören wird.

Als ich mit dem Rearrangement des ersten Bretts fertig bin, torkelt Louisa hinter mir herum. Sie versucht sich anzupirschen und mir heimlich in den Nacken zu pusten. Doch ihr Atem, der süßlich nach Sekt und Kaugummi riecht, verrät sie nicht weniger als ihr Glucksen und die Spucketröpfchen, die sie mir entgegenprustet.

»Oh«, macht sie mit glasigen Augen und wischt mit groben Handgriffen über mein Ohr. Dann stemmt sie die Hände in die Hüften und schnaubt. »Was machst du da?«

»Ich gebe Schriftstellerinnen den Vorzug«, verkünde ich prätentiös und ziehe das verdächtig unverschlissene Buch von Han Kang weit nach vorne, sodass es gerade noch nicht umfällt. Die Bücher daneben drehe ich mit den Rücken zur Wand und schiebe sie weiter nach hinten.

Ich mache mir eine Zigarette an, und wir betrachten mein Werk. Von den gut achtzig Büchern, die ich sortiert habe, ist nicht einmal eine Handvoll von Frauen geschrieben. Wie mahnende Säulen ragen sie nun aus einer Mauer heraus, die vornehmlich von ihnen schweigt. Ich blase zufrieden Rauch ins Regal. Louisa verschränkt die Arme, reckt nach reiflicher Überlegung das Kinn nach vorne und spendet mir ein amüsiertes, wenn auch bemitleidendes Lächeln: »Ach Gorgo …«

»Was denn?« Ich fühle mich ertappt und lächerlich in meinem Bemühen, den Stimmen aus der Versenkung zu verhelfen.

Mit einem versöhnlichen Schmunzeln wirft sich Louisa eine Locke aus der Stirn: »Sollen wir los? Ich hab keinen Bock mehr hier drauf.«

Sie weist auf die angetörnten Tanzpaare hinter uns und die, die drumherum geifern. Auf dem Couchtisch wird gekokst, daneben kotzt einer in den Papierkorb. Sein Freund schaut besorgt, aber weniger wegen des angeschlagenen Kumpels als wegen des hinterlassenen Eindrucks. Alles ist aufgeblasen. Egos, Gesten, Gespräche, Titten. Die Gesellschaft gefällt sich sehr und peitscht sich gegenseitig an, berauscht von ihrer aufdringlich übertünchten Bedeutungslosigkeit. Vor dem Klo fällt ein Bild von der Wand, als ein Dürrer seiner Vorderdame näherkommen möchte.

»Gott sei Dank«, keuche ich. »Wohin?«

»Zurück ins Paradies«, strahlt Louisa und hat jetzt Schluckauf.

Ich streiche mir über den Bauch und mache mir mit einem Mal Sorgen um mein Aussehen. Louisa gibt mir eine Haarklammer und ihren Lippenstift. Mit unkundigen Fingern gestalte ich ein Vogelnest auf meinem Kopf und ziehe eine schmale, feuerrote Linie dort, wo ich meinen Mund vermute. Mit gespreiztem Ringfinger verschmiere ich die Farbe ein wenig und mir nichts, dir nichts sehe ich aus, als hätte ich geknutscht oder auf die Fresse gekriegt. Ich spiegle mich in der Glasscheibe vor dem Kunstdruck und finde es reizend, wie mein kriegsbemaltes Antlitz in dunklen Lichtfetzen über den Chagall springt.

Zwischen den zwei massigen Türstehern ragen nicht viel mehr als Louisas lange Beine und ein paar ihrer Locken hervor. Die Brustmuskeln tanzen unter ihren Lederjacken, als sie Louisa vorm Paradiso umarmen, und ich strenge mich derweil an, nicht allzu piefig und besoffen dreinzuschauen. Das bunte Blinken der Leuchtreklame beißt sich durch die Nacht, und trotzdem finden sich hier noch genügend Nischen für Geheimnisse und Geziefer. Ich trete die Zigarette aus, die jemand neben mir auf den Gehsteig geschnippt hat, und nuschel ein *Hallo*. Weil Louisa die Lichtanlage in dem Tanzkeller eingebaut und dabei gemeinsam mit dem Betreiber von Marsha P. Johnson geschwärmt hat, komme auch ich hier rein. Der Türsteher zieht den schweren Moltonvorhang zur Seite und mustert mich dennoch skeptisch, als ich hindurchschlüpfe.

Wir lassen den Gestank getrockneter Pisse, der sich in den Straßenecken festgebissen hat, hinter uns zurück und gehen die Stufen gen dumpfer Bässe und schräger Synthi-Sounds hinunter. Rotierende Discokugeln und Hunderte zart funkelnder Sterne schmücken den düsteren Treppenabstieg. Am Kabuff mit der Kasse am Fuß der Treppe zahlt Louisa unseren Eintritt. Das kleine Fenster ist beinahe völlig von einer blauen Meerjungfrauenperücke ausgefüllt. Eine grobschlächtige Hand mit silbernen Nägeln schiebt uns das Wechselgeld zu. Wir lassen uns den farblosen Stempel, der nur im Schwarzlicht leuchtet, auf die Handrücken drücken und sind drin.

Im Laden tost ein Meer aus Haarspray, Lack und Tüll. Der klebrige Geruch der Nebelmaschine vermischt sich mit dem von Zigaretten und Wodka Bull. Es sind Prinzen und Prinzessinnen, eigens gekrönte Sonderlinge, die hier um ihr Leben feiern, mit akkurat gezogenem Lidstrich, hinreißenden Wangenknochen und Schuhen, in denen nur artistisch Hochbegabte gehen können.

Das Paradiso ist ein queerer Club, ein schimmernder Moloch, eine glänzende Absteige. Es ist das reinste feminine Phantasma. Wie die Motten ums Licht schwirren sie hier herum, in der festen Absicht, sich ihre schmucken Flügel zu verbrennen. Die Nacht erwidert ihre begierige Umarmung mit einem exzentrischen Würgegriff. Ein jeder Ikarus ist schöner als der Nächste; schöner, als ich es mir je erlauben würde. Immerhin greife ich mir ins Dekolleté, um meine kleinen Brüste zu richten, und Louisa macht ihr 90er-Jahre-Madonna-Gesicht.

Die Go-Go-Tänzer klettern an ihren Stangen wie balzende Libellen im Schilf. Ich weiß nicht, ob sie dafür bezahlt werden oder einfach Gäste sind, ob sie ihren Körper nutzen oder genießen, und ob das eine das andere bedingt oder ausschließt. Der Kellner hinter dem Tresen flirtet mit allen außer mir. Während Louisa noch auf ihren Caipirinha mit billigem Cachaça wartet, stürze ich mein Bier herunter und spiele mit dem Finger in einer Lache auf der Theke. In der Spiegelwand hinter der Bar sehe ich mich zwischen all den illustren Gestalten stehen, die rhythmisch von Louisas Lichtern angestrahlt werden, wie auf einem alten Familienfoto aus der Zukunft. Fast sieht es so aus, als gehöre ich dazu. Die Musik ist laut und dreckig, auch das ist gut.

Louisa schreit mir ins Ohr und rührt mit dem Plastikstrohhalm in ihrem Glas. Ich verstehe nur die Hälfte: Irgendwas ist wieder mit Mark. Ich glaube, sie erzählt mir nicht alles. Sie muss das Schöne weggelassen haben, nicht nur heute. Die zwei sind eine Collage gegenseitiger Enttäuschung, von zu wenig Dimensionen und bitterer Verwunderung darüber.

»Ständig macht er sich zum Opfer«, echauffiert sie sich. Sie ist unsterblich, wenn sie ihn so zeitlos beschimpft. Louisa lacht schrill über sich selbst und sagt, dass sie ihn liebt. Wenigstens hat sie solche Probleme. Sie lehnt sich mit dem Rücken an die Bar und schaut selbstvergessen auf den feiernden Schwarm.

Ich nicke, mehr fällt mir dazu nicht ein, bestelle mir noch ein Bier und drehe mir die nächste Kippe. Ich klaube das Streichholzheftchen von der nassen Theke, aber die Hölzchen wollen nicht zünden. Wie ich an dem Ding rumfummele, sehe ich die Werbung vom BBQ House am Busbahnhof auf der Lasche: *Saftige Haxen und dicke Brüste!*, und darunter eine Zeichnung von einem Schwein in Strapsen und einem Huhn mit BH, die sich lasziv um die Schrift räkeln.

Sie ist nicht zu ertragen, diese doppelte Lust auf Fleisch, das begeistert die ihm auferlegten Pflichten erfüllt. *Rüttle mich und schüttle mich, fresse mich und ficke mich.* Einzig die konsumierbaren

Teile der koketten Köder sind von Belang, alles andere ist Ausschuss.

»Darf es noch etwas mehr sein?« Ich reiche das Heftchen an Louisa weiter und reibe mir mit der Handfläche den verbliebenen Lippenstift ab.

»Was für eine sexistische Kackscheiße«, analysiert sie und schleudert die Streichhölzer zwischen die tanzenden Füße.

»Aber höhö, ist ja nur ein Witz«, äffe ich und klopfe mir auf die Schenkel.

Louisa lacht sardonisch: »Eben! Ein waschechter Herrenwitz. So kann man schön über Frauen lachen, ohne zugeben zu müssen, dass man es tut. Sind ja schließlich nur Tiere aufgedruckt. Höhö.«

»Geht alle kacken!«, bringe ich einen Toast aus, und wir stoßen an.

»Sag mal, liegt sowas hier aus, weil sich alle gefälligst noch mehr um Rollenbilder bemühen sollen, wo sie sich schon erdreisten, nicht normativ zu sein?«

»Nee.« Louisa stochert nach einer Limette, genervt, weil ich wieder einmal so ernst bin, und proklamiert feierlich: »Es geht nur darum, niemanden je vergessen zu lassen, dass ein Mann Gelüste und Triebe hat, die es zu befriedigen gilt – beispielsweise von DIR!«

Sie prostet mir zu, legt den Kopf in den Nacken und klopft gegen das hochgehaltene Glas, bis ihr die Eisklümpchen in den offenen Mund stürzen. Dann bestellt sie noch einen Cocktail. Ich rutsche unruhig auf meinem Barhocker hin und her, weil ich weiß, dass ich etwas sagen muss. Die Nebelmaschine läuft auf Hochtouren.

»Nicht nur von Frauen.«

»Hä?«, macht sie und nickt dabei jemander mit Turmfrisur und pinkfarbenem Vollbart bewundernd zu.

»Es geht dabei genauso um die Gelüste, die Tiere befriedigen sollen.«

Sie verzieht angeekelt das Gesicht: »Bah, was ist denn mit dir los?«

»Ach, Quatsch! Es geht ums Essen. Wann hörst du endlich auf damit, Tiere zu essen?«

Louisa versucht, die Augen nicht zu verdrehen. Zweifelsohne weiß sie, dass ich recht habe, sagt dann aber mit der besiegelnden Gewissheit der Trunkenen: »Man kann nicht alles machen.«

Erst tue ich so, als hätte ich sie nicht gehört, als seien wir schlechthin unberührt. Aber das glaubt mir ja doch niemand.

»Es ist das Gleiche«, sage ich trocken und sauge stoisch an meiner Unterlippe.

»Was?«, quäkt sie mit untypischer Beißhemmung und wibbelt mit dem übergeschlagenen Bein im Takt.

Ich brülle gegen die Musik an: »Das kranke Konstrukt von Männlichkeit fußt nicht nur auf der Kontrolle weiblicher Körper, sondern auch auf dem Essen tierischer Körper und ihrer sogenannten Produkte. Wer gegen patriarchale Gewaltakte ist, darf nicht an der eigenen Front Frikadellen mit Käsedip essen.«

Louisa schlürft an ihrem Caipirinha und fragt trotz schmerzlicher Gleichgültigkeit gegenüber meiner These: »Omnivorismus ist also Ausdruck von Frauenunterdrückung?«

Den Strohhalm nimmt sie dafür nicht einmal aus dem Mund. Das Leben vor ihr packt sie leichter als der Tod. Ich weiß, dass ich langweile. Niemand will sich vergehend wissen.

»Beides ist deklariert als absolut normal. Es geht um dasselbe Prinzip. Frauen und Tiere sind Objekte für den Gebrauch, Besitz und Verzehr. Oder etwa nicht?« Es dürfte sogar ihre Idee sein.

»Oh, là, là, Frau Spaßministerin! So ein Freitagabend mit dir ist richtig spritzig«, ruft sie laut und zischt: »Das ist ein Kaffeethema, kein Caipirinhathema.«

Ich bin die einsame Ruferin in der Wüste und muss, obwohl ich gern wütender auf sie wäre, köstlich darüber kichern. Louisa schneidet eine Grimasse und drückt mir dann einen Zettel in die Hand.

»Hier ist die Nummer von Sven, soll ich dir geben. Ruf den an! Du brauchst ein Leben«, sagt sie mit erhobenem Zeigefinger, der sie kurz schielen lässt, und rutscht von ihrem Hocker. »Ich geh tanzen.«

Genüsslich gibt sie sich ihrem Hunger nach der Nacht hin. Und ich trinke mein Bier und kippe einen Schnaps mit dem Barmann, der mir bedeutet, dass mit meiner Schminke etwas nicht stimmt. Ich winke ab. Er schwingt sich irritiert sein Geschirrtuch über die Schulter und flaniert zu einem anderen Gast. Mit gerümpfter Nase drehe ich mir eine Zigarette und verachte ihn flüchtig. Am Ende sind wir uns alle fremd, eine Unmasse einseitigen Gegenverständnisses. Wie sollte es auch nicht so sein, wo wir doch alle jemand anderes sind, und schon habe ich ihm seine Menschlichkeit wieder verziehen.

Louisa schwebt und wirbelt über das abgewetzte Linoleum. Irgendwer hat ihr einen paillettenbestickten Zylinder aufgesetzt. Sie spielen *The Cure,* und ich würde auch gerne tanzen wollen. Doch der Moment ist mir wieder entwischt. Ich greife knapp daran vorbei, immer eine Winzigkeit zu langsam oder zu schnell. Das Bier ist lauwarm, und ich sehne mich nach diesem unvergesslichen Gefühl von Unbeschwertheit, an das ich mich nicht mehr erinnern kann. Danach, wie es ist, einmal nicht danach zu fragen, wie man es mit sich selbst hält.

•••

Ich krieche in mich hinein und finde nicht mehr raus. Seit einer Woche geht das schon so. Meine Zellen saugen, platzen und kotzen gleichzeitig. Eine leere Seite ist das Schlimmste, und wie der letzte Gollum winde ich mich auf meinem Stuhl. Grummelnd ziehe ich mir das sowieso schon ausgeleierte T-Shirt über die nackten Knie. Nichts hilft, außer den kompletten Körper zu verkrampfen und dann zu schütteln. Es ist widerlich.

Mir will nichts Rechtes einfallen, ausgenommen, dass ich ja etwas Anständiges hätte lernen können. Je leerer das Blatt ist, desto weniger habe ich hinzuzufügen. Hinzu zu was auch? Zu einem weißen Rauschen, das gnadenlos in seinem Unvermögen zu hören und gehört zu werden vor sich hin plätschert und mich den Verstand kostet.

Ich setze mich an die andere Seite des Tischs, damit sich meine Gedanken nicht unaufhörlich im Hinterhof verlaufen und ich zur Abwechslung auf die kahle Wand gucke. An sie habe ich lediglich ein altes Foto von Pat und mir in Budapest gepinnt, neben den Ficus, der sich nicht umbringen lässt. Ansonsten ist die Tapete nur mit Fliegenscheiße dekoriert. Mit halb offenem Mund kaue ich meinen Apfel und boykottiere mich jetzt dazu noch selbst mit dem Geschmatze. Die Seite bleibt leer, abgesehen von dem Saft-Spucke-Gemisch, das ich über den Bildschirm gesprenkelt habe. Ich tippe *ich brsuche kAffe*, damit da irgendetwas steht, und das obendrein noch verkehrt. Bereits mittags habe ich nicht übel Lust, Alkohol zu trinken, wegen der Muse und so.

Ich stelle die Rechtschreibprüfung ab, auf dass das rote Geschlängel nicht meine drei schönen Wörter untergräbt. Dann ändere ich die Schriftart und bin weiterhin nicht übermäßig inspiriert. Mit einer Kippe im Mundwinkel schaue ich mich in meiner lumpigen Einzimmerwohnung nach einer Erlösung um. Aber auf den Abwasch habe ich keinen Bock und die zwei Umzugskartons unter der Garderobe brauche ich nach einem Jahr auch nicht mehr auszuräumen. Immerhin ist der Aschenbecher voll und der Tisch mit Krümeln übersät. Eine Herausforderung, der ich gewachsen bin!

Heiser fluchend zwänge ich meine Beine aus dem Shirt und bringe den Ascher zum Müll unter der Spüle, der wie Neu-Delhi im Sommer stinkt. Der Lappen liegt seit Tagen im Becken, und ich mache mir nicht die Mühe, ihn auszuwaschen. Er ist noch feucht von all dem, was ich in den Abfluss gekippt habe, und hinterlässt ein stilvolles Schlierenmuster auf der Tischplatte, als ich versuche, damit die Krümel aufzuwischen. Der Cursor blinkt auf meiner nahezu unbefleckten Seite kaltblütig vor sich hin wie das Ticken einer Uhr, die ich nicht mehr einholen werde. Eine bräunliche Suppe tritt zwischen meinen Fingern hervor, als ich meine Faust um den Lappen presse, und tropft dann von meinen Knöcheln auf den abgetretenen Teppich. Ich lege den Kopf in den Nacken und atme laut aus, vielleicht schreie ich auch. Es hilft zwar nicht, aber wenigstens werfe ich den Lappen und nicht den Laptop gegen die Wand. Wie einen Rorschachtest stiere ich den auf der Tapete hinterlassenen Fleck an, nahe dem Stupor, weil es angeblich keine richtigen oder falschen Antworten gibt.

Ich wische mir die Hände an den Oberschenkeln ab und setze Kaffee auf, um doch noch etwas Produktives zu tun. Weil mir nichts Gescheiteres einfällt, um die Zeit zu verschwenden, hieve ich mich auf die Arbeitsplatte und warte. Bei den Schneiders in der Etage unter mir knallt es wieder, während mein Kaffee gemütlich durch die Maschine blubbert und meine dreckigen Finger einen lustigen Takt auf das Holz trommeln. Fast immer brüllt die Alte rum, ihn höre ich so gut wie nie. Der arme Teufel. Nimmermüde grüßt er auf dem Flur, und wenn er einen Hut trägt, lupft er sogar den. Sie hingegen taxiert mich stets biestig und mault, ich solle das Treppenhaus öfter fegen. Ich kann nicht verstehen, warum sie heute wieder zetert, und reite weltverloren auf einer Welle der Misanthropie. *Krawumm!* Eine Tür wird zugedonnert, und es ist wieder Ruhe – für einen Tag oder jedenfalls ein paar Stunden.

Stolze elf Zeilen habe ich mir abringen können, und es ist nicht einmal drei Uhr. Die Kolumnen und Essays, die ich sonst für zwielichtige bis langweilige Zeitschriften schreibe, gehen mir leichter von der Hand. Und den politischen Beitrag für eine Anthologie vorigen Monat habe ich auf den letzten Drücker in zwei Tagen geschrieben, weil ich vorher zu sehr mit meinem Bauchnabel beschäftigt war. Einzig das Schweigen, in das sich der Herausgeber seit der Einsendung hüllt, trübt meine noble Zufriedenheit mit mir.

Das hier schreibe ich zum Spaß – der selbstkasteienden Art. Es wäre ja noch schöner, wenn es mit einem Honorar entwertet werden würde. Aus perfider Liebelei quäle ich mich eher mit Instant-Nudeln und Bettelbriefen durch endlose Weiten souveränen Versagens, als Lohnarbeit zu verrichten. Allein der Gedanke, für jemand anderen oder womöglich für einen geleasten Flachbildfernseher in Platinedition mit *voice control* und eingebautem Eiswürfelspender Überstunden der Irrelevanz zu fristen, macht mich fertig. Der Traum, sich darüber definieren zu können, wie viele richtige Knöpfe man im Leistungsapparat gedrückt hat und wie oft man sich hat drücken lassen, ist ein von sich selbst besessener Inkubus. Eine entfremdete Glanznummer nach der anderen muss man vollführen, ohne das Theater zu hinterfragen. Und dabei soll man sich regelmäßig die Haare waschen und lächeln wie ein feistes Puttenfigürchen, das unweigerlich ebenso hohl wie ausgebrannt daherkommt.

Doch wenn die Arbeit nur ihren eigenen Zweck erfüllt, fällt ein erster Verdacht auf die Sinnfreiheit der Alltagsmaschine. Und ich meine bestimmt nicht die Freiheit der Sinne. Mit dieser Verwunderung über die Scharade fängt es an, und ab da muss man überlegen, was man anstellt im Leben.

Nichtsdestotrotz kommt es mir vor wie Mogelei, dass ich damit durchkomme, mich selbst zu brandschatzen und mich zwischen meinen Worten zu verlieren. Von Gegrübel leben können ist was Feines – wie von Luft und Liebe. Oder von Reis und Rage, von Wein und Wut. Und dann kriege ich doch wieder einen Brief von der Hausverwaltung oder den Stadtwerken.

Eine frische Brise zieht ins Zimmer und lässt meine Notizzettel knisternd durch die Lüfte tanzen. Ich stelle das Fenster auf Kipp und schaue schwermütig in den Hinterhof, auf das Unkraut und die kaputten Ziegel. Es ist nicht der Ort, der mich lockt. Sondern das diffuse Allseits dort draußen mit seinem seidigen Versprechen, dass irgendwo darin etwas zu finden sein könnte, was an meinem Herzen zupft. Ich lehne meine Stirn gegen das kühle Fenster, das mich daraufhin blamiert und mit einem Rums zuschlägt. Wo ich schon einmal stehe, nehme ich noch einen Apfel aus der Schale, einen kleinen runzligen. Und weil ich zu faul bin, die zwei Meter zum Müll zu gehen, esse ich ihn samt Gehäuse auf und stecke mir den Stängel in meinen Zopf.

Ich tippe ein bisschen und sinniere, ob der Kaffee nicht auch mit einem Schuss Wein schmecken könnte, denn Whiskey habe ich nicht da. Dann checke ich meine E-Mails. Nichts. Mutwillig gehe ich im Internet verschollen, klicke und scrolle mich durch Seiten, bis ich bei einer Dokumentation über dekadente Feiern im historischen Versailles hängenbleibe. Und so sehr ich mich dafür verachte, kann ich mich nicht davon abhalten, das Video abzuspielen. Ein kläglich nüchterner Teil in mir mahnt die Verschwendungssucht an, während der Rest meines Selbsts sich frohgemut im höfischen Prunk suhlt, in der Hoffnung, ein glitzerndes Stäubchen werde an ihm kleben bleiben. *Bravo*, mein inwendiger Kompass hat eine Tarataste.

Ich überfliege mein Geschreibsel und lösche kurzerhand mein Tagwerk. Die inzwischen tief stehende Sonne lässt sich in goldenen Fächern vom Nudelsieb an seinem Haken durch den Raum schleudern, tut so, als sei es einfach, und ich kapituliere.

Insofern kann ich auch René anrufen, mit dem ich seit einem halben Jahr vögel. Ein bäurischer hochgewachsener Typ, der mich zum Lachen und zum Orgasmus bringt. In formidabelster Unverbindlichkeit teilen wir unsere Geschlechter, und ich kann mir dabei Momente der Zuneigung und Sorglosigkeit erschleichen.

»Kann ich vorbeikommen?«, frage ich und ärgere mich, dass ich *kann* und nicht *soll* gesagt habe. Als hätte ich mehr davon als er.

»Jetzt?«, nuschelt er unbeteiligt. Ich höre den Fernseher im Hintergrund laufen.

Es war gewiss mal prickelnder. Mir schwant, dass unsere Treffen zu einer Yogastunde geworden sind, die nach ein paar Monaten nicht mehr erquickend ist, sondern zum Pflichttermin verkommt.

»So in ner Stunde?«, ringe ich mich durch das Prozedere und hoffe, dass sich bei wenigstens einer von uns noch ein Quäntchen Enthusiasmus wecken lässt.

»Ok«, sagt er.

»Ok«, sage ich und friemle mir als Teil meiner Vorbereitung den Apfelstiel aus den Haaren – mein Äquivalent zu Reifrock, Puder und Perücke.

»Bringst du was zu trinken mit?«, fragt er jetzt mit klarer Stimme.

Es ist bessere Nachbarschaftshilfe, die wir betreiben, und mir geht nicht auf, warum mich das heute stört.

Der Regen riecht gut auf dem warmen Asphalt. Dass es nieselt, stört mich nicht, und ich strecke mein Gesicht dem grauen Himmel entgegen. Die Ampel vor mir springt auf rot, aber ich laufe noch schnell über die Straße. Mit meinem linken Hosenbein stimmt etwas nicht. Ich ertaste einen weichen Knubbel unter der engen Jeans. Jesses, meine alte Unterhose hängt noch im Bein. Ich muss gestern den ganzen Bums in einem Stück von meiner Hüfte gestreift haben, als ich besoffen ins Bett gefallen bin.

Ich verziehe mich in den Eingang eines Geschäfts, von dem nicht ersichtlich ist, was es verkauft, wohl aber, dass die Scheiben mit Vorliebe eingeschlagen werden und wieder einmal provisorisch mit Paketband geflickt sind. Indem ich an der Naht zerre, probiere ich das Bein zu weiten, doch der Schlüpfer steckt an meinem Knie fest. Ich mache den Reißverschluss auf und greife von oben rein. Keine Chance, das Höschen steckt zu tief und die beschissene Hose sitzt zu spack. Missmutig schüttle ich mein Bein, obwohl das nichts bringen wird. Also setze ich mich hin, krabbel mit meiner Hand von unten in die Stoffröhre und fische nach dem unkooperativen Textil.

Ich zucke zusammen, als es an der Glastür hinter mir energisch klopft. Ein älterer Herr lugt scheltend durch die Scheibe. Ich rutsche zur Seite, sodass er Platz hat, die Tür zu öffnen. Entsetzt über meine Vorstellung schüttelt er strafend den Kopf, als er über mich hinwegsteigt.

»Is was?«, blaffe ich zu ihm hoch, und er zieht erschrocken ab.

Endlich kriege ich die Unterhose zu fassen und ziehe ein bunt gepunktetes Exemplar hervor, das in dieser Szenerie schlichtweg albern wirkt. Ich verstaue sie fix in meinem Jutebeutel, mache meinen Reißverschluss wieder zu und schreite fortan durch den jungen Abend, als hätte ich alles im Griff.

Auf der Meile vorm Hauptbahnhof herrscht das übliche rege Treiben. Grelle Lichter und gellende Auslagen bieten vorrätige

Glückseligkeit feil, dazwischen wandelt eine fieberhafte Menschenmenge, behangen mit Einkäufen und angestrengten Visagen. Abgespannt hetzen sie durch die Gassen, als würden sie einen Nervenzusammenbruch erleiden, wenn sie ihr Geld nicht bald loswerden können. Ich weiche einer Frau mit Kinderwagen aus und laufe dabei in eine Gruppe von drei Jungspunden, die die volle Breite des Wegs einnehmen. Einer mit Kappe, die drollig hoch auf seinem Kopf sitzt, und ich stoßen leicht zusammen.

»Sorry«, sage ich reflexhaft, während er bloß den Kragen seiner Jacke aufstellt und mich anguckt wie einen verschimmelten Joghurt.

Anstatt weiterzugehen, stelle ich mich vor ihn und blitze ihn an: »Gut. Ich nehme das zurück.«

Der Zweite mit einem Flusenbart auf seinen aknegezeichneten Backen verschränkt bedeutsam die Arme vor der Brust. Fehlt nur noch, dass sich der Dritte im Bunde auf Zehenspitzen stellt, um sich größer zu machen.

»Was?«, plustert sich der mit der Kopfbedeckung auf.

Er zieht die Oberlippe und Brauen hoch, um mich der Gefahr, die von ihm ausgeht, zu versichern und sieht dabei doch nur aus, als müsste er gleich niesen. Hoffentlich fällt ihm dabei die blöde Mütze vom Scheitel.

Ich blicke direkt in sein einfältiges Gesicht. »Es tut mir definitiv doch nicht leid.«

Dann justiere ich den Träger meiner Tasche auf der Schulter und sehe zu, dass ich im Weg stehen bleibe.

Mit herausgedrücktem Thorax fällt er sein Urteil: »Dumme Kuh!«

Die Assoziation mit einem weiblichen Wesen, dem noch weniger reproduktive Gerechtigkeit zuteilwird, ist wirklich pfiffig, aber bevor ich ihm das mitteilen kann, rempelt er mich ein weiteres

Mal. Dabei landen ein Brocken Fleisch und ein Klecks Soße aus seiner stinkenden Dönertüte auf meinem Arm. Mit spitzen Fingern flitsche ich den Flatschen von meinem Unterarm. Leider treffe ich Kappentyp damit nicht.

»Merkste schon selber, oder? Auf was für mickrigen Füßchen deine Männlichkeit rumeiert, wenn du zum Beweis schubsen und mit Fleisch um dich werfen musst?«

Alle drei bauen sich noch ein wenig breiter auf und tänzeln dazu. Die Zebedäussöhne zappeln vor lauter Unbehagen mit ihren adoleszenten Extremitäten. Eine Blamage vor den Kumpels wäre das Ende, darum will vorerst niemand den nächsten Zug wagen, keiner will etwas falsch machen. Schließlich ist es wieder der mit der Kappe, der mich despektierlich anschnaubt und mit peinlicher Bewährtheit röhrt: »Willst du Stress oder was?«

Ich verdrehe die Augen, versuche, nicht schallend loszulachen, und hänsle dann: »Wow, in deinen Testosteronspiegel will ich gern mal gucken.« Und mit einer ausufernden Wichsgeste fahre ich fort: »Schniedlein, Schniedlein in der Hand, wer ist der Stärkste im ganzen Land?« Ich lasse es mir nicht nehmen, simultan seine idiotische Haltung und den verschnupften Gesichtsausdruck nachzumachen.

»Halts Maul, Fotze!«, spuckt er.

Voilà.

Mit zwei gestreckten Mittelfingern verabschiede ich mich von meinen neuen Bekannten und diesem tragisch gewöhnlichen Aufeinandertreffen. Ich bin heilfroh, dass die Posse mich zur Weißglut treibt, anstatt mich mit dem schnöden Schmerz einer Kalamität zurückzulassen.

Der Rest der Stadt jagt unterdessen unbehelligt durch die Läden. Sie schleppen ihre Beute davon und schreiende Kinder hinter sich her, als wäre nie etwas gewesen.

Im Kiosk ist viel los, weil sich all die Sonnenanbetenden von der Wiese am Fluss mit Getränken eindecken. Ich vertreibe mir die Wartezeit an der Kasse mit den Magazinen. Eine Zeitschrift bringt es fertig, sich allein auf der Titelseite den Themen *Burkahölle im Sommer*, *Schlank durch den Herbst* und *Ist Beyoncé eine Schlampe?* anzunehmen. Das Fazit meiner spontanen wissenschaftlichen Erhebung: Frauen sind unzulänglich. Zu nackt, zu angezogen, zu dünn, zu fett, zu sexy, zu prüde, immer zu viel oder zu wenig. *In ewiger Anbetung desselbigen sollst du in deinem schändlichen Leibe darben.* Da haben wir den low-carb-Salat.

Hier kann ich die geupgradete Version des Weiblichen käuflich erwerben. Schlappe 3,80 soll ich für eine Zeitung berappen, die mich lehrt, den Würgereiz beim Blasen zu unterdrücken. Alleweil verfügbar, aber ohne mir entspießende Bedürfnisse soll ich sein. Vielleicht hat Orwell abermals recht, und wir schaffen den Orgasmus auch noch ab.

Es ist wirklich kurios. Ich bin unentwegt erstaunt, dass mir der Irrsinn nicht früher aufgefallen ist, obschon er sich bis in die hinterletzte Ecke drängt.

Ich bin dran, stelle das Sixpack Bier auf den Tresen und lege noch eine Packung Erdnussflips dazu. Dann wühle ich einarmig in meiner Tasche nach dem Portemonnaie und lege es inklusive der bunten Unterhose vor den Verkäufer. Wir beide starren gebannt auf meinen Slip, gucken uns kurz an und im Nu wieder auf das Corpus Delicti. Hastig schnappe ich mir die Wäsche, stopfe sie zurück in den Beutel und murmel: »Tschuldigung.«

Vorsichtig sucht er meinen Blick und legt den Kopf leicht schief. Es braucht nicht mehr als ein winziges Beben in meinem Mundwinkel und sein Bariton gibt sich einem überwältigend arglosen Lachen hin, dem ich mich nicht verwehren kann.

Die letzten Sonnenstrahlen klammern sich an den vergehenden Tag, bestrebt, ihn mit sich hinter den Horizont zu reißen. Ungeachtet dessen stülpt sich ein Fußgänger eine kleine Tüte über die Hand, um einen Haufen Scheiße aufzuheben. Der Hund freut sich, dass er seinem Menschen solch kesse Kunststücke abluchsen kann, und springt wedelnd um ihn herum. Ich schlender in die Seitenstraße zur Bushaltestelle, wo abergläubisch geraucht und gottlos auf Handys gewischt wird.

Links wirbt ein überdimensioniertes Plakat für billige Steaks vom Discounter, im Kasten gegenüber empfiehlt sich eine Schreinerei mit nahezu entblößten drallen Brüsten. Ich möchte den Unfug von den Wänden kratzen und alternativ die Verantwortlichen dort aufhängen.

Eine innere Anstandsdame piesackt mich, es nicht zu übertreiben, es nicht so eng zu sehen. Für mein Privatvergnügen ziehe ich ein verdutztes Gesicht, verbiete dem verwelkten Weibsbild in mir den Mund und rufe mich zur Räson. Denn beileibe, es hängen überall Körperteile zur Deko rum, Fetische totaler Zerstückelung.

Ich schwinge meinen Jutebeutel wie einen Morgenstern und wünschte, es würde jemand vorbeikommen, bei dem ich mich für die grausame Kleinmacherei von Frauen und Tieren gebührend revanchieren könnte. »Hach, lasst uns einen Krieg unternehmen«, fluche ich entzückt vor mich hin, als ich die Treppen zur U-Bahn herunterspringe.

Es ist komisch, ihn zur Begrüßung knapp zu küssen, ohne das akute Verlangen, übereinander herzufallen. Wie im mechanischen Schauspiel eines Pärchens, das sich mit Riten vor der Realität schützen muss, stecken wir im Flur fest. Es sind nur Sekunden, aber genug, um meine Idee der perfekten Affäre zu verwässern. Fluchtartig drängle ich mich an ihm vorbei in die Küche.

Vier Bier stelle ich in den Kühlschrank, mache mir eine Zigarette an und promeniere mit den vorzüglichsten Vorsätzen und zwei Flaschen zu ihm ins Wohnzimmer. Zwecks ansehnlich wackelnder Hüften, setze ich die Füße voreinander, als würde ich auf einer Bordsteinkante balancieren. René nimmt mir mit langem Arm ein Bier aus der Hand, lässt sich wie ein stürzender Baum auf die Couch zurückfallen und legt die Beine auf den Beistelltisch. Ich lächle mit einer kleinen Schnute und tippel zu ihm, denn ich bin eine gewiefte Schwindlerin. *Nepper, Schlepper, Beischlaffänger.* Es ist berechnete Vortäuschung von Lieblichkeit, damit ich bekomme, was ich will.

Er hebelt den Kronkorken mit einem Feuerzeug vom Flaschenhals, der mit einem Zischen prompt eine Schaumflut auspeit. René zischt mit: »Ach, Scheiße! Was für eine Sauerei!«

Dann wischt er sich verärgert das Bier von den Händen.

Ich fühle meine Mimik bei solcher Empfindlichkeit einfrieren, aber noch bin ich kampfeslustig.

»Oh, wie kommt das denn?«, täusche ich Mitgefühl vor, ich werde wohl nichts von meinem geschleuderten Baumwoll-Streitflegel erzählen.

»Scheiße«, mosert er nochmals und hebt eine tropfende Zeitschrift vom Tisch.

Ich stehe immer noch unabgeholt vor der Couch, verkleidet als eine, die das Menscheln erträgt.

»Ist doch nicht so schlimm«, eröffne ich die Verhandlungen, die den Abend retten sollen, und ernte einen konsternierten Blick. »Wenn du schlechte Laune hast, kann ich auch wieder gehen«, schlage ich gelangweilt vor und lasse meine Kippe in eine leere Flasche fallen.

Er schüttelt den Kopf und fragt grinsend: »Bist du jetzt beleidigt?«

Zugleich schiebt er die Zeitung und den Pizzakarton beiseite und lädt mich mit einem Klopfen zu sich ein.

»Nein«, flöte ich und rücke neben ihn.

Er dreht sich zu mir und traut sich was: »Lächle doch mal.«

Ich lege die Stirn in resignierte Falten. »Ernsthaft?«

»Was denn?«

»Nicht so wichtig.«

Um uns vor dem Untergang zu bewahren, frage ich ihn schleunigst nach der Ausstellung, die er besuchen wollte. Ich will keine prekären Pausen, die mit zwischenmenschlichem Gehalt gefüllt werden müssen. Ich höre mir seine Geschichte an, nicke und stelle belanglose Zwischenfragen. Das ist mehr ein Interview als ein Gespräch. Manchmal ist es mir richtig kommod in dieser Rolle, die fehlerhafte Männer noch nicht satt hat. Es ist fast so, als könnte man Sterblichkeit verzeihen.

Ich trinke zügiger und passe auf, dass ich den Kopf so halte, dass ich kein Doppelkinn habe. René erzählt von Frida Kahlo, und ich bin zufrieden. Wir fummeln ein bisschen, lachen und rauchen. Er kneift mir in die Brustwarze, und seine Küsse werden heißer. Im Gewühl wird das Bier vom Tisch getreten.

Ich ziehe mir das T-Shirt aus und mache mich unverzüglich an seine Hose. Heute werde ich ihm allerdings beim besten Willen keinen blasen. Er macht es mir mit den Fingern und zieht mir die Hose bis zu den Knöcheln runter. Ich versuche, zumindest ein Bein aus der geknäulten Fessel zu befreien, was mit der doofen engen Hose nicht einfach ist. René legt sich zwischen meine Beine, küsst mich gierig, streicht über meine Wade und hält plötzlich inne. Ich weiß nicht, was los ist, hebe den Kopf und schaue ihn fragend an. Demonstrativ streichelt er erneut meine Wade und macht dabei große Augen. *Krip krip.* Dann raffe ich es: Ich habe mir nur das linke Bein rasiert. Die paar Stoppel lassen mich glucksen, und René sagt, als hätte er mir etwas zu vergeben: »Na ja.«

Ich kaue auf Gedanken an Frida herum und dass er sie nicht begriffen hat. Wir grabbeln weiter, und ich würde ihm gerne sagen, dass es nicht um exotische bunte Farben geht. Und dass sein Bauch, der da an meinem klebt, uns auch nicht freier macht, weil ich grade an die Textur des Lederpolsters denke, über das mein nackter Hintern schubbert. Es ist grässlich, wenn der Verstand getrennte Wege von einem erregten Körper geht, und ich pfeife ihn zurück.

René ist ganz woanders, mit seinem Kopf zwischen meinen Brüsten. Er beißt sich hoch zum Nacken und guckt mich an, als könnte er nicht genug von mir bekommen, von meinem Körper, meiner Haut, meinem frischen Schweiß. Er fährt mir durchs Haar und stürzt mit seinen Augen in meine, als er in mich eindringt. Es ist famos, wenn er mich so ansieht, und ich schenke ihm ein faunisches Lachen.

Bin ich jetzt auf meinen eigenen Betrug hereingefallen? Ich schreie meinen Kopf an, er soll die verdammte Schnauze halten und raune warm in Renés Ohr: »Fick mich.«

Das ist mein goldenes Ticket. Es macht ihn mehr an als alles andere.

»Oh, yeah«, atmet er schwer und bewegt sich in mir.

Mein Kopf flimmert und flirrt, mein Körper ist kochender Sand und tosendes Meer, das Universum ist meine Klitoris. Während René mit mir schläft, reibe ich mich an seinem Schwanz. Notgedrungen streichel ich nebenbei seine Schulter, damit er es nicht merkt. Ich masturbiere, in aller Heimlichkeit, mit einem Mann.

• • •

Merves kastrierter Kater trapst auf meinen Haaren, die auf dem Sitzpolster liegen, und rollt sich endlich behäbig auf die Seite. Das ergraute, halb blinde Vieh genießt hier alle Privilegien, und darum sitze ich auf dem Boden vor dem Sessel. Ich lange noch einmal zur Platte mit den Häppchen. Die Dielen der Altbauwohnung knarzen, als ich meinen eingeschlafenen Arsch neu sortiere.

»Und dann hat er gesagt: ›Halts Maul, Fotze‹«, berichte ich grinsend und picke Blätterteigflocken von meinem Hemd.

Louisa und Elma aalen sich lachend auf der Couch, und ich schmachte das lebende Diptychon ihrer tätowierten Körper an. Merve sitzt mit geradem Rücken auf einem Stuhl und wirft ihren strengen Blick unter dem akkuraten Bob hervor. Im Sessel auf der anderen Seite des feinen Kaffeetisches knibbelt Tine an ihren Fingernägeln, als würden sich dort Schuppen ihres verkümmerten Selbstbewusstseins ablösen. Kleine Löffel klimpern zart in den dünnwandigen Tassen, und vor lauter Gemütlichkeit wird sogar drinnen geraucht.

»Ich meine, also dass halt …«, druckst Tine rum und versteckt sich dabei hinter ihrer Tasse.

»Will noch eine Kaffee?«, bittet Merve um Auskunft und streicht sich die Bluse glatt. Womöglich sind es die paar Lenze, die Keramikzuckerdöschen und eine Hausratversicherung, die sie uns anderen voraushat und sie in ihre mondäne Gesetztheit hüllen. Merves Blessuren sind zu würdigem Stoizismus vernarbt.

»Was ist mit Schörlchen?« Elma macht den Gegenvorschlag und faltet ihre Beine zum Schneidersitz. Ihre üppige Figur lässt die meisterhafteste Statue verblassen. Ihre Kurven sind perfekt: ihr Leib, der sich stetig in neue delikate Posen ergießt, ihre weichen Bewegungen, die keinerlei Widerstand wahrzunehmen scheinen. Doch wehe dem, der sich traut, sich ihr in den Weg zu stellen. Ihre brüllenden Schreie können Stein zu Sand zermahlen. Elma fährt sich über die raspelkurzen Haare und legt Louisa fragend die Hand auf den Arm.

Louisa reagiert empfindlich auf den Körperkontakt und rutscht drei Zentimeter weg. Kleine Muskelfasern ziehen sich um ihre Lider zusammen. Sie hat heute einen ihrer distanzierten, stillen Tage, die viele mit Arroganz verwechseln und deren Abgeklärtheit mich neidvoll verglühen lässt. Elma guckt Louisa betont ausdruckslos an, damit die sich selbst überlegen kann, ob sie Elma mit ihrem Verlangen nach Unantastbarkeit beleidigt hat oder sie es versteht.

»Och ja, so ein Schörlchen würde ich nehmen«, unterstütze ich engagiert Elmas Anliegen. Tine verschwindet in der Küche, um den Wein zu holen. Hinter mir putzt sich der Kater das Fell und stinkt dabei aus seinem Maul wie ein royaler Basilisk.

Merve rührt die Kohlensäure aus ihrem Wasser und beugt sich vor: »Hat frau schon was wegen der Prüfungsergebnisse gehört?«

Mit roten Bäckchen ulkt Elma: »Ne, hat frau noch nicht. Faule Professoren.«

»-innen«, fügt Merve hinzu.

»Ja, Professor*innen*«, feixt Elma und wirft Merve einen Kuss zu.

Merve ist noch anstrengender als ich, *gottseidank*. Sie räumt das Kaffeeservice auf ein Tablett, richtet die Untersetzer vor unseren Plätzen und gießt ein.

»Es ist Frevel, Wein mit Wasser zu mischen«, rügt Louisa.

»Stell dir einfach vor, es wäre ein Cocktail.« Ich strecke ihr die Zunge raus und eröffne dann mit eiserner Fassung: »Ich hab da ein Problem.«

Tine kniept zwischen ihren Wimpern hervor, Louisa zwirbelt ihre Locken, trinkt einen großen Schluck und fragt nüchtern: »Was denn?«

Ich hole aus dramaturgischen Gründen einmal tüchtig Luft und führe in ernstem Tonfall aus: »Es gibt keine bessere Beleidigung als *Fotze* für eine Frau, die wirklich ätzend ist. Eine, der du tatsächlich aufs Maul hauen willst.«

Merve schüttelt mokant den Kopf.

»Stimmt!«, frohlockt Elma und schenkt sich noch mal nach.

Tine senkt vorwurfsvoll den Blick, weil mein Spannungsbogen gemein war. Louisa harrt sensationslüstern der Dinge, die da kommen mögen, und grinst.

»Das hat auch einfach einen so schönen Klang. *Ffottzzze*«, führe ich den onomatopoetischen Kick vor. »Das kann man richtig gut rotzen. Als würde man sein Gesicht zur Faust ballen.«

Merve verwarnt mich mit einem klirrend kalten Lächeln: »Gorgo!«

Verblüfft und geehrt drehe ich mich zu Louisa: »Das hat sich aber schnell rumgesprochen.«

Louisa nickt stolz und erhebt ihren Römer gönnerhaft in meine Richtung.

Um jetzt doch noch für Ordnung zu sorgen, belehrt Merve mich: »Du kannst nicht Fotze sagen. Eine Vulvina kann kein Schimpfwort sein.«

»Natürlich kann ich das nicht sagen! Das ist ja mein Problem. Ich brauche ein anderes Wort. Aber andere funktionieren nicht so gut.«

Mit zwei Fingern versuche ich, die Asche, die in meiner Schorle schwimmt, zu bergen.

»Pisser!«, haut Elma etwas zu laut raus und muss schon wieder giggeln.

»Passt nicht bei Frauen«, wehrt Louisa ab.

Mit Blick auf Merve prüfe ich: »Pisser*in*?«

Unsicher, ob sie gefragt oder veräppelt wird, macht Merve ein spitzes Gesicht. Elma lacht, auch Tines Grübchen leuchten für einen Moment auf.

»Bitch!«, faucht Louisa so leidenschaftlich, dass man sich fragt, an wen sie wohl gerade denkt.

»Gehts noch?« Merve ist entsetzt.

»Jaja«, gibt Louisa zu.

Elma ruft schalkhaft: »Schnepfe!«

»Keine Tiere!«, rufe ich und drohe Elma mit der silbernen Aufschnittgabel.

»Wie wäre es mit Kratzbürste?«, schlägt Tine schüchtern vor und schiebt die Hände unter ihre Oberschenkel.

Louisa nippt nachdenklich am Wein.

Elma probiert das Wort und lässt es in ihrem Mund zergehen wie eine Praline mit unbekannter Füllung: »Kratzbürste.«

Ich kräusel die Nase. »Aber das hat nicht die gleiche Wirkung. Das sagst du über eine, die unangenehm ist, aber nicht über eine, die du verachtest.«

Tine lässt sich den Pony ins Gesicht fallen und macht ihren 45-Kilo-Körper noch kleiner. Ich werfe Louisa einen galligen Blick zu und meine, in ihrem Zustimmung zu finden.

»Fotze funktioniert so gut, weil es bekannt ist als das fieseste Wort«, definiere ich das Dilemma.

»Also brauchen wir nur ein anderes Wort und machen darüber dann ein Abkommen im deutschsprachigen Raum, dass das von nun an die schlimmste Diffamierung von allen ist«, resümiert Elma und streckt die Hand aus, um uns nachzuschenken.

»Das Wort braucht den richtigen Sound«, murmelt Tine.

Elma tut so, als würde sie ernsthaft nachdenken: »Ist schon ratifiziert, ob das neue *Fotze* nur für Frauen oder auch für Männer gilt?«

Merve schlägt mit beiden Händen auf ihre Oberschenkel.

»Gut, dann nur für Frauen«, gewährt Elma also.

»Kotze«, biete ich an.

»Zu nah dran«, urteilt Louisa entschieden.

Merve drapiert die übrigen Kekse auf der flachen Schale. »Dachrinne.«

»Dachrinne«, flüstert Tine ihr nach.

»Dachrinne«, sage ich etwas schärfer und hisse versuchsweise: »Die ist so eine Dachrinne!«

Elma klatscht freudig in die Hände: »Das kann man sogar gendern! Dachrinner!« Kurz ist es still im Raum.

Merve schätzt, wie so oft, ihre eigene Idee: »Das ist eine gute Kombination mit dem *ch* und *r*.«

Louisa stimmt achselzuckend zu: »Jap, Dachrinne ist super.«

Der Kater streckt sich hinter mir, springt auf den Teppich und schleicht geruhsam um den Tisch. Ich fühle mich verschmäht.

Merve besiegelt die Wortklauberei: »Dann soll es Dachrinne sein!«

»Ich setze mal den Vertrag auf.« Elma springt auf und geht zum Klo.

»Dachrinne«, sage ich noch mal und exe mein Glas.

Der frühe Abend rinnt zwischen den Hängepflanzen und dem Katzennetz durch die offenen Fenster ins Zimmer. Merve legt Nina Simone auf, und die Töne gaukeln verträumt durch die schwüle Luft. Als Merve sich wieder setzen will, hat ihr Kater sich auf dem Stuhl ausgestreckt. Sie lächelt beseelt und setzt sich mit halbem Hintern auf die Kante.

»Kowalski will wissen, wer gerade in der Wohnung ist«, verlautbart Elma, die diese Woche Telefondienst hat und sich die Anrufe ans Projekt auf ihr Handy umleiten lässt.

»Kowalski?«, fragt Louisa spöttelnd.

Elma wirft entschuldigend die Arme nach oben und rollt die Augen.

»Der heißt Kowali«, löse ich für sie auf.

»*I say potato, you say potahto.* Kowali, Kowalski«, wägt Elma mit entsprechender Geste und breitem Lächeln ab.

»Ja gut, dann ist er jetzt halt Pole«, gebe ich mit hochgezogenen Schultern nach.

Merve überlegt laut: »Ist das rassistisch?«

Wir überhören es alle. Elma kommt zurück zum Anfang: »Jedenfalls will er wissen, wer in der Wohnung ist.«

»Wozu? Das geht den nix an.« Louisa ist ungehalten.

Tine quäkt: »Ja, aber ich weiß nicht ... der zahlt ja auch.«

Louisa schnauft brüskiert und kaut auf ihrer Zunge. Den Kowali und seine breitkrempigen Hüte kennen alle, weil er die Bioladenkette hat und sich gerne als Mäzen der Stadt gibt. Und seit er mich auf einer Podiumsdiskussion über *Gewalt gegen Frauen* gesehen hat, werde ich ihn nicht mehr los. Unbedingt wollte er etwas Barmherziges tun, am liebsten, wenn jemand dabei zusieht. Um ihn abzuwürgen, habe ich gesagt, er soll eine große Wohnung anmieten und uns damit machen lassen, was wir wollen. Daran geglaubt haben wir nicht. Aber *Simsalabim* hielten wir die Wohnungsschlüssel in der Hand. Seitdem betreiben wir ein autonomes Frauenhaus. Die kowalische Geißel gab es frei Haus dazu.

»Wer ist denn grade da?«, frage ich aus Interesse und nicht für den Dämlack.

»Julie natürlich und seit gestern eine Neue. Ich hab sie aber noch nicht gesehen. Anette ist seit Montag weg.«

»Wohin?«, will Louisa wissen.

»Zurück zu ihrem Mann?« Elma rubbelt über ihr stoppeliges Haupt. »Keine Ahnung.«

»Scheiße«, grunzt Louisa schwunglos über dieses sich oft wiederholende Trauerspiel und zündet sich eine Zigarette an.

»Ja, und sagst du dem das jetzt?«, will Tine von mir wissen.

»Das geht den doch nichts an! Das ist ein Frauenhaus, verdammt«, grätscht Louisa dazwischen.

»Ich ruf ihn morgen mal an. Man kann ihn ja ganz gut ausmanövrieren. Man muss ihm nur sagen, wie toll er ist, dann vergisst er schon wieder, was er wollte.« Ich seufze unwillig, und Elma zwinkert mir zu.

Merve krault ihren Kater hinterm Ohr. »Weiß eine, wo wir die Sechskantschlüssel herbekommen?«

»Nee«, wehrt Elma kurz und knapp ab und gießt sich das Glas abermals voll.

Tine zuppelt an ihrem Hosenbund, und Louisa schüttelt den Kopf.

»Ich frag mal Julie«, schlage ich vor.

»Julie?«, wundert sich Louisa und streicht sich die Haare hinters Ohr, die dreist wieder hervorspringen.

Ich fülle meine Schorle mit Wein auf. »Ja, die soll uns die machen. Die ist doch Handwerker.«

»-in«, motzt Merve. Wir stehen alle unter ihrer Beobachtung, und sie verschanzt sich hinter ihrem linguistischen Kampfposten.

»Ja, Handwerker*innn*«, ergänze ich genervt.

»Gerade bei Julie solltest du das nicht vergessen«, prononciert Merve mit zum Zeigefinger erhobener Stimme.

»Jaahaa.« Ich nehme die Kritik widerwillig hin. Es ist deswegen so ärgerlich, weil Merve recht hat.

»Wann entscheiden wir, was genau auf die Plakate kommt?«, wechselt Louisa das Thema, um ein wenig Tatkraft aus dem Treffen zu wringen.

»Jede überlegt sich was, und dann besprechen wir es am Donnerstag?«, schlägt Elma vor.

»Jo«, stimme ich zu, ohne nachdenken zu müssen.

Merves Zungenspitze schummelt sich zwischen ihren Lippen hervor, als sie im Geist ihre Woche durchgeht. »Nee, da muss ich arbeiten.«

»Mittwoch kann ich nicht«, quengelt Tine, obwohl niemand von Mittwoch gesprochen hat.

»Freitag?«, fragt Louisa.

Merve schiebt ihre Unterlippe ratlos vor. »Da muss ich auch arbeiten.«

»Bis wann?«

»Bestimmt bis zwanzig Uhr.«

»Dann um neun?«

Ich nicke, als würden die anderen nicht wissen, dass ich ein terminfreier Tunichtgut bin. Diese Woche habe ich mein Tätigkeitsfeld darauf beschränkt, mir die traurigen Zahlen auf meinem Kontoauszug anzuschauen. Drum tue ich prompt noch mal wichtig: »Und keine blöden Tiervergleiche auf den Plakaten!«

Die Schnittchen sind aufgegessen, die meisten von mir. Tine drückt auf ihrem Handy rum und versinkt dabei immer tiefer in der Ritze zwischen Polster und Lehne. Wir waten durch einen seichten Moment und nehmen uns gemeinsam eine Pause voneinander.

»Nochn Schörlchen?«, wirbt Elma mit einem unterdrückten Gähnen. Außer Merve sind alle dabei.

»Wie läufts mit Mark?«, frage ich Louisa und liege dabei wie ein Seestern auf dem Teppich.

»Schwierig. Er hat mir gestern was von negativen Energie*flows* erzählt. Und er hat Camus nicht gelesen.«

Pathetisch ziehe ich Luft zwischen den Zähnen ein. »Harter Tobak.«

»Würde er ihn denn verstehen?«, hakt Merve nach.

»Ist das ne Fangfrage?«, schaltet sich Elma in das Verhör ein.

Tine krabbelt ein Stück aus ihrer gebeutelten Haltung heraus und erkundigt sich mit empfindsam gedehntem Mund: »Aber wie geht es *dir* denn?«

Sie streckt ihren Kopf weit vor und blickt bedeutungsschwanger. Louisa winkt ab. Während ich ein Hohlkreuz mache und Tine insgeheim unterstelle, dass sie nur selbst gefragt werden will, äußert Merve ihre dunkelste Befürchtung: »Ist der eigentlich apolitisch?«

Louisa zuckt mit den Schultern, stürzt ihren Wein runter und stellt ihr frostigstes Lächeln zur Schau. Sie lässt die Frage nicht an sich heran, und wir sollen gefälligst auch die Finger davon lassen.

Im Vergleich mit der Flüchtigkeit meiner Gefühlswelten sind Louisas ewig. Meine Neigungen werden ununterbrochen vermessen, revidiert und ummodelliert. Ich lebe in der ständigen Freiheit, zu scheitern, und Louisa in der, zu vergeben.

»Ja, ja. Die Liebe …«, säuselt Tine rätselvoll.

Ich wälze mich auf die Seite, damit ich sie angucken kann. »Was?«, stänker ich verdattert mit angezogenem Kinn, und Tine winkelt eingeschnappt die Knie an.

»Und du?«, landet Elma jetzt bei mir.

»Nur René.«

»Und?«, bohrt Merve nach.

Mit dem Kopf wippe ich abwägend von links nach rechts und wieder zurück. »Immerhin.«

Ich habe auch keine Lust, meine Psyche auf dem Kaffeetisch seziert zu sehen. Wie tief soll man da graben? Bis hin zu vergifteten

Backfischträumen von Lolitas und Kaugummi blasenden Popsternchen? Der ganze Mist ätzt sich seit der Präpubertät in die Hirnwindungen – bis heute. Ich erkenne ein *Playboy Bunny* eher als eine Zeichnung der Klitoris. Lange Zeit habe ich mich eingehender mit Schwänzen von Leuten befasst, deren Namen ich nicht einmal mehr weiß, als mit meiner Vulva. Weibliche Promiskuität wird mit Entsetzen beäugt, bis man sich den Keuschheitsgürtel direkt ums erotische Gemüt legt. Gleichzeitig keift es fantasielos von Werbewänden und Bildschirmen nach stumpfem Sex in Massenproduktion. *Schneller! Besser! Mehr Wichse!*

Man hört und sieht das öfter als die eigenen Bedürfnisse und Gelüste, bis man sich eines Tages verrückterweise verschroben fühlt. Und so wird die Frage, ob ich jemandem etwas vorspiele und wenn ja, wem, zur müßigen Begleiterin.

»Wieso hast du diesen Sven nicht angerufen?«, triezt Louisa.

»Wer ist Sven?«, will Merve für ihr inneres Protokoll wissen und schiebt erneut die Untersetzer hin und her.

Elma reibt sich schelmisch die Hände: »Ja, welcher Sven?«

Obwohl ich die wachsame Gängelei doch irgendwie genieße, richte ich mich an Tine: »Und bei dir?«

»Nichts Neues«, sagt sie so, als würde es nicht stimmen.

Ich bin nicht interessiert daran, ihr etwas aus der Nase zu ziehen, und schließe die Unterhaltung ab: »Okay.«

»Nochn Weincocktail?«, fragt Elma berauscht, und ich bin die Erste, die ihr Glas bereithält.

»Nur Wein, ohne Cocktail«, verlange ich.

Louisa trinkt und wühlt dann in ihrem Rucksack. Sie schiebt Tine wie beiläufig ein Buch und eine Origami-Giraffe zu und erntet ein dankbares Strahlen von ihr. Zufrieden wendet sich Louisa wieder ab und dreht sich eine Kippe. Ich blätter durch die Zeitschriften auf der Ablage unter dem Tisch, und ein Hauch Eifersucht umspielt meine Schläfen.

Ich ziehe ein abgewetztes Pamphlet aus dem Stapel und halte es zu Merve hoch: »*A Profeminist's Guide?* Was isn das?«

»Wenn Männer sich als Feministen bezeichnen, besteht die Gefahr, dass sie die feministische Bewegung übernehmen und dabei die Stimmen von Frauen und queeren Menschen in der Bewegung unterdrücken. Also wird der Begriff Profeminist häufig in Bezug auf männliche Feministen verwen...«

Weil sie ihre altkluge Knödelstimme nutzt, unterbreche ich den Vortrag: »Ach nee, warte, ich wills gerade gar nicht wissen.«

Ich wische mir die Haare aus dem Gesicht. Ich glaube, ich bin betrunken, und Merve ist sauer. Reuig drücke ich meine Unterlippe unter die obere. »Ich wills sicher ein andermal wissen«, beeile ich mich hinterherzuschieben.

Ich will rauchen, aber meine Blättchen sind alle. Tine reicht mir ihre, noch bevor ich fragen muss.

»So«, sagt Elma, damit alle wissen, dass etwas Wichtiges folgt. »Ich fänds cool, wenn Torben bei den Plakaten mitmacht.«

»Der hat viel zu viel Angst«, widerspricht Louisa sofort.

»Vor was? Der geht doch auch sprayen«, erwidert Elma.

Louisa schaut grimmig in ihr Glas. »Nee, vor uns.«

Elma wirft ihren Untersetzer nach ihr. »Ja, wie auch nicht, du Hexe?«, lacht sie. »Sei halt mal nett zu dem!«

»Och, ne. Lass mal.« Elmas Bruder ist zwar sympathisch, aber ebenso anstrengend.

Louisa ruft bissig aus: »Wir sind eine Gorgonen-Guerilla.«

»Gorgonen-Guerilla«, kichere ich und verschlucke mich dabei.

»Bist du jetzt die Chefin?«, will Merve da von mir wissen.

Ich bin irritiert. »Was? Wir sind alle Gorgonen. Die haben keine Chefs.« Und hänge hustend schnell an: »Oder Chefinnen.«

»Wir wollten das alleine durchziehen«, mahnt Louisa. »Das war uns doch wichtig.«

»Ja«, stimmt Elma zu, die sich genau an unser Versprechen erinnert. »Aber ist doch auch cool, wenn Männer mitmachen wollen.«

»Nein!« Louisa ist sichtlich angekratzt davon, ein Veto einlegen zu müssen.

»Wieso weiß der überhaupt davon?« Tine fühlt sich übergangen.

Es war zu viel Weißwein für mich, um mir noch eine Debatte reinziehen zu können. Umständlich richte ich mich auf: »Liebe Ischen und Ischinnen, was wollt ihr trinken? Ich geh zum Kiosk.«

»Schnaps!«, jubelt Elma, und acht Augen glotzen sie überrascht an. »Was denn? Ich werde mich heute nicht mit euch streiten.«

Louisa hat den letzten Bus verpasst, weil sie Merve noch weiß machen wollte, dass Menschen mehr sein dürfen als Teil eines gesellschaftspolitischen Gefüges. Aber selbst der Gin und späte Stunden konnten Merve das nicht näherbringen, und Louisa schläft heute bei mir.

Sobald wir durch die Tür sind, streifen wir uns die verqualmten und verschwitzten Klamotten ab und lassen sie einfach fallen. An der Spüle spritze ich mir Wasser ins Gesicht und lasse den kalten Strahl über meine Handgelenke laufen.

»Willst du nen Tee?«

Louisa torkelt zum Klo. »Willst du mich umbringen?«

Ich knipse die wenigen nicht verdorrten Minzblätter von der Pflanze und fülle den Wasserkocher auf. Ungeschickt laviere ich meine Hand durch die Geschirrberge, um an die Steckdose zu gelangen. Scheppernd fällt die Müslischale in die Spinatreste von vorgestern und das Glas mit eingeweichtem Besteck stürzt zu Boden.

»Fuck«, brabbel ich und schäme mich.

Ich werfe alles ins Becken, überlasse die Pfütze auf dem billigen PVC der Thermodynamik und warte darauf, dass das Wasser kocht. Mein Blick fällt auf den Schreibtisch. Die zerknüllten Papiere haben sich vermehrt, und den Rechner habe ich in den letzten Tagen nicht mal mehr angemacht. Ich lasse den Kopf sinken und ziehe zum ersten Mal in Betracht, dass ich gescheitert sein könnte, als Louisa wankend zum Bett stolpert.

»Is was?«, holt sie mich zurück.

Ich gieße das brodelnde Wasser in die Tassen und schimpfe: »Was sagt es über unsere Gesellschaft, dass wir eine so beschränkte Wertschätzung für künstlerische Berufe haben, aber einen unendlichen Bedarf nach BWLern und Anwältinnen?«

Louisa liegt bereits in Unterwäsche und mit Kippe im Mundwinkel auf der Matratze. Ich stelle die Teetassen auf die Bücher, die sich ringsherum türmen, und lege mich zu ihr. Als ich mir den kalten Aschenbecher auf den blanken Bauch setze, halte ich kurz die Luft an.

»*Die arme Gorgo* – frei nach Carl Spitzweg«, lamentiert Louisa.

Ich drehe mein Gesicht zu ihr, und mein halber Blick verschwindet in den Falten des Kissens: »Danke, dass du normal bist.«

»Ha! Gern geschehen«, erwidert sie und schaut dabei an die Decke, ohne wissen zu wollen, was ich meine.

»Tine ist mir heute richtig auf den Sack gegangen«, gestehe ich im Dunkeln.

Louisa kratzt sich am Hals und sagt weich: »Ich glaube, der gehts grad nicht gut.«

»Ich hasse dieses Rumgefiepse! Die soll den Mund aufmachen. Wir sind doch ihre Freunde«, lästere ich weiter und gucke jetzt auch ins Nichts über mir.

»-innen«, frotzelt Louisa in einer Merves nicht unähnlichen

Tonlage und drückt ihre Kippe aus. Ich spanne meine Bauchmuskeln an, im Irrglauben, das würde die Sache stabiler machen.

»Ernsthaft«, schmule ich sie an und fühle mich zu unbeweglich unter dem Aschenbecher.

Louisa lässt sich zurückfallen und klagt: »Tolle Freundin bist du. Wenns ihr doch nicht gut geht.«

»Die kommt einfach nicht ausm Quark, Mensch. Und andauernd dieser stille Vorwurf«, bocke ich.

»Du darfst nicht vergessen, dass nicht alle immer mental stark sind. Die einen können nicht so weit springen, die anderen können sich nicht ständig am Riemen reißen«, maßregelt Louisa meine Überheblichkeit.

»Findest du mich scheiße?«, frage ich nicht nur sie und dreh mich wieder zu ihr.

Louisa lächelt mild. »Ja, du bist gerade scheiße.«

»Toll«, sage ich und senke meine Fersen in die Matratze, bis ich stocksteif daliege.

»Mich hat Merve heute genervt«, beichtet Louisa. »Die ist manchmal echt drüber. Vielleicht kann Mark auch aus persönlichen Gründen merkwürdig sein und nicht immer nur, weil das Patriarchat ihn dazu gemacht hat. Meine Fresse, gibt es kein individuelles Recht, mal was so ganz unpolitisch zu verkacken?«

»Also bist du auch scheiße?«, grinse ich.

»Ja«, schnaubt sie gedankenvoll. »Wir sind alle verletzt, unsicher und wütend. Und wir können nicht damit umgehen, wenn es den anderen auch so geht.«

Vor dem Fenster sickert das gewaltige Blau des Alls langsam zurück in den schwarzen Himmel und wispert geheimnisvoll vom Morgen. Ich wäre gerne drinnen, in diesem betörenden Draußen der scheidenden Nacht, und zupfe an meinem Slip, der zwischen meinen Pobacken klemmt. Plötzlich brüllt und poltert es von unten.

»Alter Schwede, was für eine Furie«, stöhne ich müde.

Louisa kichert, richtet sich das Kissen und hört gebannt zu.

Ich bin sauer, dass die Schneider meinen Moment zerbrochen hat. »Außerdem kocht die Alte permanent Pansen oder sowas. Immer hängt der Gestank von Verwesung im ganzen Haus.«

Louisa schmunzelt und spielt verträumt mit einer ihrer Locken.

»Und bei mir beschwert sie sich über zu laute Musik«, mache ich trotzig weiter. Ich stütze mich ungelenk auf einen Ellbogen und greife nach meiner Tasse. Dabei rutscht der Aschenbecher runter aufs Bett und vor Schreck schwappt mir heißer Tee über die Finger.

»Sag mal, habt ihr jetzt eigentlich ne offene Beziehung?«

»Oha, schwere Frage.«

Wir reden leise und lauschen mit halbem Ohr dem Rascheln der fleckigen Laken.

»Und die Antwort?«

»Ich glaube, ich habe einen Kompromiss in unser beider Namen geschlossen«, witzelt Louisa ruchlos.

»Sollte Mark das nicht wissen?«, wundere ich mich.

»Er würde das nicht verstehen.«

»Das würde ich auch nicht verstehen, glaube ich.«

»Es ist immer heiß und kalt mit ihm. Mal alles eng und große Liebe und dann wieder Drama, Drama, Drama. Ich weiß zwischendurch nicht mal, ob wir überhaupt zusammen sind oder nicht.«

»Hm.«

»Was *hm*? Es macht mich kaputt. Wenn ich mir nicht zum Ausgleich mal ein philosophisches Gespräch oder sorglosen Sex gebe, dann halt ich das Hin und Her mit Mark nicht aus«, erklärt sich Louisa zum Subjekt der eigenen Begierde.

»Aber ist das jetzt Fremdgehen oder nicht?« Ich versuche zu ergründen, wo die Grenze liegt zwischen einem Körper und Geist mit Anspruch auf Genuss und dem Erliegen an einem egoistischen Leiden.

»Mein Güte, bist du spießig«, murrt sie und gibt nach einigen Sekunden zu: »Ich weiß es nicht.«

Ich kaue auf meiner Unterlippe. Möglicherweise liegt es an der Welt um uns herum, die so fehlerhaft ist, dass man ihr nicht gerecht werden kann. Und weil mir nicht danach ist, Louisa diese universelle Unzulänglichkeit persönlich aufzubürden, schweigen wir, jede für sich.

Nach einer Weile dreht Louisa sich zu mir: »Aber vielleicht bin ich wirklich einfach scheiße?«

»Ach Quatsch«, nehme ich sie in Schutz.

»Wie diese Spinnen, die ihre Männchen essen«, übergeht sie den Einspruch.

»Schwarze Witwe ...«, denke ich laut. »Ja, das könnte passen. Sexueller Kannibalismus beziehungsweise bei dir dann eher emotionaler Kannibalismus.«

Ich liege auf der Seite, Nase an Nase mit Louisa, die fragend eine Augenbraue nach oben zieht.

»Oder sexueller Emotionalismus?«, versuche ich meine eigene Theorie zu ergründen. »Na ja, egal. Die Spinn*inninninnen* fressen die Männchen einerseits auf, damit sie sich noch mit anderen paaren können. Andererseits sind die Männchen für die Weibchen Nahrung, die sie für die Zeit nach der Paarung gut gebrauchen können. Unterm Strich ist das wichtig für das Überleben aller«, schließe ich.

»Was laberst du da, du arme Irre?«, erheitert sich Louisa.

»Du frisst sie halt nicht, sondern nimmst dir, was du zur Nährung deines Glücks brauchst«, flüstere ich.

»Als ein burschenvertilgendes, arachnoides Ungeheuer?«

»Haha! Es gibt Schlimmeres. Nenn es einfach *nach Erfüllung suchendes fragiles Langbein.*«

Ich höre wie Louisa tief einatmet und spüre dann ihren warmen Atem auf meinen Wangen.

»Machst dus nochmal?«, frage ich.

»Pah!«, ruft sie leise, als sei sie der erste Mensch, der Zeuge der Verführung im Garten Eden wird – unschlüssig, ob Erkenntnis Sünde sein kann.

Ich höre sie dösig schmatzen und auch mir werden die Glieder behaglich schwer.

»Wahrscheinlich«, murmelt Louisa schließlich noch lebensdurstig, während ihr die Augen zufallen.

Matt drücke ich ihre Hand: »Manchmal fressen sie ihre Männer auch nur auf, weil sie ihnen überlegen sind.«

•••

»Na, Püppi«, heißt Julie mich mit einem Küsschen auf die linke Wange willkommen und ihr blumig-süßes Parfum steigt mir in die Nase. Sie tätschelt Sheitan die Flanke. Der Dobermann guckt die Eins-Neunzig-Frau mit verliebten Augen an und springt zurück in den Flur. Mit einer einladenden Geste winkt Julie auch mich hinein.

Keine von uns würde je ungebeten hier reinspazieren. Diese Woche bin ich dran, Julie zu unterstützen, vielleicht ein paar Einkäufe zu erledigen oder bei Behördengängen zu helfen. Ich will auch sehen, ob alles mit der Wohnung okay ist. Weil Kowali, der olle Fatzke, nicht verstehen will, dass wir ein Kollektiv sind und jede von uns ernst zu nehmen ist, muss immer ich es vorbringen, wenn etwas repariert werden muss oder der Keller wieder aufgebrochen wurde.

Nach den Strapazen der letzten Woche hängt ein müder Schleier über Julies Gesicht. Babsi hat Anette mit dem Küchenmesser bedroht, weil die ihr kein Geld für Drogen geben wollte. Es war nicht das erste Mal, und Julie blieb nichts anderes übrig, als Babsi rauszuwerfen und zwei Tage lang in ihr besticktes Taschentuch zu heulen.

Ich folge Julie in die Küche. Das Refugium ist eine neunzig Quadratmeter große Wohnung mit kleinem Garten. So gewöhnlich Dreizimmerküchebad auch sein mögen: Dies ist ein Ort, den man verschweigt. *Chez Julie* sagen wir, wenn andere dabei sind. Und ansonsten redet sowieso niemand über Orte wie diesen, weil es bequemer ist, die Mär von Einzelfällen heraufzubeschwören – Abertausender Einzelfälle der Demütigungen, Übergriffe, von häuslicher Gewalt. *Wer Schutzräume nicht sieht, der will auch die Gewalt, die sie notwendig macht, nicht sehen*, sagt Merve immer, und Louisa beschreit die gewalttätige Essenz, die auf Besitzansprüchen basiert. Als wären wir alle nichts weiter als stumpfes Eigentum. Statt dass Sexismus, Vergewaltigung und Femizide als allgegenwärtiges Muster benannt werden, schweigt man sich über Männlichkeit und ihre finstere Besetzung aus.

Manche derer, die aus dem Albtraum ausbrechen, sitzen dann apathisch auf der Couch in der Küche und rauchen Kette, weinen Sheitan ihre Verzweiflung ins Fell oder werfen wütend Gläser an die Wand. Jede hat einen eigenen Weg, um aus dem Grab zu krabbeln, was schon lange für sie geschaufelt wurde.

Wir könnten noch zehn weitere Wohnungen vollkriegen, denn eine ›extreme Ausnahme‹ reiht sich an die nächste. Und schon klingelt bei uns wieder das Telefon und eine verängstigte, resignierte oder schluchzende Stimme fragt nach einem Platz. Nichts geht dir mehr ins Gebein als der verfickte Vibrationsalarm des Telefons in deiner Tasche, wenn du weißt, die Hütte ist voll, und du höchstens ein paar Nächte auf der Couch anbieten kannst. Es sind zu viele.

Julie rückt am Knoten ihres bunten Halstuchs, mit dem sie ihren Adamsapfel verbirgt, und lächelt würdevoll. Jeden Tag trägt sie einen anderen Schal aus Seide, immer mit einem fröhlich-vornehmen Design. Das war schon so, als sie hier ankam. Schnell hat sie beschlossen, nicht mehr zu gehen, und sich selbstbewusst zur Hausmutti erklärt. Stolz klackern die Absätze ihrer High Heels auf den Böden des Frauenhauses, wenn sie die Neuen in Empfang nimmt, ihnen bei den ersten Schritten hilft, die Wohnung organisiert oder glutenfreie Kekse backt. Wenns Not tut verprügelt sie auch mal einen eifersüchtigen Expartner, der irgendwie die Adresse rausgekriegt hat und unverhofft vor der Tür krakeelt.

In der Küche nimmt sie zwei Gläser aus dem Schrank und öffnet die schmale Glastür zum Garten. Ich schlüpfe aus meinen Flipflops und blinzel gegen die zügellose Sonne, das Gras kitzelt mich angenehm zwischen den Zehen. Sheitan inspiziert einen Kosmos von Düften im Grün, schmeißt sich plötzlich hin und leckt sich genüsslich die Klöten.

»Süß«, sage ich gemütsarm, und Julies Lachen sirrt anmutig wie ein Sternschnuppenschauer durch den Morgen.

»Seine Eier lasse ich ihm«, sagt sie in ihrer typischen Weise, indem sie jede Silbe sorgfältig betont und zugleich in eine weiche Melodie bettet.

Mit einer kultivierten Bewegungsabfolge, die bis in die Fingerspitzen reicht, legt sie sich auf die gestreifte Sonnenliege und drückt sich mit den gewölbten Handinnenflächen sanft die Frisur zurecht. Der wolkenlose Himmel hängt wie ein Brennglas über uns. Auf dem weißen Metalltisch steht ein Krug selbstgemachter Limonade, aus dem sie uns einschenkt. Rittlings setze ich mich auf die zweite Liege und ziehe den Gummibund meiner Hose über den Bauchspeck.

Julie ist keine Frau, die man nach dem Alter fragt, so viel verstehe sogar ich und schätze sie im Stillen auf Mitte fünfzig. Ihre

Eleganz ist wie schimmerndes Perlmutt, das sie vor ihrer Umwelt zu schützen scheint.

Sheitan setzt sich neben sie und lässt sich den Kopf streicheln. Julie küsst den schwarzen Rüden auf die Stirn und klopft sich imaginären Staub vom Rock. Einträchtig liegen sie jetzt beide da und himmeln sich an.

Ich stürze die Limo in einem Zug runter und wische mir einen Tropfen vom Kinn. Julie trinkt mit abgespreiztem kleinen Finger durch ihren Strohhalm. Sie trägt Make-up in gedeckten Tönen, und sie trägt viel davon.

»Kowali wollte wiss...«, sage ich, und sie fällt mir mit finsterem Gesicht ins Wort: »Der stand hier einfach vor der Tür!«

»Ja, er hat mich danach angerufen«, antworte ich lachend. »Hast du wirklich Sheitan auf ihn gehetzt?«

»Ach, der tut doch keiner Fliege was«, sagt sie grinsend und kneift den Hund liebevoll ins Ohr.

»Gut, dass Kowali das nicht weiß«, freue ich mich.

»Der hat mich glatt eine ›dumme Schwuchtel‹ genannt«, spuckt sie mir entgegen.

»Alter, der hat große Angst um seine Männlichkeit, was?«

Julie legt neckisch den Kopf zur Seite: »Ich bin der Inbegriff männlicher Angst, Püppi.«

»Was für eine Scheiße«, brumme ich.

»Meine schiere Existenz ist eine Bedrohung für das altmodische Modell von Mann und Frau. Klar geht dem Kowali da sein runzliger Allerwerteste auf Grundeis. Ich mache ihm doch die ganze Theorie seiner Überlegenheit kaputt, ich lasse all seine penisgebundenen Argumente, na ja, erschlaffen«, triumphiert Julie und fährt mit einem Zwinkern fort: »Wenn ein alter weißer Mann wegen einer weißen Frau im besten Alter, wie ich es bin, so aus dem Häuschen ist, dann machen wir alles richtig.«

»Und dabei ist er noch einer von den Guten«, sage ich tonlos.

Für eine Sekunde ist da ein Riss in ihrer Maske.

»Ist das so?«, fragt sie frostig.

Die Abhängigkeit von Kowali ist ein elender Pferdefuß. Betrübt reiße ich einem Gänseblümchen den Kopf ab. »Manchmal befürchte ich, wir müssen warten, dass die alle wegsterben.«

»Die Emanzipation schreitet Tod um Tod voran«, gedeiht Julie mir einen Trinkspruch an und gießt Limonade nach.

Ohne Arbeitseinsatz komme ich heute nicht davon. In ihren rosa gepunkteten Gartenhandschuhen zupft Julie jetzt Unkraut aus den Beeten. Sheitan pieselt an den Holunder, und ich schnibbel planlos an der Hecke herum. Den ganzen Zaun entlang hat Julie dicht an dicht Kirschlorbeer gepflanzt, weil der schnell wächst und auch im Winter Blätter trägt.

»Wie ist die Neue?«, frage ich.

»Sie ist Türkin. Wurde ziemlich übel vermöbelt. Redet nicht viel«, erstattet Julie Bericht und reißt ein Büschel Hühnerhirse aus der Erde.

»Und Anette?«

Julie guckt mich niedergeschlagen an: »Anette ist weitergezogen. Sie hat den Toaster mitgenommen.«

»Den Toaster?«, kicher ich, weil es so absurd und traurig klingt und lege die Heckenschere beiseite. Julie nickt bloß und zerrt an einem Löwenzahn.

»Na gut«, sage ich zu mir, drücke den Rücken durch und mache mir eine Kippe an. Ich ziehe die Nase hoch und frage so unverfänglich wie nach der Uhrzeit: »Julie, kannst du uns Sechskantschlüssel machen?«

»Aber die kriegst du doch im Baumarkt, Püppi.«

»Nee, ich brauche einen besonderen. So ein Rohrsteckdings, oder wie das heißt. Mit diesem Schlitz.«

Sie rammt ihre Harke in die Erde und richtet sich vor mir auf. Sie ist einen guten Kopf größer als ich.

»Püppi, ich weiß genau, dass es um eure Aktion geht. Du weißt, ich will mit sowas nichts zu tun haben!« Unter ihrer Verärgerung beginnt die beherrschte Fassade zu bröckeln. Sie will nicht raus aus ihrer hart erkämpften Blase, in der sie sich so viel individuelle Freiheit zusammenkratzen konnte, dass sie manchmal glauben kann, nicht mehr dafür kämpfen zu müssen. Weder will sie Tatwerkzeuge flexen noch maskiert durch die Gassen rennen. Es wäre das Eingeständnis, immer noch nicht obsiegt zu haben. In ihrer Welt brauchen andere Hilfe, und sie kann so tun, als wäre alles in Ordnung, zumindest für sie.

»Bitte, wir brauchen nur drei Stück«, jammer ich und knabber an meinen verdreckten Fingernägeln, um besonders niedlich auszusehen.

Sie zieht geflissentlich an jeder einzelnen Kuppe ihres linken Handschuhs und streift ihn dann ganz ab. »Nein.«

»Julieeee«, bettle ich quengelnd.

Ihre Schultern sacken für einen Moment ab, dann richtet sie sich wieder auf.

»Meine Güte, du bist wirklich lästig!«, gibt sie sich mit grätiger Gebärde geschlagen.

Jubelnd falle ich ihr um den Hals und gebe ihr einen Kuss: »Danke!«

»Ja, ist gut jetzt«, schiebt sie mich unwillig von sich weg.

Nicht auffälliger als ein Schatten tritt eine junge Frau aus der Küche auf den Rasen. Sie hat sich eine der gehäkelten Sofadecken als Tunika übergeworfen, was nicht nur wegen der Temperaturen irritierend wirkt. Mit gedämpfter Stimme sagt sie »Hallo« und bleibt mit hängenden Armen vor der Tür stehen. Julie winkt sie zu uns herüber und zwischen dem tief gebundenen Hijab lugen ihre Augen hervor, umrahmt von blauvioletten bis rötlichbraunen Hämatomen, die wie düstere Wolken ihre Züge verhängen.

»Hi, ich bin Gorgo«, strecke ich ihr vorsichtig die Hand entgegen.

»Gorgo?«, wundert sich Julie etwas beleidigt, weil sie das nicht wusste.

»Hallo. Aynur«, stellt die Neue sich mit gesenktem Blick vor. Sheitan legt sich zwischen uns auf den Boden und spielt mit einem Käfer.

»Schön, dass du da bist. Ich helfe hier ein bisschen aus. Sag Bescheid, wenn du was brauchst, ja?«

»Danke. Er hat mich mit allem versorgt«, deutet sie mit dem Finger in Julies Richtung.

»Wer? Sheitan?«, fragt diese patzig.

»*Sie* hat dich versorgt«, werfe ich schnell dazwischen. Aynur guckt verwundert, aber friedlich auf eine abwesende Art, als mache ein profanes Pronomen keinen Unterschied.

»Ist es okay, wenn ich spazieren gehe?«, wendet sie sich an Julie.

»Nimm Sheitan mit. Für unsereins ist es zu gefährlich, alleine rauszugehen«, diktiert Julie, ohne zu erkennen zu geben, ob sie sich und Sheitan, sich und Aynur oder uns alle damit meint.

Sheitan wedelt mit dem Schwanz, als Julie ihm das Halsband umlegt. Vorsichtig nimmt Aynur ihr die Leine aus der Hand und lässt sich von Sheitan zum Gartentor zerren.

Julie stemmt die Hände in die Hüften und schaut den beiden mit mütterlicher Skepsis nach. »Gestern trug sie kein Kopftuch.«

Ich stehe eine Viertelstunde an der Ecke neben dem *Chez Julie*, bis Pat endlich da ist. Das Haar hängt ihr wie immer etwas wirr ins Gesicht, und sie flucht, als es ihr nicht gelingt, die Kindersicherung der Tür zu deaktivieren. Der Mercedes hinter uns hupt. Ich ruckel ein paar Mal chancenlos am Griff und klettere schließlich durch das Fenster in den Wagen, während Pat allerhand Zeug vom Sitz und aus dem Fußraum auf die Rückbank schaufelt. Wir umarmen uns schnell, aber fest.

»Sorry«, entschuldigt sie sich gehetzt, zeigt dem drängelnden Fahrer den Mittelfinger und fährt los. Ich ziehe eine mit Brötchenteig verkrustete Playmobilfigur unter meinem Hintern hervor und werfe sie zum anderen Kinderkram nach hinten.

»Um sieben muss ich wieder zu Hause sein«, warnt sie mich an der Kreuzung vor, und ich sporne sie an: »Na, dann! Auf, auf!«

Wir fahren zu dem Forst südlich der Stadt, weil dort niemand außer uns sammelt. Ich würde lieber am frühen Morgen in die Pilze gehen, aber da muss sie sich um ihr Kind kümmern oder arbeiten. Die Sonne staucht sich auf der Windschutzscheibe, als würde der Sommer seinen Querschnitt auf ein Glasplättchen für ein riesiges Mikroskop tragen wollen. Zwischen meinen Füßen finde ich eine offene Packung Pistazien. Ich füttere Pat und mich damit und schmeiße die Schalen aus dem Fenster. Der Wind fährt uns durch das Haar und im Radio spielen sie *Blondie.* Wir sausen um ein paar Kurven und sind voll drin. Aufgedreht schwatzen wir, die Pappeln rasen auf der Landstraße an uns vorbei und jagen uns mit ihren Silhouetten durch einen Tunnel aus Stroboskoplicht.

»Ich hab auch mal gelesen, dass beschnittene Männer länger können.«

»Weiß nicht, ob ich bereits genügend Probanden für eine empirische Studie hatte.« Ich gluckse und schiebe dann doch noch einen Tadel an uns beide hinterher: »Mir wurde übrigens auch mal die Weisheit ›blond fickt gut‹ zugetragen.«

Ich erzähle, wie es mit René steht und von einem Typen, den ich letzte Woche abgeschleppt habe. Dass wir schon an der Ampel und dann im Treppenhaus wild rumgemacht haben wie Teenies und uns schließlich in seiner Dachgeschosswohnung gegenseitig das Hirn rausvögelten. Über seine Vorhaut kann ich nichts sagen.

»Willst du das überhaupt hören?«, unterbreche ich mein Geschwafel.

»Ja, bitte! Ich lebe durch dich!«, jauchzt sie, als wir auf den Waldparkplatz einbiegen und der Kies unter den Rädern knirscht.

Womöglich ist es das Schönste an unserer Freundinnenschaft, dass mir die unwichtigen Dinge wichtig sein dürfen, dass ich in Gleichgültigkeit baden kann, bis mir ein wohliger Schauer über den Rücken läuft. Wenn Pat mich mit ihren Kulleraugen anguckt, dann habe ich keinen Druck, besser sein zu müssen. Eine Verschnaufpause von meinem Gewissen.

Es ist eine der wenigen alten Bindungen, die ich noch pflege. Und das nicht einmal gut. Mit meiner Besserwisserei tue ich uns keinen Gefallen. Gäbe es ein Beziehungsamt, wäre mir das Sorgerecht für uns schon lange entzogen worden. Manchmal wundere ich mich, ob ich Mitleid mit ihr habe, oder ob ich neidisch auf ihr Leben bin. Feststeht, dass sie nicht so eine arrogante, be- und verurteilende Arschkrampe ist wie ich. Ich weiß nicht mehr, ob das mit uns Liebe oder Gewohnheit ist, weil sich die dazugehörigen Empfindungen überblenden und ineinander verirren.

Wir tapern über die kleine Lichtung am Saum der schattenspendenden Bäume entlang und spähen ins feuchte Unterholz. Hoch über unseren Köpfen knarzen zwei alte Fichten, warmes Licht schmiegt sich wie ein Heiligenschein um ihre Kronen. Zwischen den Wurzeln einer mächtigen Eiche hat sich ein kleiner Brunnen gebildet. Alles ist so idyllisch, man wäre nicht überrascht, wenn hier gleich eine Horde schillernder Feen ein ersprießliches Bad nehmen würde. Ich streichel über das satte Moos, das wie ein Pelz einen verrottenden Baumstamm überzieht, und wäre gerne eine Ameise, die sich darin verliert.

»Wie viele Überstunden waren es diesen Monat?«, frage ich und lecke an einem Stück Röhrenpilz – *nicht giftig*.

»Zu viele«, sagt Pat so lasch, als wäre es egal, und hält mir den Korb hin.

»Wolltest du nicht strenger werden?«

»Es ist gerade so viel zu tun. Alle arbeiten viel, wir kommen einfach nicht hinterher.«

Sie macht schon seit ein paar Jahren irgendwas Administratives, das so langweilig ist, dass ich es mir nicht gemerkt habe und jetzt nicht mehr nachfragen kann.

»Wolltest du nicht auch damit aufhören, Ausreden für deinen Chef zu finden?«

Pat untersucht eine kleine Gruppe Schopf-Tintlinge und befindet zwei von ihnen für brauchbar. Wir haben dieses Gespräch schon hundertmal geführt. Wie in einem törichten Sketch wiederholen wir uns, bis es komisch wird, und dann halten wir uns irgendwann die Bäuche vor Lachen. Soweit sind wir nur noch nicht.

»Ich muss meine Zeit einfach besser einteilen.«

»Pfft.« Mit einem Luftausstoß untermale ich ihr Einknicken und Abnicken. »Hör auf, ja zu sagen, verdammt.«

Pat ist stark, Pat ist schlau, Pat weiß Bescheid. Aber weil sie so nett ist, übersieht sie, dass man nicht pausenlos nett sein kann. Nicht sein darf. Weil es auf die eigenen Kosten geht. Es ist zwar fast schon Mode, Feministin zu sein – oder immerhin altbacken, es nicht zu sein, nur sollen bitte alle Forderungen höflich und alle Änderungen leicht bekömmlich über die Bühne gehen. Mit einem Lächeln sollen wir alles machen. Blasen ja, aber nicht zum Gegenangriff.

»Ja.«

»Pat ...«

»Scheiße man! Weißte, wenn ich sehe, dass ich Kacke von Emil unterm Fingernagel hab, so schön versteckt unter dem roten Nagellack, und jemandem damit den verfickten Papierkram reiche, dann ist das für mich schon Rebellion! So sieht es aus.«

Vielleicht ist ihr Kampf verhängnisvoller als meiner, weil er persönlich ist, während ich mich feige aufs große Ganze stürze. Wir lachen, aber nur kurz.

Pat schlägt einen büscheligen Pilz im Handbuch nach und erzählt von ihrem Emil. Wie ein Bächlein plätschern die Worte aus ihr heraus, rinnen um Steine und Windungen durch unseren Nachmittag. Ich bin furchtbar gelangweilt. Ich bin ja mit ihr befreundet, nicht mit ihrem Sprössling. In der Hocke watschle ich unter eine Tanne.

»Macht Ralf jetzt eigentlich mehr zu Hause?«, vollführe ich einen hinterlistigen Themenwechsel, um im Niemandsland zwischen Abstoßung und Anziehung perfide entzückt nachzutreten und verzweifelt nach ihr zu rufen. Ich weiß nicht, ob ich Ralf mag oder nicht. Und auch nicht, ob es mich etwas angeht und meine erlauchte Meinung dazu überhaupt gehört werden muss.

»Er hilft schon mehr als vorher«, sagt Pat und kriecht mir hinterher.

»Willst du mich verarschen? Wobei denn helfen? Bei *deiner* Aufgabe?«

Ich bin so angepisst, dass ich aufspringe, aber nach wenigen Zentimetern mit dem Kopf zwischen den Nadeln hängenbleibe.

»Er kann halt nicht so gut putzen.«

»Ich glaube, der Satz fängt mit ›er will nicht‹ an.«

»Er sieht es einfach nicht. Es ist ihm nicht so wichtig. Dafür macht er ja andere Sachen.«

»Was denn?«

»Einkaufen, ... die Steuer ...«

Es ärgert mich, dass ich ihn womöglich zu Unrecht verurteilt habe. Also piesacke ich weiter: »Was davon würdest *du* am liebsten machen?«

Wehe, sie sagt jetzt das Falsche und Ralf ist gar nicht so schlimm. Aber sie zuckt nur mit den Schultern.

»Macht der denn so oft die Steuer, wie du das Klo putzt?«, lege ich nach und will nicht einsehen, dass die Entwürdigung der Frau bis hin zur Ablehnung von Hausarbeit anschwillt. Als wäre sie vom ekelhaften Gyno-Parasiten durchsetzt, der sich durch bloße Berührung überträgt.

»Aber es macht mir ja nichts aus. Jedenfalls nicht so viel wie ihm. Ich kümmer mich gerne um unser Nest, sozusagen.«

»Tja, aber so lange er das nicht honoriert, bleibts dabei«, moniere ich und picke mir die Nadeln aus den Haaren. »Hausarbeit und Kindergroßkriegen ist keine *richtige* Arbeit, es ist *Frauenarbeit*.«

»Kindererziehen ist doch nicht wie Kloputzen! Das ist mein Sohn!«

»Und verbringst du mehr Zeit mit dem Haushalt oder mit deinem Kind?«

»Mensch, wenn ich es aber doch gerne mache!«

»Nur weil etwas Spaß macht, ist es doch nicht automatisch keine Arbeit.«

»Wir haben beide viel Arbeit.«

»Okay.«

»Okay?«

»Pfft«, pfeife ich diesmal mich selbst an.

Nein zu sagen ist eine unserer stärksten Waffen. Die Frage ist, wem wir dieses Messer an die Kehle setzen. Ich habe offensichtlich allen den Krieg erklärt, auch ihr. Trotzdem kann ich mich nicht lange mit ihr streiten, das halte ich nicht aus.

»Ist doch auch voll schade für Ralf«, übe ich mich im Kompromiss.

»Dass er nicht putzt?«

»Dass er glaubt, er könne es nicht. Wenn man außer Rasenmähen und Grillen nichts kann und dann noch glaubt, diese Unfähigkeit sei Prestige, das ist doch scheiße.«

»Okay, raus damit. Was willst du eigentlich sagen?«

»*Mann* muss unfähig sein, damit *Frau* als unbezahlte Arbeiterin bestehen bleibt«, erläutere ich einer wissend grinsenden Pat.

»Patriarchaler Kapitalismus?«, nimmt sie meine wiederkehrende Litanei aufs Korn.

»Jo!« Nur weil ich moralische Immunität in unserer Zweisamkeit genieße, muss das ja nicht für sie gelten.

»Vielleicht holen wir uns eine Putzfrau. Dann haben wir das Problem nicht mehr«, überlegt Pat und knipst noch ein Schirmchen ab.

»Klar. Putz*frau*. Und wer putzt dann bei der?«

»Ist es nicht gut, wenn die nen Job hat?«

»Wäre es nicht besser, wenn die Harvardprofessor wäre?«

»Was?«

»-in«, sage ich zu mir und dann zu Pat: »Das ist praktisch für dich, aber packt das Problem nicht an der Wurzel. Immer noch werden Männer nicht aufgefordert, ihren Teil zu tun. Stattdessen beteiligt man sich an der Ausbeutung von Frauen, die im Zweifelsfall arm sind oder Migrantinnen oder einer ethnischen Minderheit angehören.«

»Geil, daran bin ich jetzt schuld?«, schüttelt Pat baff den Kopf.

»Meine Fresse, du arbeitest wie blöd, putzt und ziehst nebenher ein Menschlein groß. Aber eine alternative Gesellschaft zu schaffen, soziale Solidarität, das soll zu anstrengend sein? Raff ich nicht.«

»Und du meinst, das passiert alles in meinem Putzschrank?«, lässt sie mich auflaufen.

»So lange es *deiner* ist.«

Wir schweigen.

»Pat«, sage ich dann in bevormundender Ruhe ihren Namen, »es gibt keine Befreiung für Einzelne. Du kannst dir die Freiheit nicht erkaufen.«

Mit einem finsteren Blick kontert sie: »Und du nicht erficken!«

»Autsch!«

Wir reißen beide die Augen auf und gucken uns begeistert und fassungslos zugleich an. Dann nehmen wir uns für einen Moment kichernd bei den Händen.

Pat sortiert die Pilze im Korb, sodass sie sich nicht gegenseitig erdrücken, und sagt leise: »Ich will auch wieder öfter Sex haben.«

Die Meisen zetern in den Ästen und besingen ganz anderes. Pat kriegt ihr Leben gedeichselt, so gut das eben geht, wenn in einem solchen Leben mehr als die eigene Person mitspielt. Und es ist lachhaft, wenn ich darüber klage, dass sie sich klassisch definiert. Sie soll sich nur sicher sein, dass sie dieses Leben so will. Nennt sie es traulich, nenne ich es staubig, und bei aller Abschätzigkeit schleicht sich der Verdacht ein, ich trage eine verhohlene Sehnsucht nach Einfachheit in mir, nach einem Gefüge mit einem befolgbaren Plan.

»Bist du mit deinem Buch vorangekommen?«, fragt sie aufrichtig interessiert und allein deswegen sollte ich meine unsägliche Mäkelei im Zaum halten. Ich wäre gerne so nett wie sie. Ich meine das nicht abfällig, sondern im Sinne einer prächtigen Charaktereigenschaft. Nett und eben nicht scheiße. *Das wär was!*

Ich habe zwar eine Anfrage für eine Kurzgeschichte bekommen, in der mir allerdings auch mitgeteilt wurde, es sei besser, wenn meine Arbeit umsonst wäre. Zwei andere Vorschläge für Beiträge wurden abgelehnt; ich hatte eine Honorarvorstellung beigelegt. Und die Anthologie-Heinis haben sich zwar die Zeit für eine kurze Nachricht genommen, allerdings meine Frage nach der Kohle ignoriert.

Statt Pat zu antworten, summe ich vor mich hin.

»Soll ich dir was überweisen?«

»Nee, lass mal«, lehne ich verdrießlich ab.

»Wieso?«

»Ich will das nicht.«

»Ja, gut, du kannst stattdessen ja den Kapitalismus abschaffen«, sagt sie angriffslustig, weil sie weiß, dass sie diese Schlacht gewonnen hat. »Ist mir auch recht.«

»Touché«, beuge ich mich, ohne mich übermäßig zu zieren.

Wir stapfen durch ein von Wildschweinen aufgewühltes Schlammloch und bemühen uns, auf die wenigen verbliebenen Grasbüschel zu treten und dabei nicht einzusinken.

»Das Einzige, was mich richtig nervt, ist, wenn ich seine Fleischsachen abspülen muss«, gesteht Pat jetzt wie als Friedensangebot.

Ich gucke lediglich schief.

»Letztens hat er Hühnchen gegessen. Das konnte ich dann aus der Pfanne kratzen.«

»Er hat *ein* Hühnchen gegessen.«

Ich verliere das Gleichgewicht und versinke in einer besonders weichen Stelle. Der Matsch schmatzt zwischen meinen Zehen.

»Nee, das waren so Filetstreifen«, erwidert Pat und merkt beim Sprechen, dass sie es nur schlimmer macht.

Auf einem Bein balancierend und meinen Fuß an dem anderen abstreifend, schnappe ich: »Jedenfalls war es ein Lebewesen, bevor es zu seinem scheiß Mittagessen wurde!«

Das ist mein Knopf, der große rote.

Während einige glauben, sie würden sich nähren, wenn sie kreatürliche Brocken und Zerkleinertes in sich hineinstopfen, dass sie lebendiger davon werden oder es länger bleiben, lecken sie sich eigentlich die Lippen nach dem Tod. Einem Tod, der so allumfassend ist, dass das gegessene Tier bis zur letzten Faser abwesend ist – ist, war und bleibt. Bloßes Fleisch ersetzt ein Leben. Ein Akt der totalen Entfremdung und Auslöschung. Das geht ganz leicht. Nicht mehr da, kein Bezug mehr, kein Fädchen einer Verbindung. *Puff!*

»Wie lange bist du jetzt vegan und der frisst die Scheiße immer noch? Vor dir!«

Ich schiebe meinen schwarzen Fuß zurück in den Flipflop. Pat bleibt ruhig und stellt den Korb neben sich ins Laub. Sie steckt die Hände in die Taschen und wippt auf einem abgebrochenen Ast hin und her. Dann schnalzt sie mit der Zunge.

»Ich bin schwanger.«

Ich befinde mich plötzlich im luftleeren Raum, darum kann ich nicht sagen, ob ich erschüttert bin.

»Ist das gut?«, frage ich dementsprechend stumpf.

Die Pause ist eine Spur zu lang, bevor Pat reagiert. »Ja.«

Ich grüble über einen angemessenen Kommentar, doch es fällt mir keiner ein. Mein Mund öffnet sich, ohne zu wissen, was er sagen soll.

»Scheiße«, schaltet sich etwas aus meinem Unterbewusstsein ein, »ich hab das Messer bei den Birken liegen lassen.«

Pat kommt kurz mit hoch zu mir, weil ich noch ihren Wok habe und sie morgen für irgendwelchen Besuch asiatisch kochen will. Sie fragt nicht mal, ob ich auch kommen möchte. Sie weiß, dass ich ihre Leute noch mehr verachte als meine.

Auf der dritten Etage fängt uns die Schneider ab, als hätte sie den ganzen Tag durch den Spion auf mich gelauert.

»Se sind heut mit den Mülltonnen dran«, ruft sie mir hämisch zu. Ich nehme den Flur hinter ihr in Augenschein, die Strukturtapete mit Bordüre und den geflochtenen Weidenkranz an der Wand. Sie steht da mit einer kleinen Spange in ihrem schütteren Haar, mit einem Sommerkleid wie aus dem Schrank meiner Urgroßmutter, braunen Sandalen und braunen Socken, die sie halb über ihre speckigen Waden gezogen hat.

»Ich weiß«, lüge ich voll gekränkter Überzeugung.

»Guten Tag«, meldet sich Pat mit einem unerschütterlichen Lächeln.

»Tach«, antwortet die Schneider und weiß nicht so recht, was sie mit der Freundlichkeit anfangen soll. Sie geiert auf den Korb und mein schlammverschmiertes Bein. »Tragen Se bloß keenen Dreck ins Haus.«

»Nee, wir waren Pilze sammeln«, erzählt Pat fidel und streckt ihr den Korb entgegen. Sie überrollt die Schneider förmlich mit ihrer Bereitschaft, mit ihr auszukommen.

»San die nisch jiftisch?«, versucht die Schartecke es ihr madig zu reden und kommt einen Schritt näher, um die Exemplare etwas besser sehen zu können.

»Nee, die sind nicht giftig. Wir haben ein Pilzbestimmungsbuch, in dem steht, welche man essen kann und welche nicht. Auch mit Bildern. Da kann man nichts falsch machen«, blubbert es aus Pat heraus.

Sie hängt sich den Korb in ihre Armbeuge und zeigt der Schneider das Buch. Ich verstehe beide nicht. Wenigstens beachtet die Ätzende mich jetzt nicht mehr. Pat blättert durch die Seiten und zeigt auf Schautafeln und Vergleichsfotos.

»Hier. So kann man immer genau unterscheiden, was man vor sich hat.«

»Soso«, nuschelt meine Nachbarin uninteressiert und wendet sich doch wieder an mich. »Verjessen Se den Müll nich!«

»Ganz bestimmt«, nickt Pat eifrig.

»Ja, ganz bestimmt!«, buckle ich affektiert und hoffe, dass sie auch die Heerscharen von Beleidigungen im Subtext erreichen.

»Schönen Tach noch«, wirft sie uns vor die Füße und schlägt die Tür zu.

Pat blickt mich stolz an, als hätten wir einen großen Coup gelandet.

»Die hat mir noch nie einen schönen Tag gewünscht.«

Pat sieht sich um und hängt ihre Tasche über die Stuhllehne, vielleicht weil sie so den wenigsten Kontakt mit den Oberflächen meiner schmuddeligen Wohnung hat.

»Ist dir das nicht peinlich?«, fragt sie und scannt das Chaos, das sich bis in den letzten Winkel erstreckt.

»Wie bitte?«

»Nee, ich finds ja gut!«, beteuert sie und bindet sich ihre Haare neu. »Ich finds gut, dass es bei dir so aussieht. Da fühle ich mich gleich besser.«

Ich runzle die Stirn und wische unauffällig die Tabakkrümel vom Tisch.

Pat lacht mit beängstigender Ernsthaftigkeit: »Wenn es bei uns scheiße aussieht, schäme ich mich fast ... Denke, man könnte meinen, ich hätte die Kontrolle verloren.«

Das Telefon klingelt. Es ist Kowali.

»Sorry, ich muss rangehen. Ist meine Woche.« Ich hebe entschuldigend das Handy hoch.

Pat nickt und ergötzt sich weiter an meiner verklebten Küchenzeile. Mit einer Gabel fischt sie einen verfärbten Lappen aus der Spüle, um ihn eingehender betrachten zu können.

»Hallo Herr Kowali ... Aha ... Ja, ab... ... Nein ... Nein, das geht nicht! Darüber haben wir doch schon gesprochen ... Nein. Das bringt nur Schaden. Nein. ... Herr Kowali! Nein! Absolut nein. ... Ja, Ihnen auch. ... Ja. ... Nein! ... Ja, tschö.«

Mit gespitzten Lippen und angehobenem Kinn fragt Pat, was war.

»Argh! Irgendwann raste ich aus.«

»Was hat er denn diesmal?«, weidet sie sich an den Wirrungen meines Daseins.

»Sein Neffe ist Künstler, und jetzt will er, dass der ein Gemälde außen ans Gebäude pinselt. Damit schön jeder weiß, dass da ein Frauenhaus ist. Ich dreh durch!«

Bevor ich weiterpoltern kann, klopft es an der Wohnungstür. Das passiert nie, und wir schauen uns erstaunt an. Als wäre es ein Abenteuer und kein Albtraum, nicht zu wissen, wer vor der Tür steht, springt Pat enthusiastisch auf: »Ich geh schon!«

Ich bleibe vor der Diele stehen und versuche, um die Ecke zu gucken. Ohne Erfolg. Pat redet beschwingt mit einer Frau. Ich verstehe nicht, was sie sagt, nur dass sie wieder diese mädchenhafte Stimme bemüht. Dann kommt sie zurückgehopst und zieht das Pilzbuch aus ihrer Tasche. Im Vorbeirauschen teilt sie mir mit: »Deine Nachbarin will sich das Buch leihen. Wir brauchen es erstmal eh nicht, oder?«

Ich würde gerne die Hand nach ihr ausstrecken und sie zurückhalten, aber Pat hat bereits entschieden, dass wir so bald nicht mehr in die Pilze gehen.

...

Ich ziehe mit Tine, Louisa, Torben und Zwetschge los, um ein paar Hakenkreuze und andere rechte Schmierereien zu übersprühen, die sich letzte Woche in der Nordstadt ausgebreitet haben. Das ist unsere Version eines Kegelklubs, etwa einmal im Monat machen wir das. Alte Schule. Die Sinne sind schärfer und alles ist schöner, wenn unsere Schritte verwegen in den leeren Straßen hallen. Die Nacht ist unsere Manege, in der wir Paradenummern vollführen, die das Publikum erst morgen zu sehen bekommt. Wir werden ihnen nicht einmal etwas besonders Tolles zu bieten haben. Außer Torben ist hier niemand gut im Sprühen, und auch er spart sich heute aus Zeitgründen jede Virtuosität. Egal. Hauptsache, der rechte Dreck ist weg.

Torbens lange Arme schlenkern unkontrolliert an seinen Seiten, als sei der schlaksige Kerl in ewigem Wachstum gefangen. Seine Ähnlichkeit mit Elma ist unverkennbar, nur anders als sie ist er weniger ein Gemälde, sondern eher eine grobe Skizze.

Zwetschge sagt nie viel, aber guckt immer so, als würde er alles verstehen. Der schratige Punk mit seinen selbstgestochenen Tattoos und dem großen Herzen unter einer haarlosen Brust hat ein Grinsen, mit dem alles zu gewinnen ist. Nur seine großen schiefen Zähne sind eine Finte, die so manche glauben lässt, dass selbst er fehlerhaft ist. Stimmt aber nicht. Er macht sich immer die Hände schmutzig, aus Prinzip. Ich kann mir nicht vorstellen, dass er jemals etwas getan hat, was nicht sinnhaft war.

Breitbeinig laufen wir, einen Rucksack mit Dosen und Latexhandschuhen geschultert, durch das dunkle Viertel. Die Gegend ist übel, darum stehen immer zwei von uns Schmiere, während die anderen die Fassaden und Mauern ausbessern.

Soll mir ruhig die Bürgerwehr oder ein Fascho über den Weg laufen. Ich bin schon mit Zornesfalte und geballten Fäusten aufgewacht, wütend über Bestehendes und nicht weniger über Sachen, die gar nicht erst passiert sind. Keine Ahnung warum, aber heute hasse ich die Welt besonders. Ich habe so Tage. Tage, an denen ich Lust habe, jemandem richtig, richtig wehzutun; wo nichts anderes Abhilfe zu versprechen scheint, als ein gegen die Wand geschlagener Schädel. Stattdessen rauche ich dann Kette und bin noch unausgeglichener.

Ich stehe an der Ecke und tue so, als würde ich mit meinem Handy spielen. Zwetschge hat die andere Straße im Visier. Er ist so konzentriert, dass selbst die Art, wie er sich den Reißverschluss zumacht, wie ein aufrührerischer Akt wirkt. Tine lässt eine Hakenkreuzvariante, bei der zwei Arme nach links, und zwei nach rechts abknicken, unter wilden Streifen aus weiß verschwinden. Auch eine reichsgetreue Swastika ist dabei, gleich neben dem obligatorischen *Ausländer raus*. Louisa schreibt in grellem Pink *Make love and revolution* quer darüber. Torben kritzelt sein Tag auf den oberen Teil der Wand und setzt mit kühn vorgeschobener Unterlippe das Frauenzeichen dazu, das auch nur der verschissene Handspiegel der Venus ist.

»Girlpower!«, ruft er leise mit hoher Stimme.

»Spinnst du?«, ranzt Louisa ihn an. »Das kannste zu nem Kind sagen, aber nicht zu erwachsenen Frauen. Schluss mit den scheiß Verniedlichungen!«

Solange Torben die Schultern hängenlässt, sprüht sie noch einen Pfeil oben rechts und einen Pfeil mit Querstrich links an das Symbol. Sie schenkt Torben dabei keinerlei Beachtung.

Von meiner Warte aus beobachte ich sie und wische über das Display, so gut das eben geht mit meinen behandschuhten Fingern. Umwerfend und standhaft wie eine Amazone schüttelt Louisa die klackende Dose in ihrer Linken, mit erhobenem Kinn und geradem Rücken, glamourös und siegesgewiss. Torben dackelt unruhig mit seinem Welpenblick umher. Er wollte es so gern richtig gemacht haben. Louisas Lachen schneidet wie eine Peitsche durch die Luft: »Pah!«

An ihr kann an diesem ehrwürdigen Tag niemand kratzen. Sie hat den Job in der Oper bekommen, den sie seit Langem wollte. Als Beleuchterin wird sie in den Höhen des Hauses herumklettern und die Hochkultur mit ihren Scheinwerfern erhellen. Das Ganze mit einer soliden und vor allem regelmäßigen Bezahlung, immerhin für eine Saison. Obendrein hat Mark ihr einen waschechten Liebesbrief geschrieben, der von Karten für *Tacocat* begleitet war.

Und ich? Ich sinke immer tiefer. Ich kann mir nicht einmal mehr Missgunst verkneifen, so mickrig fühle ich mich heute. Wenn nicht bald Geld reinkommt, muss ich mir einen Job suchen. Ich habe aber keinen Bock auf Lohnarbeit. Und mir bleibt keine, außer eine, die ich total beschissen finde. Kellnern oder so. Und schon wieder möchte ich jemandem Schmerzen zufügen oder zumindest etwas zertreten.

Dann frage ich mich, warum ich mich überhaupt mit dem Schreiben aufhalte. Als würden ein paar läppische wütende Texte den Umbruch einläuten. Es ist ein abgehetztes Lechzen nach Anerkennung, die ich nicht wollen will, während ich am Essen spare, um mir den Wein leisten zu können. Ich brauche etwas, das mich von der Aussichtslosigkeit ablenkt. Dann pimper ich rum, um wenigstens die fleischlichen Sinne zu befrieden. Weil Haut an Haut guttut und weil beim orgasmischen Feuerwerk der Geist in seine Bestandteile zerspringen darf. Irgendwie muss man sich doch dieser Realität erwehren können. Ich trinke, um die Zeitverschwendung zu verbergen, damit mir die Absurdität entfällt, um die Sekunden nicht mehr mitzuzählen. Bis ich so dicht bin, dass ich nicht mal mehr Bukowski lesen kann.

Ich bin ein Nichtsnutz unter Henkern und Henkerinnen, die selbstgefällig alles unterjochen und vergewaltigen. Den lieben langen Tag geht das so. Abgeholzte Wälder, verschmutztes Wasser, gebrochene Menschen, zerstückelte Tiere. Ausgeklügelter Zerstörungswahn, der nichts als verbrannte Erde hinterlässt. Indirekter Suizid. Ölquelle entdeckt, Pipeline gelegt, rechts und links schnell noch ein paar Indigene weggeballert. Medikamentöse Ruhigstellung, Zwangsheirat, Schwulenwitze. Dazu wird weltweit Cola aus Plastikbechern gereicht. Während ich bloß will, dass ein ulkiges Nagetier weiterhin ein Gebüsch hat, durch das es tapsen kann, und sich woanders jemand Bohnen in den Garten pflanzt, ohne im nächsten Moment flüchten zu müssen.

Ich habe nicht genug Fett auf der Seele. Es zerrt und zieht, frisst und beißt mich. Es vergiftet mich. Ich vergifte mich. Unter meiner Haut ist kein Platz für all den Groll, der ausbrechen will. Ich brauche wenigstens den Anschein von Sinnhaftigkeit, um das Chaos zu übertünchen. Ständig muss ich etwas tun, etwas beweisen, um mich nützlich zu fühlen. Immer vorlegen, damit weder die anderen noch ich merken, was für eine Versagerin ich bin. *Burn, baby burn.*

An Abenden wie diesen kann ich die Wut nach außen tragen, in einem Anfall der Verteidigung, der Rache. Es ist ein Ausbruch und Aufatmen. Endlich Luft in den Lungen. Ich bin aufgedreht und jede Zelle pumpt. Trotz der Abkühlung, die die Nacht gebracht hat, schwitze ich in meinen Handschuhen und spucke auf den Boden.

Sieg hail. Zwetschge schüttelt ungläubig den Kopf und sprüht ein geschwungenes *f* für *falsch* darüber und zusätzlich ein Anarchie-A. Tine knetet ihre Unterlippe. Der Pony hängt in ihren Augen und der Hoodie ist ihr mehr als drei Nummern zu weit. In dem Stoffberg sieht sie aus, als sei sie geschrumpft. Heute ist sie wieder sonderbar still.

»Is was?«, frage ich unfreundlicher als gewollt.

Sie hält inne und nötigt sich dann ein dürftiges »Nee« ab.

Ich bin etwas pikiert, aber vielleicht ist sie konzentriert aufs Schmiere stehen. Und ich wohl darauf, ein Arschloch zu sein.

»Kann ich heute bei dir pennen?«, bittet sie dann leise und schiebt sich mit den Fingern, die fast ganz in den langen Ärmeln verschwinden, die Haare hinter die Ohren.

»Klar, die Schlüssel hast du ja eh«, sage ich. »Wieso?«

»Läuft grad nicht so gut zu Hause«, fispelt sie bei flacher Brustatmung, als stecke sie in einem Korsett. Selbst beim Atmen nimmt sie nicht den Raum ein, der ihr zusteht.

»Zu Hause?«

Sie weicht meinem Blick aus. »Mit Max und mir. Ich muss einfach mal woanders schlafen.«

»Der wohnt bei dir?«

Tine schaut mich an, als hätte ich sie gerade getreten. Ich hätte das wissen müssen.

Meine Güte, ständig diese wimmernden Vorhaltungen, ich ertrage das nicht. Ich habe mich heute schon selbst genug enttäuscht.

»Sorry«, sage ich, eindeutig ohne es zu meinen.

Wir rauchen an der Bushaltestelle, hier fallen wir nicht auf. Torben lässt einen Joint rumgehen, lässt den Rauch langsam aus seiner Mundhöhle rollen und teilt uns mit: »Ihr dürft nicht immer so aggressiv sein.«

Louisa kichert: »Was redest du da?«

»Jetzt lass ihn doch mal«, will Tine hören, was er zu sagen hat.

Zwetschge reicht die Tüte weiter, ohne daran zu ziehen, und spitzt die Ohren.

Torben räuspert sich und legt los: »Guck mal, so wie du mich grade wegen *girlpower* angemacht hast, oder wenn ich bei der anderen Aktion nicht mitmachen darf, da seid ihr ganz schön abweisend.«

Tine ist immer noch brummig, weil Elma ihm überhaupt etwas davon erzählt hat. Ich bin sauer, weil ich schon wieder Schuld wie eine heiße Kartoffel zugeworfen bekomme.

Torben wippt auf seinen Ballen: »Ich meine, ich kenne euch ja, darum ist das nicht so schlimm, weil ich weiß, wie ihr es meint. Aber bei anderen ... Wenn ihr immer so aggro seid, dann bringt ihr doch nur alle gegen euch auf, anstatt sie zu überzeugen.«

Tine nickt verständnisvoll. »Jap, kann schon sein. Das ist aber auch nur ein Teil der Wahrheit.«

»Redest du jetzt davon, dass wir netter zu dir sein sollen oder zu allen?«, will ich wissen, dreh mir lieber eine, anstatt zu kiffen, und züngel: »Ist ja nicht so, als hätten wir sie nicht eh schon gegen uns.«

Ich schiele zu Zwetschge, der die Arme verschränkt. Ich weiß, dass er nichts dazu sagen wird, weil er hören möchte, was wir zu sagen haben.

Torben überlegt einen Moment. »Zu allen. Damit sich wirklich was ändert.«

Louisa wirft sich die Locken aus dem Gesicht. »Es kann ja wohl nicht angehen, dass wir schon wieder einen auf lieb machen sollen, um die breite Gesellschaft einzuladen. Die sind doch das Problem. Wir sind hier nicht die mit der Bringschuld.«

»Vielleicht darf es wenigstens bei unserem Kampf mal um uns gehen«, grummel ich.

Torben hakt nach: »Aber glaubst du tatsächlich, ihr erreicht damit irgendwas? Irgendwen?«

Tine legt den Kopf schief. »Nee, also ...« Sie sucht nach einer Erläuterung.

Ich setze zu einer Antwort an, aber Louisa legt mir die Hand auf den Arm, damit ich Tine mal was sagen lasse. Zwetschge sieht das und grinst, sein schiefer Vorderzahn lugt dabei schelmisch aus seinem Mund.

Tine schluckt und erklärt in sachtem, aber bestimmtem Ton: »Was sollen mir denn die helfen, die ein paar misogyne Gesetze und verkrustete Strukturen schon okay finden und mittragen? Da wendet man sich vielleicht besser an die, die die Schnauze gestrichen voll haben. Damit dann auch was passiert.«

»Die haben es aber doch nicht anders gelernt. Wenn man alle für jeden Spruch oder jede Verhaltensweise, die ihr sexistisch findet, blöd von der Seite anmacht, dann erreicht man doch keine Veränderung bei denen. Die wissen doch gar nicht, was los ist«, beschwert sich Torben.

Es pocht hinter meinen Schläfen, weil sich jeder dahinter verstecken darf, nur Ergebnis seiner Sozialisation zu sein. Sollen sie doch jeder einzeln zur Rechenschaft gezogen werden! Wir kriegen es doch auch am eigenen Leib ab.

»Hä?«, höhne ich. »Von was für einer mystischen Besserung der Menschheit faselst du? Meinst du, wenn wir nur brav genug sind, dann wachen alle eines schönen Tages auf und legen ihren tiefverwurzelten Sexismus ab wie die Socken von gestern? Ist das ernsthaft dein Vorschlag?«

Louisa tadelt mich durch ein Zusammenkneifen ihrer Lider. Ich habe das schöne Gespräch zerdeppert. Schon wieder. Ich zucke mit den Schultern und versuche, die Klappe zu halten. Das kann ich nicht gut.

Torben ist getroffen von meiner krachenden Frustration, zieht an der Tüte und wackelt von einem Bein aufs andere. Mit anklagender Unsicherheit nuschelt er: »So ein *nullachtfuffzehn* Otto, was soll der denn da denken, so kriegt man den doch nicht.« Und auf einmal will er sich verschwören. »Ich finde es besser, wenn man da geschmeidig manipuliert und infiltriert, als immer harte Kante zu zeigen.«

Tines Hände haben sich nun komplett in die Ärmel verkrochen. »Wir können keine faulen Kompromisse eingehen. Das bringt erstens nichts und wäre zweitens Verrat an uns selbst. Damit muss Schluss sein. Das kann auch mal wehtun. Muss es wohl sogar. Es ist antagonistisch.«

»Aber, wenn man alle verschreckt, das bringt doch nichts.«

Ich kann mich nicht mehr bremsen und werde laut: »Doch! Es ist das Beste, wenn man sie verschreckt, wenn man sie *erschreckt!* Damit sie endlich mal was merken, verdammt! Für jeden Wicht, der glaubt, er wäre auch nur ein Mini-My besser, weil er nen schrumpeligen Pimmel zwischen den Beinen hat oder zumindest die dazugehörigen Privilegien unbesehen genießt …«, ich wedel wie ein abgehalfterter Nosferatu mit meinen Händen, aber niemand findet es komisch, »für den bin ich nichts lieber als eine aufrüttelnde, furchteinflößende, unheilbringende *Schreckliche!*«

Louisa kichert, und Zwetschge bleckt die Zähne.

»Fändest du es okay, mich zu vergraulen?«, fragt Torben beleidigt und glaubt anscheinend, es ginge nun doch um ihn.

»Was?«, zische ich ungläubig. »Hast du überhaupt zugehört?«

Zwetschge lächelt Tine unterstützend an, und sie gibt mir Rückendeckung: »Die sich erschrecken sind genau die, die Foul spielen. Für alle, die keine Arschlöcher sind, sind unsere Forderungen ja kein Grund zur Sorge, sondern zur Freude. Befreite Gesellschaft und so.«

Torben ist überfordert mit dem Gespräch und fummelt am Saum seiner Jacke. Louisa hakt sich bei ihm ein und legt ihren Kopf an seine Schulter.

»Hey Baby, du musst schon verstehen, dass hier ausnahmsweise dein normaler Otto nicht im Mittelpunkt steht«, raunt sie voller Poesie in der Stimme, und niemand sagt mehr etwas.

Ich hab den Eiertanz um männliche Befindlichkeiten satt. Die Panik davor, dass wir uns der Zähmung, Domestizierung und Unterwerfung entziehen und widersetzen, und uns stattdessen holen, was uns zusteht. Diese Angst wird umgedreht, uns zugeschustert, in unsere Verantwortung verkehrt. Bis uns alle ein widersinniger Pazifismus in der Gewalt hat, der radikal ohnmächtig ist.

Im Gegensatz zu Louisa, die ausgiebig an dem Joint zieht, und Zwetschge, der lässig an einem Werbekasten lehnt, finde ich das Schweigen unbehaglich – ein Loch in der Unterhaltung, in das jetzt alle Substanz stürzt. Auch Tine und Torben bekommen es nicht gestopft, nervös zucken ihre Blicke von links nach rechts und landen doch wieder am Boden.

»*Allez hopp*, ihr Schrecklichen«, scheucht Louisa uns schließlich auf und stupst Tines Fuß mit ihrem an. »Machen wir weiter.«

Wir durchkreuzen die Straßen auf der Suche nach weiteren urbanen Verbesserungsanlässen. Zwetschge legt mir einen Arm um die Schultern. Das ist kein Flirt, nur Zusammenhalt. *Ha!, von wegen nur.*

»Guck mal«, sagt Tine und deutet auf das Banner über dem Flachdach der Autowaschanlage, auf dem sich zwei junge Damen in Bikinis frivol auf einer Motorhaube recken und die Karre mit schäumenden Lappen abreiben.

Ich sehe mich um. Auf die Vermüllung ist Verlass. Ich laufe zu einem weggeworfenen Kaffeebecher aus Pappe, hocke mich neben eine der Säulen des Vordachs und pinkel in das feine Gefäß.

»Was machst du?«, belustigt sich Louisa.

Ich schiebe zweimal rasch die Augenbrauen hoch, um einen Geniestreich anzukündigen, und beziehe mit etwas Abstand Stellung vor dem Banner.

»Zuuurück treeeten, bitteee«, singe ich wie eine Gleisansagerin und werfe den Pissbecher gegen die bläschenwerfende Szenerie.

»Woohooo!«, cheerleadert Zwetschge, obwohl ich nur die Ecke getroffen habe, und ich denke, dass der spritzende flüssige Bogen im Tageslicht für einen fantastischen Regenbogen gesorgt hätte.

Louisa klatscht in die Hände. »Ich will auch!«

Nachdem sie in den Becher gepinkelt hat, setzt sie mit gestrecktem Zielarm an und trifft voll ins Schwarze.

»Ja, Mann!«, schreit Torben. »Bähm!«

Tine nimmt sich den Becher und kauert eine Weile darüber, dann giggelt sie: »Ich kann nicht pinkeln. Mist.«

Als Nächster ist Zwetschge dran und landet den besten Wurf bisher – mitten auf die Windschutzscheibe.

Torben spurtet dem Becher hinterher und macht sich im Laufen die Hose auf, als ein nächtlicher Jogger entrüstet ruft: »Was machen Sie da?«

»Systemkritik!«, ruft Zwetschge, und wir rennen johlend davon.

Wir haben fast das ganze Viertel abgeklappert, und der Rausch unseres Klubevents klingt gemächlich ab. Louisa und ich gehen etwas abseits von den anderen.

»Was ist denn nun mit Sven?«, will sie schon wieder wissen. Scheinbar ist sie besessen von ihrer Kuppelei.

»Ich hab mich nicht bei ihm gemeldet.«

»Warum?«

Da ich die Frage nicht beantworten kann, befiehlt sie: »Mach das!« Sie hat wohl beschlossen, dass alle des Lebens froh sein sollen.

»Jetzt?«

»Ja.«

Ich friemel mein Handy aus der Tasche, überlege, ob mir ein einfallsreicher Text einfällt, stelle fest, dass ich keine Geduld habe, und tippe ›Ballroom in ner Stunde?‹. Jetzt muss ich doch kurz nachdenken und unterschreibe dann mit ›Gorgo‹. Louisa sieht mir über die Schulter. Weil ich für ihren Geschmack zu lange zögere, ordnet sie an: »Senden!«

»So sei es, Herrscherin!«, sage ich und drücke feierlich aufs Display.

»*Herr*-scher-*in*«, kichert sie zufrieden. »Gut, dass das keinen Sinn ergibt.«

Wir biegen ab und stoßen auf den Rest des Trupps. Tine betrachtet ehrfürchtig die unbefleckte, weiße Hauswand vor ihr und schiebt sich die Ärmel hoch: »Steht mir jemand Schmiere?«

»Klar«, sage ich. Torben tritt die Straßenlaterne aus und positioniert sich auf dem Gehweg.

Ich meine zu hören, wie Tine geräuschvoll inhaliert, bevor sie sich mit großen Lettern auf der Wand verewigt. *MAKE FEMINISM A THREAT AGAIN!*

Louisa jauchzt und gibt ihr eine High Five. Dann signiert sie Tines Ansage in dezenterer Schrift: *Gorgonen-Guerilla*.

Wir verabschieden uns in einem Wust aus Umarmungen, Küsschen und freundlichen Floskeln. Louisa versucht, sich dem zu verwehren, und macht sich steif. Sie drückt mich weg und kneift mir in die Seite. Ich lasse sie noch kontrollieren, ob ich etwas zwischen den Zähnen habe. Tine linst zu uns rüber und steht unbeholfen rum, aber ich will meinen Augenblick mit Louisa. Dann zerstreuen wir uns in der Dunkelheit.

»Viel Spaß!«, ruft Louisa mir noch hinterher. »Und gib ihm eine Chance!«

Der Abend mit Sven läuft entspannt an. Die verrauchte Kneipe ist gut gefüllt, die Musik laut und das Palaver der anderen trägt über jedes Stocken des Gesprächs hinweg. Wir sitzen an der Theke, und hin und wieder quetschen sich Durstige daneben, um etwas zu bestellen, und drängen uns damit enger zusammen. Weil ich nicht mit Menschen umzugehen weiß, kippe ich die ersten drei Bier zu schnell in mich rein. Ich bemühe mich, nicht laut zu rülpsen. Sven ist clever und unterhaltsam. Ein bisschen prollig, aber nicht zu sehr. Mehr *streetsmart* als ein Cowboy. Ein Gläserträger schwingt sich einen Kasten auf die Schulter und schiebt sich mit Kippe im Mundwinkel durch die Menge.

Sven punktet, indem er auffallend freundlich bestellt und Trinkgeld gibt. Der Kellnerin in einer Leopardenleggins, die ich auch haben will, ist er eine Spur zu gefällig. Aber er merkt nicht, dass sie sich über ihn lustig macht. Wir reden über unsere Lieblingsbands, er packt Anekdoten von seiner alten Antifa-Gruppe aus, und irgendwie ist alles echt angenehm. Zwischendurch setzt er sich immer wieder gerade hin und lächelt mich schurkisch von oben an. Nach dem nächsten Bier ist klar, was passieren wird.

Eine Stunde später knutschen wir vor der Tür und werden beide langsam richtig scharf. Wir drücken uns aneinander und müssen uns beherrschen, unsere Hände nicht unter die Kleider krabbeln zu lassen.

»Gehen wir zu dir?«, hauche ich, als er mich in die Halsbeuge beißt und mir die Knie weich werden.

Er drückt meine Schultern, als müsste er sich mit aller Kraft zurückhalten, mich nicht vor Begehrlichkeit zu zerquetschen, und schnaubt mit leidender Miene: »Nee, ich hab die Kinder.«

Die Kinder. Ich bin kurz im Zweifel, ob diese Information mir schon vorher zugestanden hätte, verwerfe den Gedanken aber, weil auch ein Vater knutschen darf, selbst wenn der Nachwuchs bei ihm nächtigt.

Ich drücke mein Gesicht an seine Brust und stöhne überzogen: »Und ich hab Tine.«

»Was?«

»Nix«, sage ich und will, dass er fragt, ob wir in ein Hotel gehen.

Stattdessen bringt er mich zum Bus. Um die Uhrzeit komme ich nicht einmal um die Fahrkarte herum. Er kriegt noch einen schnellen Kuss zum Abschied, aber in Stimmung für seine Leidenschaftlichkeiten bin ich nicht mehr. Ich setze mich ans Fenster und schaue angetüdelt und verwirrt auf die verschwommenen Lichter in der grauen Stadt. Benommen davon, nicht das bekommen zu haben, was ich wollte.

Noch vorm nächsten Halt rufe ich René an, der nicht rangeht. Obwohl es zwei Uhr ist, finde ich das beinahe unverzeihlich.

Tine liegt im T-Shirt auf dem Bett und daddelt apathisch auf ihrem Handy herum.

»Na, wie war es?«, erkundigt sie sich lieb und mit echtem Interesse, aber ohne das Telefon aus der Hand zu legen.

»Hm«, grumpfe ich, weil ich nichts dazu sagen will, und Tine verkriecht sich wieder in ihrer Schüchternheit. *Bwwwb, bwwwb* summt der Vibrationsalarm immer und immer wieder. Das finde ich bescheuert, sie hat das Ding doch in der Hand.

Ich ziehe mich aus und kann mir nicht helfen. Manchmal stößt mich Schwäche richtiggehend ab, ekelt mich an. So kann ich ihr in dieser Nacht auch nicht helfen. Sie dreht sich auf die Seite und vertieft sich in ihre Nachrichten.

Mein Gott ist die dürr, denke ich neidisch, obgleich ich weiß, dass Tine ihre Statur verabscheut. Nicht unbedingt die Physis an sich, aber die vermeintliche Fragilität nagt an ihr. Dünne dürfen nicht einfach dünn sein, da wird gleich ein Gebrechen unterstellt.

Ich drücke auf meinem Bauch rum. Es dauert, bis ein muskulärer Widerstand kommt. Ich ziehe den Bauch ein. Ein Knäuel konditionierte Synapsen funkt drauf los. *Achtung, Achtung! Wer mehr wiegt, muss sofort abnehmen!* Frauen haben rank und schlank zu sein, müssen eingedämmt und in kleine Körper gesperrt werden. Ein Grauen vor Frauenfleisch fordert magere Perfektion ein. Als müsste man befürchten, sonst von weiblichen Massen verschlungen und überwältigt zu werden. *Macht euch mal mehr Sorgen um ausgehungerte Frauen,* schnaube ich innerlich und strecke den Bauch wieder raus.

Ich stürze ein Glas Wasser runter und komme mir jetzt doch fies vor.

»Was ist denn mit Moritz?«, frage ich also und setze mich auf den Tisch.

»Er heißt Max.«

»Max. Ja, klar.« Sie hat schon recht, die Augen zu verdrehen, und ich lasse die Beine baumeln.

Sie legt das Handy auf ihre Brust. »Ist halt grad schwierig.«

Ich sage nichts und baumle weiter.

»Na ja, wird schon wieder«, übernimmt sie energielos zusätzlich meinen Part.

Tine setzt sich auf und wickelt ihre Hand ins T-Shirt. »Sag mal, hast du was? Du bist komisch zu mir.«

»Nee, wieso?«, entgegne ich knapp und bin unschlüssig, ob ich mehr von ihr oder meiner Kritikunfähigkeit genervt bin.

»Du bist in letzter Zeit so reserviert und kalt zu mir. Ich hab das Gefühl, du und Louisa, ihr macht euer Ding und wir anderen interessieren nicht.«

»Quatsch«, pflaume ich, hüpfe vom Tisch und hole mir noch ein Glas Leitungswasser.

Ich bin erschöpft und will nicht über so etwas nachdenken, geschweige denn drauf eingehen. Es graut mir davor, überinterpretiert zu werden, und ich bleibe mit dem Rücken zu ihr stehen.

»Gute Nacht«, sagt Tine und zieht sich die Decke über den Kopf.

»Nacht«, antworte ich wahrscheinlich zu leise und lasse den Kopf hängen.

Ich kann mich nicht überwinden, nett zu sein. Irgendetwas Zerstörerisches in mir muss sich gerade scheiße benehmen, zwingt mich in eine emotionale Zwangsjacke. Zum x-ten Mal piesackt mich die Frage, ob das wirklich nur eine von mir romantisierte Misanthropie ist oder doch meine höchstpersönliche Ausführung giftigen Eigensinns. Ich schalte das Licht aus.

Umständlich robbe ich an den Rand der Matratze, lege mich neben die Schlafende und fühle mich von ihren Gefühlen bedrängt; unanständig angefasst von ihren rudimentären Ansprüchen an mich und unsere Freundinnenschaft. Vielleicht bin ich ja auch eine Soziopathin, weil es mich in all meiner selbstmitleidigen Verärgerung nicht schert, was Tine denkt. Praktisch ist das, aber auch schlicht beängstigend.

Tine schnarcht hin und wieder ein goldiges Seufzen. Ich drehe mich auf die Seite und fühle nach, wie weit mein aufgeblähter Bauch herausragt, wie sich mein erstklassiges Fett hervorwölbt. Ich presse ein wenig mehr Luft hinein und liege noch lange mit meinen Gedanken wach.

•••

Ich popel in der Nase. Es ist eigentlich kein richtiges Popeln, eher kratze ich eine leicht angetrocknete Schleimschicht von den Nasenwänden und ziehe dabei ein paar Haare mit heraus, was aber die Freude an meiner Ernte nicht schmälert. Ich rolle den Sekretpamp zwischen den Fingern zu einer kleinen Kugel und schnippe sie in die Ecke, um die Silberfischchen damit anzufüttern.

Der Kaffee ist kalt. Nicht so sehr wegen Svens anzüglicher Nachrichten, mehr aus Pflichtgefühl meinem Körper gegenüber, masturbiere ich. Ich bin voller Hoffnung, dass sich etwas der guten Laune meiner Klitoris auf den Rest überträgt. Das Ergebnis: so lala. Allerdings weiß man ja auch nicht, ob es ohne Orgasmus nicht noch schlimmer wäre.

Sven schreibt mir schon den ganzen Tag. Normalerweise bin ich nicht so eine Tipperin, weil mir durch den Apparat jede Kommunikation tendenziell hohl und seelenlos zu sein scheint. Manchmal muss ich dennoch schmunzeln und freue mich wenigstens kurz aufs nächste Date. *Date*, wie sich das anhört. Wie US-amerikanische Weichspülromantik, Abschlussball mit Blume am Revers oder ein Abendessen in einem überteuerten Restaurant von großen Tellern mit wenig drauf. Jetzt schreibt er mir, dass er gleich laufen geht. Das sind genau die Informationen, die ich gerne nicht hätte. Wie eine billig produzierte Werbesendung, die sich ungefragt dazwischenschaltet.

Seit ich aufgestanden bin, klemme ich in einer Gallertblase. Nicht nur das Licht, alles ist heute einen Touch verschwommen und verwackelt. Ich habe keinen *drive* und hangel mich so durch, aber dieser Tag bleibt einfach so fade wie das ausgelutschte Fruchtfleisch einer Orange. Ich ziehe mir das Haargummi vom Zopf, muss regelrecht dran reißen. Weil ich die Haare so lange nicht aufgemacht habe, steht die Frisur jetzt von alleine.

Nachdem ich eine halbe Stunde die Wand angestarrt und in Erwägung gezogen habe, Sport zu machen oder die Wäsche, mich aber zu nichts entschließen konnte, stehe ich immerhin auf. Also stehe ich da und weiß nicht, was ich tun soll. Die Stunden bis zum Abend, auf den ich auch keine Lust habe, wollen gefüllt werden, damit ich dann etwas habe, womit ich zufrieden sein kann. Auf dass ich schließlich erleichtert ächzen und mich wohlig zurückfallen lassen kann.

Ich kämme mir die Haare. Vielleicht ist das ein Anfang.

Ich frage mich, ob ich etwas falsch gemacht habe. Ob mein großartiger Plan, der nicht mal einer war, sondern schlicht passierte – meine Interaktion mit der Außenwelt auf ein Minimum zu reduzieren – wirklich der hellste war. Ich gehe nicht arbeiten, treffe immer die gleichen wenigen Leute und habe mich, soweit es praktikabel ist, rausgezogen. Ich muss kaum noch irgendjemanden ertragen. Jetzt sitze ich hier alleine, ein Fitzelchen Mensch in einem verpopelten Käfig, und bin trotzdem nicht glücklich. Die Vermeidung des Debakels führt zu pathologisch anmutender Gedankenarmut. Eine Frau ist eine Insel, und ich habe die Schatzkarte nicht dabei.

Eine Stunde später ist der Beschluss gefasst. Ich werde mich höchstselbst aus meiner einsamen Misere befreien und mich zum Arbeiten in ein Café setzen wie eine coole Erwachsene. Die Betonung liegt auf *wie*. Auch egal. Heute also *cool*, den Intellekt schweifen lassen, spritzige Kommentare abgeben. Alles mit einer Prise Savoir-vivre, einem Schuss großstädtischem Sex-Appeal. Und schon bilde ich mir ein, ich wirke, als hätte ich frisch duftende Wäsche im Schrank und gestählte Muskeln im Körper.

Ich nehme einen Tisch im Freien. Schnell stelle ich fest, dass die Sonne mich zu sehr blendet und wechsle zum Nebentisch im

Schatten. Ich watschel mit der Tasche in der Armbeuge und dem Kaffee in der Hand in halber Hocke, weil ich zu faul bin, den Stuhl zurückzuschieben. Als ich mich an der Armlehne vorbeiwinde, stoße ich an den Tisch, dann an den Stuhl, dann wieder an den Tisch. Das metallische Außenmobiliar wackelt und scheppert garstig auf dem Kopfsteinpflaster, und der Kaffee schwappt auf die Untertasse.

Niemand hat es gesehen. Weiter geht es also mit der Lebenskunst, und ich rühre geistreich in meinem Kaffee. Der Amarettokeks ist trocken wie Saharasand, selbst wenn man ihn in das Heißgetränk tunkt. Ich habe eine Zeitung und mein Notizbuch dabei, lege beides vor mich auf den Tisch und erwarte, dass es mich nun bald überkommt: Esprit, eine kluge Idee, eine raffinierte Frage. Oder dass jemand vorbeiflaniert, der mich anguckt, als wäre es so. Als wäre *ich* so. Ich rühre nochmal im Kaffee, damit es wenigstens klimpert.

Nichts. Ich schlage die Zeitung auf, lese einen Artikel, dann noch einen. Sogleich habe ich wieder vergessen, was im Ersten stand. Dabei sitze ich mal wieder absolut krumm da, gar nicht sexy, gar nicht erfolgreich, gar nicht *on top of the world*. Der Wind zerknittert meine Zeitung, verweht meine Gedanken gleich mit, und ich verliere vollends den Faden.

Die Kellnerin kommt, wischt meinen Kaffee vom Nebentisch und fragt gelangweilt: »Du hast noch?«

»Ja«, sage ich und lache so gespreizt und schrill, dass ich mir selbst eine kleben möchte.

Die Kellnerin geht wieder rein. Nach ihr betritt ein Kraftmeier im Sakko den Laden, kommt mit einem Hefeweizen in den Außenbereich und raucht neben mir Zigarillo.

Ich stelle den Aschenbecher und mein zerfleddertes Notizbuch auf die Zeitung, um sie zu beschweren. Das speckige Heft hatte ich länger nicht in der Hand, und ich blättere neugierig darin herum. Schon bald wundere ich mich, was für einen furiosen Schmarren ich mir notiert habe. Die dümmsten Sachen sind unterstrichen, manchmal sogar mit Ausrufezeichen versehen. Ich weiß partout nicht, was ich damit wollte. Ich male ein paar Kringel dazu, dann drehe ich mir eine Kippe. Aber ich habe nicht genug Hände, um herumzukrickeln, zu rauchen und all das flatternde Papier zu bändigen. Es nervt. Ich zuppel an meinem Shirt und ziehe es runter, weil mir im Schatten der Rücken kalt wird.

Ich fummel das Handy aus der Tasche, und selbstverständlich ist da eine neue Nachricht von Sven. Er schreibt, dass er noch mit der Mutter der Kinder zusammenwohne, es sei zu teuer, zwei Wohnungen zu haben, wenn die Kleinen in beiden Platz haben sollen. Ist doch fantastisch, wenn das funktioniert, nur nehme ich *Herrenbesuch* nicht gerne mit zu mir. Ich muss wohl eine Ausnahme machen.

Erwartungsvoll beobachte ich die Leute, die auf der Straße an mir vorbeilaufen, aber sie laufen wirklich nur und haben mir nichts zu erzählen. Einer verkauft die Obdachlosenzeitung. Ich wühle etwas Kleingeld hervor und gebe ihm zwei Euro, winke aber ab, als er mir die Zeitung reichen will. Ich stocke und hoffe, das beleidigt ihn nicht. *Was, wenn er dafür geschrieben hat?*

»Willst du nen Kaffee?«, frage ich, um mich zu besänftigen.

»Nee, lass mal«, sagt er und guckt auf die Uhr. »Ich hab noch zu tun.«

›Schweigen und Sprechen nach sexualisierter Gewalt‹ lädt der Flyer des Vortrags mit Großbuchstaben ein. Wir sind mit Torbens Auto unterwegs, obwohl Merve lieber selbst fahren würde, aber sie rast immer so, und darauf haben wir keinen Bock. »Wehe, wir kommen zu spät!«

Mir schwant, was das für eine Veranstaltung wird – eintönig und verkopft. Dafür fahren wir extra nach scheiß Hannover. Merve hat das bestimmt, weil Frau Zarmina eingeladen ist, die ein Buch über ihre Zeit in einem Frauenhaus geschrieben hat. Wenn es schon mal etwas zu dem Thema gibt, sollen wir auch hin und uns solidarisch zeigen, noch etwas lernen und so weiter. Leider geht es aber gar nicht so sehr um Frau Zarminas Buch oder ihre Person. Stattdessen sind Schlaustudierte da, und man muss auf unbequemen Stühlen wie aus Schulzeiten sitzen, weil sonst die akademische Atmosphäre nicht komplett ist. Abendländische Selbstgeißelung, nach der sich alle besser und rein fühlen sollen, weil sie das Leid mitgetragen haben. Ich weiß schon jetzt, dass es ein kleines Buffet mit Schnittchen (nicht vegan) geben wird. Und eine Garderobe. Immer gibt es eine Garderobe, und das Licht ist zu hell, und alle reden mit einer Stimme wie im Theaterfoyer. Ich würde lieber zu Hause weiter mit meinen Silberfischchen abhängen.

Louisa war geschickt und hat sich mit Julie und Aynur zu einer langen Star-Wars-Nacht inklusive Sheitans Schnarchen und Popcorn verabredet. Die lümmeln jetzt bequem auf der Couch, krümeln alles voll, und Louisa macht Laserschwertgeräusche. Warum habe ich bloß so übereifrig zugesagt? *Schaut mich an, schaut mich an! Ich bin kulturell interessiert und kann kaum erwarten, zu hören, was andere zu sagen haben!* Stimmt gar nicht. Ich will Mollis werfen, und dabei dürfen alle mal schön die Schnauze halten, so siehts aus.

Es gibt wirklich eine Garderobe mit umhäkelten Bügeln, und auf den Sitzflächen der Holzstühle liegen Infoprospekte der Caritas. Ich lege den Wisch auf den nächsten Stuhl, hänge meine Jacke über die Lehne und schiele zum Buffet, ob da auch was zu trinken steht. Viel zu viele Stühle stehen viel zu dicht beieinander, als hätte die Veranstalterin bei dieser Materie mit großem Andrang gerechnet.

Die manikürte Ü-40-Mittelschicht hat sich eingefunden, also zwei Dutzend von ihnen. Sie stehen fast alle steif herum und strecken neugierig die Hälse nach den anderen Gästen aus. *Womöglich kann man sogar schon mal einen Blick auf diese Frau Zarmina werfen*, munkelt es aufgeregt wie vorm Eisbärenbabygehege. Die Stuhlbeine quieken auf dem Linoleum und nach genügend Rumgerücke, gestelztem Handgeschüttel, geschäftiger Lächelei und Gehusche der Organisatorinnen geht es los. Einer hustet jetzt schon und die Diskussionsgeladenen schleichen sich auf ihre gepolsterten Plätze. Ich wäre gerne tot. Oder vielleicht bin ich es, und das ist mein neunter Kreis der Hölle.

Die Veranstalterin im Nadelstreifenkostüm stöckelt auf die kleine Bühne, rattert ein paar Willkommensworte und ist ganz hingerissen, dass ihre Arbeit nun Früchte der Mitmenschlichkeit trägt. Auf dem Podium finden sich ein: ein Psychologe im abgewetzten Anzug und mit schütterem blonden Haar, ein Soziologieprofessor mit Schwerpunkt Gewaltforschung im obligatorischen Pullunder, ein Vertreter des hiesigen Caritas-Verbands mit dickem Bauch und breitem, nassen Lächeln (eigentlich recht sympathisch, Typ Weihnachtsmann) und besagte Frau Zarmina. Auf deren Migrationshintergrund wird mehrfach hingewiesen, als würde es gleich Konfetti regnen vor lauter Ehrenhaftigkeit, sie eingeladen zu haben. Sie darf einen Schwank aus ihrem Buch erzählen, nur kurz, dann übernehmen wieder die Caritas-Heinis. Sie sind die ›Experten‹ mit Hauptredezeit.

Der Professor eröffnet die Runde und berichtet in aufgeblähten Sätzen von seiner Studie. Der Weihnachtsmann erzählt was von dem Frauenhaus, das sein Verband betreibt und dem ehemaligen Wohnort von Frau Zarmina ja sehr ähnlich sei. Der Psychologe wippt mit dem Fuß und nickt. Ich schaffe es nicht, zuzuhören, und schiebe meinen Hintern auf dem Stuhl herum, bis ich mit meiner

Hose an dem aufgesplitterten Holz hängenbleibe. Neben mir sitzt eine junge Frau mit Dreadlocks – direkt neben mir, obwohl noch etliche Stühle frei sind. Sie guckt furchtbar bedröppelt aus der Wäsche. Ich versuche, wenigstens für Frau Zarminas spärliche Worte meine Hirnwindungen zu öffnen. Aber auch das fällt mir schwer, weil die neben mir nicht nur Wursthaare hat, sondern auch ein Glöckchen an dem blöden Lederbändli, das sie sich um den Knöchel gewickelt hat. Rechts von mir sitzt Elma und sieht aus, als würde sie gleich einschlafen. Auf der anderen Seite lauscht Torben andächtig, vorgebeugt und mit aufgestütztem Kinn. Merve und Tine sitzen artig da und hören zu. So richtig mit *es aufnehmen, darüber nachdenken, ins Verhältnis setzen* und so. Ich überlege, mich rauszuschleichen und ein paar Bier an der Tanke zu holen, aber jedes Mal, wenn ich den Mut dafür zusammengerafft habe und gerade aufstehen will, wohlwissend, damit die strafenden Blicke aller Anwesenden auf mich zu ziehen, sagt Frau Zarmina doch etwas, und ich traue mich nicht mehr.

Nach neunzig Minuten ist es endlich vorbei. Ich habe rein gar nichts mitgenommen und meine Misswirtschaft von Lebenszeit bis zum Letzten ausgereizt. Ich stehe auf und will gerade der Freiheit entgegenschreiten, als Elma mich böse anguckt. Die Fragerunde und offene Diskussion stehen noch aus. *Oh weh.* Ich setze mich wieder.

Ein schmächtiger Kerl in Leinenhemd und Jesussandalen erhebt und räuspert sich. *Warum sitzt die Dreadlock-Schnalle denn bei mir und nicht bei ihm?* Ich lehne mich zurück, rutsche mit meinem Gesäß an den vorderen Rand des Stuhls und hänge wie erschlagen da.

»Also, ich würde gerne noch mehr Geschichten von Frau, äh, Sa... Zi...«

»Zarmina. Die Frau heißt Zarmina«, hilft der Psychologe.

»Ja genau, also von der, äh, würde ich gerne noch mehr über ihre Geschichte erfahren. So ihre dunkelsten Stunden aus dem Frauenhaus. Schicksalsschläge halt.«

Der Weihnachtsmann wiegt beseelt seinen Kopf, der Psychologe hampelt weiter mit dem Fuß und trinkt einen Schluck Wasser, der Professor ist wohl kurz auf Klo, und Frau Zarmina sortiert irritiert die Karteikarten mit ihren Notizen. Ich kann nicht mehr.

»Was issen das fürn Katastrophentourismus?«, nöle ich mit auf der Brust liegendem Kinn und genereller Haltung auf halb acht, sodass Sandalo nicht sieht, woher der Rüffel kam, und verwirrt umherschaut.

Merve verdreht die Augen, Elma und Tine kichern, während Torben peinlich berührt erstarrt.

»Also, das will ich mir hier nicht unterstellen lassen!«, quengelt Sandalo. »Ich denke, wir brauchen alle mehr Impulse, um uns, äh, solidarisieren zu können.«

»Du hattest jetzt einhalb Stunden Impulse«, ruft Elma und schüttelt den Kopf.

In der Reihe hinter uns prustet jemand erbost über den Bruch der Etikette.

»Kannst ja mal ganz solidarisch fragen, was *sie* noch sagen möchte, nachdem sie bisher schon fast nichts sagen durfte«, motze ich, und jetzt ist auch das Podium brüskiert.

Frau Zarmina ist das Aufsehen sichtlich unangenehm. Ich ärgere mich, dass ich für sie gesprochen habe, aber wenigstens setzt sich Sandalo wieder hin. Sicherlich träumt er jetzt davon, barfuß in thailändische Fischerhosen gewickelt mit Fackeln am Strand zu jonglieren, um dabei eine total gute Energie zu spüren.

»Wieso? Ist doch okay, das zu fragen, oder nicht?«, flüstert Torben Elma zu.

»Nein, ist nicht okay«, pfeife ich dazwischen.

»Jetzt lass ihn doch mal!«, braust Elma laut auf, und der Professor, der gerade wieder auf die Bühne tritt, schaut pomadig aus seinem ollen Pullunder.

»Is aber so«, zische ich.

»Halt die Klappe!« Sie guckt mich dabei nicht an, wahrscheinlich, weil ich recht habe. *Oder?*

Nur dass auch Merve angepisst aussieht, verstehe ich nicht.

Es kommen auch zwei, drei schlaue Fragen, aber da höre ich nicht hin, sondern texte mit Sven. Louisa schreibt, dass die Spannung zwischen Julie und Aynur größer ist als zwischen Darth und Luke.

Dann meldet sich ein Mann, dem man ansieht, dass er sich heute besonders leger vorkommt mit seinen zwei offenen Knöpfen am Kragen.

»Herr Professor«, er legt sich gespielt nachdenklich den Finger an den Mund, als hätte er nicht schon vor der Veranstaltung gewusst, was er hier will, »sind Frauenhäuser nicht vielleicht auch Horte des Männerhasses? Und dadurch auch Orte, in denen Frauen automatisch zu Opfern gemacht werden?«

»Ehm, wie bitte?« Der Professor trinkt noch einen Schluck.

»Während der ganzen Diskussion wurde unterstellt, dass Männer eher zur Gewalt neigen als Frauen. Aber das stimmt nicht. Da steckt doch Strategie dahinter. Frauen werden in die Opferposition manipuliert und Männer als Täter deklariert. Ergo nimmt die Frau sich im Frauenhaus nur als Opfer wahr.«

Ergo, da platzt mir schon die Hutschnur. Wir gucken uns ungläubig an.

»Sachma!«, grunzt Elma.

»Wer bist du?«, fragt Tine mit hochgezogener Oberlippe.

Er ignoriert uns. Er ist so glatt und öde, dass er nur aus Hannover kommen kann, raunzt ein Ressentiment in mir.

Frau Zarmina entgegnet desillusioniert: »Die meisten Frauen geben sich selbst die Schuld an der Gewalt, die ihnen widerfährt.«

Auch das übergeht er und richtet sein Augenmerk, auf der Suche nach einem Mitstreiter, auf den Professor.

Der nimmt noch einen Schluck Wasser. »Ehm, nein. Da muss ich Sie korrigieren. Es geht mehr Gewalt von Männern gegen Frauen aus als umgekehrt. Vor allem bei körperlicher Gewalt ist das so.«

»Na ja, das sei mal so dahingestellt. Aber was ist mit den Kindern? Auch Frauen schlagen Kinder. Und sie machen sich zu Mittätern, wenn sie zulassen, dass die Väter die Kinder schlagen.«

Merve bläht die Backen. Langsam wird es auch ihr zu bunt.

»Alter, dann ists doch gut, wenn sie ins Frauenhaus gehen. Was willst du eigentlich?«, dröhnt Elma, und Merve legt ihr beschwichtigend die Hand auf den Oberschenkel.

Elma rubbelt über ihre stoppeligen Haare, als könnte sie darüber die überschüssige Energie loswerden. Die Dreadlock-Schnalle guckt mich mit einer Mischung aus Verachtung und Helferinnensyndrom an. Hannover redet weiter mit dem Professor.

»Was in Frauenhäusern fehlt, ist ein professionelles Verständnis von Familienkonflikten. Der Wille, mit *allen* Mitgliedern einer gewalttätigen Familie zusammenzuarbeiten. Und indem sie die Frau isolieren, machen sie die Konflikte nicht lösbar. Im Gegenteil, sie heizen sie an.«

Das ist sogar dem Weihnachtsmann zu viel: »Guter Mann, es sind Noteinrichtungen. Wir verweisen Frauen an Frauenberatungen, Männer an Männerberatungen und die Familie an Familienberatungen. Wichtig ist, die Frauen und Kinder erst einmal aus einer gewalttätigen Situation herauszuholen. Egal wer Schuld hat.«

»Sie sprechen hier ein Denkverbot über frauenhäuslerische Gewaltideologien aus!«

Der Psychologe wippt und wippt. Der Professor weiß noch nicht recht, was er von all dem halten soll, und Frau Zarmina verbirgt ihr Gesicht hinter ihrer Hand. Ich würde alles drum geben, zu sehen, ob sie ein Lachen versteckt oder sich selbst.

»Ich will auch was sagen«, meldet sich Sandalo wieder. »Also ich finde schon, dass es Frauenhäuser geben soll, aber ich bin auch mal von einer Frau geschlagen worden. Das war eine Ohrfeige. Aber dann konnten wir darüber reden.«

Elma lacht verzweifelt: »Alter, das ist ein völlig unnötiger Einwurf für diese Diskussion.«

Hannover hebt den Zeigefinger und kneift das Gesicht zusammen: »Sehen Sie, Denkverbot!«

In der ersten Reihe drehen sie die Köpfe zwischen Bühne und Publikum hin und her und ein paar brummeln sich ihre Zustimmung zu. Ich sitze mittlerweile kerzengerade auf meinem Stuhl und nehme alles in Hochauflösung wahr.

Diesmal ist es Merve, die mit ihrer Knödelstimme am Zug ist. *Hähä, jetzt seid ihr verloren.*

»Ob du schon mal eine Ohrfeige von einer Frau bekommen hast, ist absolut irrelevant bei einer Diskussion darüber, ob Frauenhäuser *Horte des Männerhasses* sind oder nicht. Wir sprechen hier über strukturelle Gewalt gegen Frauen. So sehr du deren Existenz anscheinend auch nicht begreifen möchtest. Und die ständige Erfahrung struktureller Gewalt ist etwas anderes, als auch mal eine Ohrfeige zu bekommen. Und die Benennung von physischer und psychischer männlicher Gewalt wiederum hat nichts mit Männerhass zu tun.« Sie verliest einen inneren Brandbrief.

Zwei Frauen mit sehr ordentlich frisierten Haaren und schicken Handtaschen gucken sich an, als hätte bei ihnen gerade etwas klick gemacht. Sandalo hingegen zwinkert trübe und hat nichts verstanden. Wie ein bockiges kleines Kind ist er fassungslos, dass seine Erfahrungen nicht allumfassend sein sollen und jemand es wagt, eine eigene, eine andere Realität zu erleben. Elma tuschelt mit Torben, vermutlich lässt er sich die Spielregeln erklären oder holt sich einen Geheimtipp.

»Ach, sind Sie auch so eine?«, schaltet sich Hannover mit notorischem Redeanspruch dazwischen.

»Was für eine?«

»Die behauptet, Frauen wären immer gewaltlos.«

Wäre es nicht so fatal, könnte man sich fast darüber amüsieren, wie sehr der Denkanstoß, eine chromosomal gerechtfertigte Vorherrschaft zu hinterfragen, einen Mann ins Elend stürzen kann.

»Niemand, wirklich niemand hat das heute gesagt«, verteidigt sich Merve in bewundernswerter und gleichsam vernichtender Gelassenheit.

Die Dreadlock-Schnalle macht ein schmalziges Gesicht und redet mit fast geschlossenen Kiefern: »Also ich finde auch, man soll Frauen nicht zu Opfern machen. Wir sind stark! Und müssen auch Vorurteile gegen Männer abbauen. Wir sind doch alle gleich!«

Kumbaya, my lord. Sandalo nickt eifrig. Mit etwas Glück finden die zwei sich doch noch.

Mit einem »Oh Gott« lasse ich den Kopf hängen.

Tine will was sagen und steht dafür sogar auf: »Wenn wir nicht sagen können, dass Frauen beziehungsweise nicht-weiße cis-Männer …«

Merve schiebt anerkennend die Lippen vor, und Hannover kreischt dazwischen: »Ha, Genderwahn! Daher weht der Wind!«

Elma steht auf, und ich reflexhaft mit ihr.

»Du lässt sie jetzt ausreden!«

Kurz herrscht Ruhe. Die auf der Bühne haben auch nichts mehr zu sagen. Nur die Veranstalterin scheint Redemeldungen sortieren zu wollen und deutet auf die, die vorbildlich die Hand heben.

Tine bringt ihren Satz zu Ende: »Wenn wir nicht sagen können, dass Frauen de facto einen anderen, niederen Stand in der Gesellschaft haben, dann verweigern wir ihnen den Wahrheitsgehalt ihrer Erfahrungen.«

Sie setzt sich, und Elma und ich folgen ihrem Beispiel. Fast wie in der Kirche. Ich beuge mich über Elmas Schoß und über Torben hinweg zu Tine und drücke gratulierend ihre Hand.

»Aber sag mal: *die Frauen*, zählst du dich bitte mal dazu!«

Elma gluckst.

»Gibt es noch andere Fragen?«, nimmt die Veranstalterin das Zepter in die Hand.

Merve streckt den Arm in die Höhe: »Ich würde das Thema gerne auf Intersektionalität lenken. Als zentraler Punkt in Frau Zarminas Buch und in der Debatte über das Patriarchat ist dieser Ansatz ja unabdinglich. Klasse, Rassismus, Transmisogynie et cetera. Darüber wurde heute gar nicht gesprochen.«

Ich muss erst einmal schlucken bei so viel Wagemut.

»Versteh ich nicht«, murrt einer mit Bart und teurer Uhr in der Reihe hinter uns.

»Sie will sagen, dass dies hier eine Unterhaltung vor allem der weißen, privilegierten, heterosexuellen Mittelschicht ist und andere Bevölkerungsgruppen, die stärker von dem Thema betroffen sind, ausgelassen werden. Mehrheitlich weiße Männer sprechen hier über Probleme, die sie nie erfahren haben«, versucht sich Tine Gehör zu verschaffen, und ich bin erneut beeindruckt.

Leider hört niemand mehr zu, und das vereinzelte Gezeter steigert sich langsam zu einer geschlossenen Kakofonie.

Sandalo schafft es trotzdem, durchzudrudren: »Aber ich hab doch gesagt, ich wurde geohrfeigt!«

»Ach, jetzt ist es auch noch falsch, dass ich weiß bin!« Hannover natürlich.

Ein Raunen geht durch die Menge.

»Nein, wir sind nur nicht wegen *dir* hier!« Elma streckt Hannover ihren Mittelfinger entgegen.

Der läuft rot an, und seine funkelnden Augen werden zu Nadelköpfen. Welch Frevel, dass es nicht um ihn geht. *Knüppel aus dem Sack!* tost er weiter: »Ich lasse mich hier nicht diskriminieren, weil ich ein weißer Mann bin!«

Elma wird fast handgreiflich, als ein Ehepaar hinter uns plärrt: »Also, das ist Denunziantentum! Denunziantentum ist das!«

Sie setzt zum Sprung an, doch Torben hält sie zurück und brüllt: »Haltet einfach die Fresse!«

Nicht schlecht, denke ich und habe Spaß an der Randale. Mehr ist hier heute eh nicht zu gewinnen.

Der Professor pendelt auf seinem Stuhl: »Ich darf doch bitten!«

Die Unruhe bleibt, einige stehen demonstrativ auf und gehen kopfschüttelnd zur Garderobe. Alle reden durcheinander. Ich finde das berauschend und beängstigend zugleich. *Herzlich willkommen in Ihrer Gesellschaft!*

Der Weihnachtsmann wendet sich dem Publikum zu: »Friedlich, bitte. Wir wollen uns alle etwas beruhigen.«

Doch die Gemüter wollen nicht abkühlen. Hannover wendet sich staatsmännisch an Merve: »Sie haben sicherlich einige Geschichten von dort zu erzählen, wo Sie herkommen. Das will ich ja gar nicht verneinen.«

Merve setzt ihren Todesblick auf: »Was weißt du denn über Bottrop?«

»Nein, wo Sie *eigentlich* herkommen«, schnaubt er süffisant.

Batsch! Das ist er, der nächste Kopf der machtversessenen Hydra.

Jetzt haben wir es: *no filter*. Alles irisiert in meinem Furor, wird klar und bekommt Farbe.

Merve springt auf: »Ach so, weil ich Schwarz bin, kann ich nicht aus Bottrop sein?«

»Du bist doch gar nicht *so* schwarz«, lässt die Dreadlock-Schnalle sie wissen.

»Wie bitte?«, faucht Merve.

»Eh, *Sie* natürlich. *Sie* sind nicht so schwarz«, verbessert sie sich schuldbewusst.

»Sei bloß still!«, presse ich heraus und versuche, sie mit meinem Starren in Stein zu verwandeln.

Torben ist auf seinen Stuhl gestiegen und schimpft Parolen. Der Psychologe wippt weiter mit dem Fuß, der Professor geht noch einmal zu den Klos, der Weihnachtsmann ruft letzte mäßigende Worte, und Frau Zarmina ist ganz steif, lächelt aber immerhin. Jedenfalls will ich das gerne glauben.

Dann drängelt sich die Veranstalterin vorne an den Rand der Bühne, übergeht stoisch den allseitigen Krakeel und bläst zum Abbruch: »Sooo, wir machen jetzt noch ein Foto, gerne mit allen! Also mit denen, die wollen.«

Dann klatscht sie in die Hände.

»Sie muss mit ins Bild!«, flennt Dreadlock-Schnalle und zeigt emphatisch auf Merve, um bloß nicht als rassistisch dazustehen.

Auf dem Parkplatz nimmt Torben Tine in den Arm und hebt sie hoch: »Du warst grandios!«

»Lass mich runter!«, zappelt Tine dreißig Zentimeter über dem Asphalt.

Sie zurrt sich den Pulli zurecht und beschwert sich: »Ich will nicht hochgehoben werden.«

Torben weiß nicht, was passiert ist. »Ich habs doch nur lieb gemeint.«

»Ist mir scheißegal, wie du es gemeint hast.«

Sie setzt sich auf die Rückbank und schlägt die Tür zu. Sie wird nicht in die Mitte rutschen.

Elma und Torben sitzen vorne, Merve und ich steigen hinten ein. Tine trotzt am linken Fenster und hat nasse Augen. Wir haben eine lange Heimfahrt vor uns, Knie an Knie.

»Und? Haben alle was gelernt?«, frage ich ironisch, obwohl ich gar keine Lust habe zu quatschen, es aber auch nicht lassen kann.

Torben quetscht seine lange Figur hinters Lenkrad und ist ganz der Musterschüler: »Ich habe gelernt, dass ich mich besser mit Minderheiten solidarisieren muss.«

»Wir sind keine Minderheit!«, boxt Elma ihm auf die Schulter.

»Ach ja«, grinst ihr Bruder, und Elma schlägt sich mit der Hand an die Stirn.

Ich glaube, Tine weint im Stillen, aber Merve sitzt dazwischen und hängt ihren eigenen Gedanken nach, mit verwaistem Blick nach vorn.

»Soll ich Musik anmachen?«, fragt Elma und dreht am Radio.

Niemand sagt etwas.

»Nee, lass mal«, lehne ich schließlich matt ab, *post-showdown-malad*.

Ich will gerade auch nur aus dem Fenster gucken. Bloß schnell weg von diesem Abend voll biederer Betroffenheit, die eiskalt in meinen Schützengraben zieht und mich mit Zorn erfüllt. Zorn – die letzte Waffe in diesem Gefecht, die mich davon abhält, in passiver Gleichgültigkeit zu versinken und falschen Frieden zu machen. *Gottbewahre, Frieden machen mit Hannover*. Die Wut pikst mich an, sickert durch, bis sie durch alle Adern rauscht und meine Lebensgeister auferstehen lässt.

Wutzernagte leben länger. Wenn ich es mir recht überlege, ist sehr wohl Feierlaune angesagt.

»Gib mir mal n Bier«, tippe ich Elma auf die Schulter.

Wir fahren auf die Autobahn und Torben hat Aufwind. Der Vortrag hat ihm etwas gebracht. »Erklär mir noch mal, was intersektional bedeutet«, bittet er Elma.

»Nein.«

»Wie, nein?«

»Hab ich schon dreimal, jetzt kannst du dich selber schlaumachen. Ich bin nicht dein Lexikon.«

»Ja, schon klar, aber sags mir doch einfach«, kichert er.

»So war es abgemacht«, erinnert Elma ihn mit aufgesetztem Ernst an ihre Absprache. »Dreimal erkläre ich was, nicht öfter. Musste halt besser zuhören.«

»Können wir eine Ausnahme machen?«, feixt Torben.

»Nein.« Elma kann sich das Lachen nicht verkneifen.

»Ihr furchtbaren Kartoffeln«, kanzelt Merve die Geschwister ab. »Für alles habt ihr Regeln.«

Vorne halten sie kurz die Klappe, und Merve grient triumphal.

»Das sagt die Richtige«, fispert Torben dann ziemlich laut, mit zwei tiefen Grübchen in den Wangen.

»Bist du etwa Rassist?«, dreht sich Elma nach hinten und hält Merve mit albern gekräuseltem Mund eine Flasche Bier entgegen.

Tine schnäuzt sich und murmelt in ihr Taschentuch: »Rassistin.«

»Bottrop«, huste ich, sodass es in der Kehle kitzelt. »Du bist die größte Kartoffel von uns allen.«

Merve prostet uns darauf zu, trinkt ihr Bier auf ex und rülpst in einer sagenhaften Lautstärke: »Booottrop ruules!«

»Merve!«, schreit Elma mit einem ungläubigen Strahlen im Gesicht, und wir erliegen einem Lachanfall.

...

Ich stehe an der Straße und warte auf Jonny, der wirklich so heißt. Damals habe ich mir sogar seinen Perso zeigen lassen, weil ich es nicht glauben konnte – Jonny. Das war vor zehn Jahren. Ich ziehe meinen Zopf straffer, als könnte ich mich daran aufrichten, aber es zieht nur übel an meiner Kopfhaut. Gleich kommt er, Jonny vom platten Land mit der behäbigen schwäbischen Zunge. Gelegenheitstaxifahrer, Fernreisender, Fußballfan. Er findet Dosenschießen lustig, sammelt Plektren und ernährt sich von Fertig-Mac'n'Cheese, als habe er beschlossen, für immer zwanzig zu bleiben. Sein Perso zeugt inzwischen von mehr als doppelt so vielen Lebensjahren. Er ist ein Echo aus einem abgelebten Gestern, das mir spukhaft auf diesem Bordstein entgegenhallt.

Ich ziehe mir das Haargummi raus und stecke es in die Tasche, ohne die brüchigen Haare, die sich darin verfangen haben, abzuklauben. Ich bin quengelig, weil ich jetzt zurück bin, zurück an einem Punkt, an dem ich hirnlose Jobs machen muss. Ich bin komplett blank. Noch mehr Dispo will ich mir nicht einrichten lassen. Ich denke, die Bank sieht das ähnlich. Einen Text habe ich noch rausgeschickt, aber das ist ein so kleines Politblatt, dass ich mich nicht traue zu fragen, ob es dafür ein Honorar gibt. Den Träumereien zu weit hinaus gefolgt, wird die Luft dünner und mir schwindelig beim Anblick meiner Fallhöhe. Ich bin zerknirscht, weil ich mich wieder freikaufen muss, Arbeitsstunde um Arbeitsstunde. Nix da Revolution, nicht mal eine persönliche. Ist alles nicht passiert.

Mit flauem Magen stehe ich auf dem Sprungbrett, das mich zurückkatapultiert in die Welt des gehaltlosen Lohnerwerbs, der

Nachtschichten und Stundenzettel, des Auf-die-Uhr-Guckens. Wieder erst zwei Minuten vorbei und noch zehn Stunden vor mir. *Tick tick tick.* Mit jeder Sekunde dem Sterben etwas näher. Ich atme stoßweise durch die Nase und versuche, mich nicht so anzustellen. Ich bin noch nicht mal bei der Arbeit und kann schon nicht mehr.

Jonny saust um die Kurve, bremst mit quietschenden Reifen und beugt sich über den freien Sitz, um mir die Tür aufzumachen. Sein Lachen eilt mir entgegen, als wäre es völlig normal, dass wir uns hier treffen, gleich wieder als die Ersten durch die leere Halle tapern, Tische und Absperrgitter arrangieren, auf die Mercher der Band warten (erst einmal habe ich dort eine Mercherin gesehen), T-Shirts abzählen und falten, Ausstellwände staffieren und Auslagen herrichten. Um spätestens vier Uhr wirds das erste Bier geben, noch eine Kippe, aber vor allem Warterei. T-Shirts verkaufen wir. *Made in Bangladesh.* Merchandise der verschiedenen Bands, die in der Alten Keksfabrik auftreten. Bis zu zweitausend Musikwütige werden uns das Geld achtlos wie gute Wünsche zustecken, wenn sie es nicht schon beim Schwarzhandel auf dem Parkplatz losgeworden sind. Es wird hier keine Überraschungen für mich geben, und die Zeit tickt weiter rückwärts.

»Hey! Lange nicht gesehen. Steig ein!«

»Hi Jonny.«

Ich lasse mich auf den Sitz plumpsen, ziehe träge die Mundwinkel hoch und kann ihm nicht in die Augen sehen. Mein Blick flattert umher, auf der Suche nach einem Clue, der das Versehen enttarnt. Doch das hektische Abtasten der Realität bleibt vergebens, ich habe mich verzockt. *Zurück auf Los, Verliererin!*

»Das wird heute richtig voll«, kündigt er mit vorgeschobenem Kinn an. Ich kann seine Euphorie zwar nicht teilen, bin aber dankbar, dass wir uns einen Abriss der letzten Jahre ersparen, und schnalle mich an.

»Wer spielt denn?«

»*Graf Zahl* oder so«, grinst er und dreht das Radio auf.

»Wer?«

Jonny lacht.

»Ach, so eine Mittelalterkapelle mit E-Gitarren.«

»Aha«, muffel ich und spiele mit dem Verschluss des Handschuhfachs.

»Ist ausverkauft. Die haben echt eine krasse *fan base*. Ich hab die vor zwei Jahren schon mal gemacht. Das gibt fetten Umsatz, ich sags dir.«

Jonny ist im Moment. Ununterbrochen. Voller Elan erzählt er Geschichten von Leuten, die ihm in die Lüftung des Taxis kotzen, oder von neurotischen Teenies, die ihm weinend herzförmige Kissen ihrer Lieblingsboyband aus den Händen reißen. Für Jonny ist alles in Ordnung. Egal ob er älter wird, noch bei seiner Mutter wäscht oder dass er nie eine Freundin hat. Jonny ist obenauf. Jonny lebt, glaube ich.

Ich zünde mir eine Kippe an und kurble das Fenster runter. Als Sisyphus endlich akzeptierte, dass der Unsinn sein Schicksal war, war er jedes Mal glücklich, wenn der vermaledeite Stein den Berg runterrollte. Ob wir die Welt verändern wollen oder Telefonbücher lesen, macht keinen Unterschied. Am Ende sind wir alle tot. Nur ich raffe das mal wieder nicht und mache das Sinnkrisenfass auf, während Jonny rege von den Hanfpflanzen seines neuen Mitbewohners erzählt.

Als wir im Industriegebiet ankommen, wo halb abgerissene Plakate an Backsteinwänden flattern und Müll die Rinnsteine ziert, rollt mir mein Fels über die nackten Füße.

Im Foyer der Konzerthalle erwartet uns schon der Mercher der zopfigen Band, der absolut nicht begeistert ist, dass er seinen Krempel nicht selbst verkaufen darf. Für den Abend übernehmen wir die Shirts, die er kistenweise mit der Ameise herankarrt. Er prustet, hat rotfleckige Wangen in einem ansonsten käsigen Gesicht und um seinen wulstigen Nacken drei Lanyards hängen. An jedem baumelt ein in Plastik geschweißtes, ausgesprochen wichtiges Kärtchen. *All areas pass* – heilige Insignien seiner Zunft, die es vorzuzeigen gilt. Er hat kleine Hände, mit denen er ständig an seinem Hosenbund zieht, weil ihm die Baggyjeans von seinem runden Po rutscht. Ich hocke mich vor einen der Kartons und sortiere rum. Er verdreht die Augen, als er sieht, wie wir die T-Shirts aus den Zehnerpacken pflücken und einzeln zusammenlegen, weil es so praktischer ist für den Verkauf.

»Ey, so macht man das nicht.« Er stellt sich neben mich, stemmt die Hände in die Hüften und hegt keine Zweifel an seiner Autorität, denn sonst wäre es ihm wohl auch unangenehm, dass er mir seinen Schritt vor die Nase schiebt. Ich ranze ihn an, er soll lieber seine Ware abzählen, als mir schlaue Ratschläge zu geben, und Jonny holt Kaffee für alle.

Ich schiele schon wieder aufs Handy, aber auch dort wartet nichts Erbauliches auf mich. Mit Sven komme ich auf keinen grünen Zweig. Jedes Mal schießt etwas dazwischen, wenn wir uns treffen wollen, um uns die Kleider vom Leib zu reißen. Ich möchte mich nicht von digitalen Zeichen anhimmeln lassen, und irgendwie war es doch auch so gedacht, dass es Spaß macht und leicht ist, dass es in echt und überhaupt passiert. Mit René hat es sich zerfrieselt, die Abstände zwischen unseren Treffen werden länger. Letzte Woche haben wir uns auf eine schnelle Nummer getroffen, aber die Hochgefühle blieben aus. Ich will jetzt mit Sven rummachen, und ich will, dass er entdeckt, dass ich die Schönste bin. So einfach gestrickt ist mein gefallsüchtiges Gemüt.

Es gibt nur acht Shirts in Größe S. Billiger Stoff mit klebrigem Fotodruck der sechsköpfigen Band, umrahmt von fliegenden Drachen und grellorangen Flammen. Je weiter die Klamotten geschnitten sind, desto höher ist die Auflage. Drei Kartons XXXL packen wir aus. Dann die obligatorische Kiste Klimbim mit Schlüsselanhängern, Buttons, Flaschenöffnern und Aufnähern. Auf allem prangt eine recht unangezogene Wikingerkriegerin. Herausfordernd halte ich dem Mercher einen der Aufnäher hin: »Ich wäre mir nicht so sicher, dass die in Lederriemchen-Dessous und hohen Stiefeln in den Kampf gezogen sind.«

Er wirft mir einen boshaften Blick zu und redet dann mit Jonny, der ist schließlich der Chef.

Ich setze mich auf einen Berg Longsleeves und rauche erstmal eine. Ascheflocken rieseln wie dreckiger Schnee auf die Ware. Ich mache mir nicht die Mühe, sie abzuklopfen, und der Mercher zieht wetternd in den Backstage-Bereich ab. Seine verärgerten Schritte rumpeln durch den Saal. Trotzig schnippe ich etwas Asche in den Karton vor mir und weiß jetzt schon, dass er beim Auszählen, während die letzten Gäste rausgefegt werden, alle Register der Missgunst ziehen wird.

Ich mag es hinter den Kulissen, wo es aus Funkgeräten knistert, Nachnamen wenn, dann nur als Rufnamen benutzt werden; wenn noch Tageslicht durch die matten Oberlichter leckt und jedes umfallende Stück Blech laut durch die Räume scheppert. Die Stunden vor dem Konzert, in denen Kabel gelegt, Kilometer von Gaffer-Tape verklebt, Lichter gesetzt, die Pyro-Show vorbereitet und Mikros gecheckt werden, von einem Konglomerat aus diversen Käuzen, die damit beschäftigt sind, die Nacht zum Leben zu erwecken. Wenn hier ein kleiner Pulk von Leuten eine Halle mit Ekstase bespickt, die nachher von Tausenden Füßen vertrampelt, vertanzt und verhüpft wird, ist das wie Magie. Und ich bin entschlossen, mir diese Stimmung des Aufbaus hochzuhalten, sie aufzusaugen, wieder dabei zu sein. Verbissen knete ich den verkümmerten Muskel der Kumpanei. Mikki von der Sound-Crew winkt mir im Vorbeigehen zu. Schwarz klafft eine Lücke dort, wo mal zwei seiner Schneidezähne waren, und mit einer Fistelstimme flötet er mir zu: »Moin Mäuschen! Schön, dich mal wieder zu sehen.«

Mein Herz wird urplötzlich warm bei dieser unkomplizierten Zuneigungsbekundung. Wie fein, dass mir im Misfit-Rudel auf ewig ein Platz freigehalten wird. Und dann wird mir klar, dass ich auch hier wieder nur ein Mäuschen sein soll, und es reißt und zerrt an meinen Innereien. *Wie das wohl sein mag, ein Mensch sein zu dürfen, am Ende gar ein eigenständiger?* Vielleicht frage ich mal Jonny.

Der kommt gerade wieder an und drückt mir einen Kaffeebecher in die Hand, in dem ein Plastikstäbchen steckt, und serviert mir ein Döschen H-Milch dazu.

»Nee, immer noch nicht«, moniere ich patzig, und wie alles prallt es an Jonnys unbeleckter Resilienz ab.

Er sieht sich kurz nach dem Mercher um, zuckt mit den Schultern und freut sich über den Extrakaffee. Und ich, ich verstehe nicht, wie er so sein kann, und was es dazu braucht und warum ich es nicht habe. Ich gucke auf die Uhr, erst dreißig Euro verdient.

Die Securities bauen die Gitter vorm Eingang auf, damit nicht alle auf einmal die Tür stürmen. Die ersten Überfans mit überlangen Haaren und übergroßen Band-Shirts stehen schon auf der Straße. Mit den Händen in den Hosentaschen und aufgeblasener Brust stolzieren sie draußen umher. Sie gehören dazu. Es ist *ihre* Band und alles, was dran hängt, egal ob Ort oder Zeit, ist auch ihr Eigen. Die Ordner ignorieren das kleine Aufgebot und schwatzen, als wären sie allein. Ich mach die Vitrine fertig und hoffe, darüber nicht depressiv zu werden.

Ein belebter Fundus aus Dorf-Metal-Schick und Fantasy-Kostümen schiebt sich durch den Saal, um gleich zu Mittelalter-Folk-Rock aus Bad Salzuflen zu schwitzen und zu stampfen. Sie stauen sich jetzt mehr und mehr um unseren Stand, stieren und gieren aus feisten Fratzen. Sie reden zu laut, als müssten sie sich besonders anstrengen unter ihrer Verkleidung, die keine Fussel oder andere Spuren des Gebrauchs trägt. Einer hat ein Met-Horn umhängen. Jonny plaudert ausgelassen. Schon kurz nach dem Einlass ist die säuerlich schwüle Luft zum Schneiden.

Einer beugt sich mit einem winzigen, verblichenen keltischen Tattoo auf dem Bizeps zu Jonny. Mit einem tranigen Lächeln ziehen sich seine Glubschaugen zusammen und blitzen schelmisch. *Hüstel. Pass auf, gleich kommt ein Jux, hüstel.* »Oh edler Herr, wir suchen nach Gewändern und Geschmeide, höhö.« Mir ist, als splittere ein Teil meiner Seele ab, und ich latsche mutlos an die andere Seite des Stands.

»Ich nehme das Gaukler-und-Druiden-Shirt«, lässt mich eine Dame mit geflochtenem Haarkranz, Lederhalsband und blauem Plastikbrillengestell wissen, während sie das Geld aus ihrem Portemonnaie mit absurd vielen Kartenfächern zieht.

»Welche Größe?«

»Normalerweise immer M«, sagt sie mit prophylaktisch vorwurfsvollem Blick.

No fucking way.

»Äh, ja. Hm. Also die hier fallen etwas klein aus«, lüge ich. »Sollen wir mal L probieren? XL?«

Ich würde sie gerne fragen, ob es nicht auch okay wäre, sie selbst zu sein, doch ihr verknöcherter Mund belehrt mich eines Besseren. Die Geldkassette füllt sich mit bunten Scheinen. Manche kaufen gleich für zweihundert Euro ein. Der Bandlogo-Siegelring allein kostet einen Fuffi.

»Holde Maid!«, versucht ein Drängler, mich zu sich zu rufen.

»Ich glaube nicht«, nuschel ich mir zu und wische mit gesenktem Kopf imaginären Staub von meinem Hemd.

Jonny legt mir die Hand auf die Schulter. »Die machen doch nur Spaß.«

»Und ich mache nur Ernst.«

Er schlägt traurig mit den Wimpern und folgt dann ihren Rufen. Jetzt tut es mir leid, dass ich so grantig bin, nur ändert es nichts. Ich verkneife mir immerhin die Kommentare, und wir verklappen den ersten Andrang. Die meisten sind in der Tat sehr höflich, aber das will nicht in meinen Kokon dringen. Dann gehen die großen Lichter in der Konzerthalle aus, und alle bewegen sich in stimmungsvollem Gemurmel in Richtung Bühne. Die Freigetränkemarken habe ich schon aufgebraucht und zahle inzwischen fürs Bier. Eine Clique Kostümierter steht sekttrinkend am Ausschank und verstummt pikiert, als ich mich dazwischenzwänge, als würde meine profane Existenz die ihre als fingiert entlarven.

Die Band kommt unter pulsierenden Feuerfontänen und dramatischer Musik aus der Konserve aufs Podium gepresst. Mir spritzt vor Lachen das Bier aus der Nase, als der mit der Schalmei über ein Kabel stolpert und sich an der Sackpfeife seines Vordermanns festhält. Dann geht das Intro in live-gespieltes Holzflötengepiepse und Schlagzeuggewitter über. Die Menge tobt.

Zwischendurch kommt immer mal jemand wichtigtuerisch an unserem Stand vorbeigeschlendert. Sie gehen mir alle auf die Nerven. Ich mag doch Freaks. Warum nicht diese?

»Gib mir mal so einen Kalender, Süße«, fordert einer im Kettenhemd und mit Silberperle im fransigen Bart.

Weil die scheiße sind, deswegen. Weil sie versuchen, ihre Sehnsucht an einer von ihnen glorifizierten Epoche zu stillen, stumpf und ohne jedwede Verantwortung. Mit der Laute ein bisschen Hexenverbrennung romantisieren, eine Strophe Vampirismus für den Sex-Appeal, einen Schwung hanswurstiger Kleider aus Tierhäuten, unter denen man ein dreckiger Lump sein darf. Eine Zeitreise, durch die alle anderen als vogelfrei deklariert werden.

»Süße, ich will den Kalender.«

Ich rotze ihm einen tadellosen Yellow vor die Füße und fühle mich zum ersten Mal heute Abend anwesend. »Ich bin definitiv nicht deine Süße.«

Bevor er Zeit dazu hat, auf seinen Thronsturz zu reagieren, schiebt sich Jonny mit seinem Verkäuferlächeln dazwischen. Er drückt mich weg und dem geschlagenen Ritter den Kalender voll appetitlicher Mittelaltermadln, die mit hochgeschnürten Busen und halb geöffneten Mündern wollüstig die Gliedmaßen spreizen, in die Hand. Mir bleibt nichts, als verächtlich zu schnauben. Aus einem Lederbeutel, den er am Gürtel festgebunden hat, zahlt er passend, um sich dann schadenfroh vor mir zu verbeugen. Dabei wedelt er höfisch mit der Hand. Mit selbstgefälligem Spott in der Fresse schwänzelt er davon, zwölf ›seiner Dirnen‹ unter den Arm geklemmt.

»Arschloch«, rufe ich ihm hinterher.

Er winkt mir zu, ohne sich umzudrehen, und verschwindet im Publikum. Ich schaue zu Jonny, der mich lediglich anglotzt und mir keinen Hinweis gibt, auf welcher Seite er steht.

Durch die Flügeltür kann ich auf die Bühne sehen. Im von rotem Scheinwerferlicht durchbluteten Nebel kniet sich eine wildmähnige Frau zum Opferritus nieder. Verzweifelt fasst sie sich ans Herz, das unter ihrem durchsichtigen Hemdchen liegen muss. Der Sänger mit Fellweste über der rasierten Brust schreitet zeremoniell mit einem Dolch in der Hand um sie herum und singt okkult in sein Headset-Mikro. Nur ein Mann kann sie durch den Tod erlösen, und die Nebelmaschine zischt. An wessen Ermordung man dabei denkt, darüber scheiden sich hier offenbar die Geister. Mir wäre seine lieber.

Ich presse entnervt die Ballen meiner Hände gegen die Schläfen. »Was ist das für eine Scheiße?«

Jonny nippt an seinem Bier, verfolgt unbehelligt die Show, und ich höre das Blut in meiner Halsschlagader pochen. Ein anschwellendes Rauschen, das raus muss, wenn ich nicht verrückt werden will. Ich rupfe den ekelhaften Kalender und ein albernes Bandposter mit einem sich aufbäumenden schwarzen Hengst von der Pinnwand und schleudere beides zu Boden. Dann stoße ich die T-Shirt-Stapel mit der zwangsprostituierten Wikingerin vom Tisch und trample darauf rum. Mein Bier werfe ich in die Auslage, und es rauscht und rauscht.

»Hey!«, ruft Jonny alarmiert und fischt den Becher aus der Vitrine.

Wie ein *deus malum ex machina* kommt auch noch der Mercher angetrabt und brüllt mich an: »Ey! Was machst du da?«

Die roten Flecken auf seinen Wangen leuchten wie zerlaufene Aquarellrosen. Mein Fuß hat sich im Ärmel eines der großen T-Shirts verheddert, und ich fühle mich nicht so souverän, wie ich es gern hätte. »Ach, verpiss dich doch.«

Das Grüppchen an der Theke lugt interessiert herüber, um dann abfällig die Köpfe zu schütteln.

»Wer glaubst du, dass du bist?«, keift er und seine Faust klammert sich um seine Pässe.

Jonny schaut ihn ratlos und zugleich verbrüdert an. Ich bin so sauer, dass ich fast heule. Wund von der Machtlosigkeit, verätzt von all dem *egal, egal*.

»Fickt euch doch zur Abwechslung alle einfach mal selber!«, schnauze ich, und für einen erstarrten Moment sagt niemand mehr etwas.

»Das wars dann wohl«, urteilt Jonny trocken und drückt mir ohne weitere Umschweife zwei Scheine für meine teure Zeit in die Hand.

Ich ärgere mich so sehr über meine wässrigen Augen, dass ich direkt noch wütender werde und kurz davor bin, richtig zu heulen. So kriege ich nicht mehr als ein schiefes »Ja. Das glaube ich allerdings auch!« herausgedrückt.

Auf dem Weg nach draußen remple ich den Mercher an, der mir ganz gleich wo im Weg steht. Mikki winkt zaghaft *adieu*, als der Budenzauber für mich krachend auseinanderfällt.

Bis ins nächste Viertel mit Kneipen ist es eine halbe Stunde zu Fuß, also hole ich mir Wegzehrung an der Tanke. Die gut geölte Schublade des Nachtschalters fährt mit einem zurückhaltenden Geräusch und meinen Münzen hinter das verstärkte Glas und überlässt mir im Tausch eine kleine Flasche Wodka. Den Tankwart hinter der Scheibe nehme ich kaum wahr, so sehr bin ich mir und der Situation entfremdet. Mein Adrenalinspiegel schwappt verwirrt herum.

Als sich die Staubwolke des vorbeibretternden Lastwagens legt, trillert mir eine Amsel ein Lied. Als träfen wir uns in einer dieser lauen Sommernächte, die nie enden sollen. Der Geruch eines frisch gemähten Rasens schwebt umher, und ich gehe leicht befriedet weiter durch die verlassenen Straßenzüge.

Den Schnaps habe ich in der einen und meinen Schlüssel in der anderen Hand. Das übliche Ritual. Ich trage ihn so, dass die Spitze zwischen den Fingern meiner geballten Faust herausragt. *Gefahr, Gefahr!*, rumort es dumpf aus jedem Winkel und den Seitengassen, bei jedem Typen, der dir entgegenkommt, und schlimmer noch bei denen, die hinter dir schlurfen. Wo immer wir gehen, schwingt diese leise Angst mit. Ich justiere den Schlüssel in meiner Hand, fasse ihn so fest, dass mir die Kanten tief ins Fleisch drücken; ein Schmerz als Platzhalter für den, den man aufgibt, bewusst wahrzunehmen. Gewappnet mit Unmut biege ich in die nächste Straße. Am Schluss glaubst du, du hättest dich nicht ausreichend geschützt, wenn doch etwas passiert. *Überaus praktisch, so eine integrierte Schuldfunktion.*

Ich nehme noch einen brennenden Schluck und erwische mich kurz bei dem erleichternden Gedanken, dass ich langsam zu alt sein könnte, um vergewaltigt zu werden. Was für ein Bullshit. Mit dem letzten Mundvoll Wodka spüle ich den bitteren Zynismus hinunter.

Ich ziehe durch die Bars. Schnaps und Pils, noch eine Runde und noch eine. An der Theke wechsle ich ein paar leere Worte mit dem Kellner oder einer anderen gestrandeten Person, die neben mir hockt. Wenn mir zu viel geredet wird, ziehe ich weiter. Meist dauert das nicht lange. Also: Bier runterstürzen, Mund abwischen, Geld auf den Tresen legen und ab in die nächste Kaschemme. Für die verbleibende Nacht habe ich Pläsanterie angeordnet.

In einem kleinen, abgetakelten Club ist die Musik so laut, dass Gespräche hinfällig sind, und ich tanze, bis mir der Schweiß in die Augen läuft und das Haar im Nacken pappt. Ich lasse mich von den Lichtern blenden und den Sounds wegtragen, bis mein Körper sich nur noch so bewegt, wie es ihm passt. Dreißig Quadratmeter Tanzfläche und die Welt gehört mir, ist ich.

Studis und die, die an sie verticken, lümmeln sich in den dunklen Sitzecken. Alles ist ein bisschen angekratzt, nicht mehr neu, der Putz rissig. Erfreulicherweise wird geraucht, und man riecht nicht jedes Mal den Klostein, wenn die verbeulte Tür zu den Toiletten aufschwingt. Eine mit geweiteten Pupillen springt umher und streut Glitzer auf die Leute. Die anderen wippen mit den Füßen und lassen sich treiben. Zurück an der Theke bestelle ich noch ein Bier, aber hier lieber aus der Flasche *(Gefahr, Gefahr!)*. Der Kerl neben mir prostet mir zu. Trainierte Oberarme, korrektes Bandshirt.

»Öfter hier?«, eröffnet er die Partie.

Vermutlich weil mein Hirn gerade zu beschäftigt damit ist, Ethanol in Membranproteine einzulagern, lässt es mir in diesem Teil der Nacht einiges durchgehen. Ich darf mir selbst entfliehen. Also lehne ich mich neckisch neben ihn an die Bar, streiche mir die Haare aus der Stirn und lasse mich mit einem Lächeln ins Geplänkel fallen. Kein Netz, kein doppelter Boden. Keine Unterstellungen, keine Erwartungen. Es ist mir alles gleich. Ich habe mein Naturell weggesoffen, flüssige Selbstzensur in Perfektion.

»Nee. Du?«, gluckse ich.

Er macht ein paar ganz passable Sprüche, und ich renne mit, gebe mich charmant und witzig. Das geht, weil mein Ich ja Pause hat. Ich lege den Kopf in den Nacken und fiepse vor Lachen. Einfaltstrunken nehme ich seine Hand und ziehe ihn auf die Tanzfläche – ein verirrtes Scheusal, das Männer ködert.

Er folgt mir mit schwingenden Hüften. Wir tanzen und knutschen, tanzen enger und dann knutschen wir eigentlich nur noch. Die Discokugel dreht sich leidenschaftslos über unseren Köpfen, die hat das alles schon gesehen.

»Gehen wir zu mir?«, fragt er mich, und seine Hand greift fester an meinen Hintern.

Ich habe keine Lust. Ich will, nein, ich muss in dem Sturm aus Tonspurengedonner und Lichtblitzen stehenbleiben, im Qualm, im vertuschenden Halbdunkel dieser Lustbarkeit. Sobald wir vor die Tür treten, lauert uns zu viel Echtes auf. Kaskaden von Ruhe, die die Taschenspielertricks meiner Gehirnmasse unterwandern. Verödeter Raum für eine Unterhaltung, die dann nicht stattfindet.

Ich küsse ihn feucht, nehme sein Gesicht in meine Hände, schaue ihm satt in die Augen: »Nein.«

Er zieht die Augenbrauen zusammen und hofft, eine Pointe auszumachen. Doch der ganze Akt der Verführung ist geplatzt. Ich habe für uns beide in die Zukunft gesehen und lasse ihn auf der Tanzfläche stehen.

Auf dem Weg nach draußen trinke ich schnell noch einen Kurzen und wische mir verstimmt den blödsinnigen Glitzer vom Arm. Die Lichtkegel der Discokugel schleichen wie mahnende Finger durch den finsteren Club und zeigen die beduselte Posse auf, die plötzlich nicht mehr zu mir passen mag. Ich bin eine Schlange, die sich häutet.

Im Freien mache ich einen ungeplanten Ausfallschritt, als mir der Sauerstoff direkt ins Zerebrum knallt. Ich fasse mir an die Stirn, als könnte ich so zurückdrängen, was meinem Verstand dahinter entgleitet.

Mein Absturz kommt mir ein Stück nachgerannt und klagt: »Hey, was soll das?«

»Nichts für ungut. Es liegt nicht an mir«, lalle ich und werfe ihm zum Abschied eine Kusshand zu.

Ich krame meinen Schlüssel aus der Tasche und torkle los.

Die Straßen sind leer, eine verlassene Kulisse. Hin und wieder ein Schatten in einem Fenster, hinter dem schon Licht brennt. Ich balanciere auf einem Mäuerchen und schlage mir das Knie auf. Die blaue Stunde schwillt lautlos wabernd an, weiche Elektrizität, die die Dunkelheit zur Dämmerung gerinnen lässt. Sechzig Euro habe ich verdient und noch mehr versoffen. Am Kiosk hole ich mir neuen Tabak und ein Sixpack. Ich werde es ganz bestimmt jetzt nicht mehr trinken, bringe es aber nicht über mich, das Bier in dem hell erleuchteten Kühlschrank stehenzulassen.

Die metallischen Spitzen der Stäbe klackern rhythmisch auf dem Gehsteig, als jemand mit Wanderstöcken und dynamischen Schritten herbeimarschiert. Der Nordic Walker würdigt mich keines Blickes, gut möglich, dass er nicht aus seiner Dimension in meine sehen kann. Mein rechter Fuß bleibt an der Bordsteinkante hängen, und ich strauchle fluchend über das Pflaster. Mir ist ganz kribblig vom Schreck, und ich schleppe mich mit schweren Beinen und benebeltem Kopf weiter. *Morbid walking*, kicher ich hämisch in mich hinein.

Obwohl die Bahn so früh am Morgen leer ist, setze ich mich neben den Fahrkartenautomaten, um sicher einen Einzelplatz zu haben. Mein Arm klebt am Kunststoffbezug des Sitzes, wie tausend andere Arme zuvor, und meine mit erkaltetem Schweiß überzogene Haut zwickt angenehm, wenn ich mich bewege. Ich lehne den Kopf an den Automaten und kaue auf meiner pelzigen Zunge. Auf die Scheibe gegenüber von mir ist ein Penis gemalt, um den sich mein Gesicht spiegelt. Wie könnte es auch anders sein. Der Satz verdient nicht einmal ein Fragezeichen. Dass immer wieder Typen ihr primäres Geschlechtsorgan irgendwo draufschmieren müssen.

Das ist mehr als Symbolik. Diese Selbstverständlichkeit wurde spätestens auf dem Sinai verbrieft. Ganz beiläufig (denn wir sind nur Nebensächlichkeiten) wurde die Rangfolge abgehandelt. *Weib, Magd, Knecht und Vieh*, sie alle sind dem Mann. *Stempel drauf, danke Gott*. Den Rest des Kuhhandels machen die Jungs untereinander aus. Wundern tut es nicht. Seit entschieden wurde, dass Eva und die Schlange die Schuld an der Vertreibung aus dem Paradies tragen, braucht keine Frau und kein Tier zu glauben, je unkorrumpierter Teil des herrischen Exklusivvereins sein zu dürfen.

Ich habe noch vier Stationen bis nach Hause und mache mir nun doch ein Bier auf. *Ein Prosit den christlichen Werten.* Die Oma auf dem Vierer guckt böse, und so biete ich ihr auch eins an. Wir rasen auf kreischenden Schienen durch den Tunnel in der Weststadt, die Deckenleuchten flackern unstet auf, und es knackst in den Neonröhren. Die Oma will nicht mit mir trinken, und ich habe nach wie vor den Schwanz eines Fremden im Gesicht.

...

Julie lässt es sich nicht nehmen, unserer Bitte in Form eines kleinen Spektakels nachzukommen. Die Werkbank hat sie im Garten aufgebaut. Im Keller ist zu wenig Platz für uns alle. Die Werkzeuge und Schutzausrüstung hat sie ordentlich wie in einem Operationssaal aufgereiht und sich ein knallpinkes Bandana umgebunden. Mit in die Hüften gestemmten Händen begutachtet sie die temporäre Schaffensstelle und rückt dann den schweren Fuß des Sonnenschirms in Position, damit wir nicht versengt werden. Ihre Fingerspitze klopft sanft auf die Flex, und sie lässt ihren Blick prüfend über die Arbeitsfläche gleiten. Sheitan hat sie reingeschickt, damit ihm weder fliegende Metallsplitter noch der Lärm etwas anhaben können. Er starrt jetzt Aynur in der Küche beim Backen an.

Julie hätte die Sechskantschlüssel im Nullkommanichts alleine basteln können. Vielleicht damit wir sie beim nächsten Mal nicht wieder belangen, vielleicht weil sie entsetzt ist, dass nicht jede mit einem Winkelschleifer umzugehen weiß, macht sie einen regelrechten Lehrgang daraus. Sie drückt Tine eine Schutzbrille in die Hand und dreht schwungvoll am Arm des geschmierten Schraubstocks.

»So«, beginnt sie und hält eine silberne Röhre zwischen ihren langen Fingern, als würde sie einen Diamanten vorzeigen. »Hier haben wir einen Sechskantrohrsteckschlüssel, acht Millimeter am einen, neun am andern Ende.«

Sechs Stück davon habe ich im Baumarkt geholt (einen für jede als Souvenir), in gewissenhafter Paranoia bar bezahlt und mich dabei an verwegener Vorfreude ergötzt.

Julie beugt sich krumm über den Schraubstock, um den Schlüssel hochkant darin einzuspannen. Dann hält sie für eine Sekunde inne und korrigiert ihre Haltung, zieht die Beine näher aneinander und senkt sich mit geradem Rücken über die Werkbank. Es ist, als müsste sie gegen alte Blaupausen, das Gedächtnis ihres Körpers angehen, wenn sie Bewegungen ausführt, die sie jahrzehntelang hauptberuflich und ausdrücklich ›männlich‹ erledigen musste. Sie zuckt mit der Nasenspitze und bemüht sich, nicht auf die Erinnerung hereinzufallen, sich nicht aus ihrem neuen wahren Selbst herausdrängen zu lassen. *Gas Wasser Scheiße* war früher. Im Betrieb ihres Vaters, der sich besoffen in strafendes Schweigen hüllte, wenn *sein Sohn* im rustikalen Kleiderschrank der Mutter verschwand und dann ausnahmsweise beschwingt vorm Spiegel tanzte.

»Damit ihr den Schlüssel trotz der vorgesetzten Flügelschraube auf den Drehmechanismus setzen könnt, müssen wir hier einen Schlitz reinflexen.« Julie deutet auf das, was sie erklärt, wie Maren Gilzer an der Buchstabenwand. »Wir machen den etwa fünf Millimeter tief und zwei breit.«

Tine schaut verkrampft drein, während ihre Augen strebsam glänzen und sie mit großen Zügen versucht, das Wissensgefälle hochzuschwimmen.

»Und dann flexen wir das Ding noch in der Mitte durch, sodass zwei kurze Schlüssel daraus werden, mit denen man auch in unzugängliche Ecken gelangen kann.«

Ich nicke gescheit, als gäbe es hier nichts für mich zu lernen. Dabei passe ich auf wie eine Elster und ergaunere mir den ein oder anderen Kniff, ohne meine blinden Flecken zu offenbaren.

»Den Schlitz darf man nicht zu tief machen. Das ist ja nicht gerade hochwertig, dieses dünne Blech. Nicht, dass was abbricht oder sich verzieht, wenn ihr es benutzt.«

Ich runzle die Stirn und würde gerne klarstellen, dass ich extra dünnwandige Schlüssel gekauft habe, damit sie in jeden noch so engen Schließmechanismus einzuführen sind, aber solch Imponiergehabe wird mich wohl auch nicht fester auf meinem Protzpodest stehen lassen.

Mit einem aufmunternden Lächeln auf den Lippen zitiert Julie Tine an die Werkbank, deren winziges Gesicht zur Hälfte hinter der großen Plastikbrille verschwindet.

»Gorgo, setz dir bitte auch eine Brille auf. Lass uns nicht so tun, als wäre es cool«, tadelt Julie schmolllippig und schmeißt den Winkelschleifer kurz an. *Siiirrrrr*. Die Streberin in mir ist beleidigt, und ich greife zur Brille.

Mit ruhiger Stimme und aller Zeit der Welt wendet sie sich an Tine: »So, den hältst du jetzt so. Pass mit dem Kabel auf. Lass das erstmal dreißig Sekunden einfach nur laufen. Dabei merkst du, ob die Scheibe richtig sitzt, und du kannst dich ans Gerät gewöhnen.«

Sie macht es Tine einmal vor und fräst einen Schlitz quer in den Schlüsselkopf. Tine steht reglos da, angespannt wie die Maus, die gleich vom Fuchs gefressen wird. Ich warte auf einen kleinen Schrei aus ihrem Schlund. Als der nicht kommt, gehe ich zu den anderen.

Louisa kaut schmatzend ihren Kaugummi und erörtert, wo und wie wir ein Loch durch das Rohr bohren müssen, um eine Querstrebe als Griff und Hebel einsetzen zu können.

»Die Löcher, die schon drin sind, sitzen zu nah am Kopf, damit würden wir nicht tief genug in die Verkleidung kommen.«

Ich vergöttere Louisa, wie sie mit gravitätischem Trotz dasteht und uns alle mit Zwanglosigkeit rüstet. Sie beäugt, was wir da machen, und belächelt uns großherzig.

»Wo genau muss das Loch hin?«, fragt Merve. Sie hätte am liebsten erst eine ausführliche Powerpoint-Präsentation, um die theoretischen Hintergründe zu klären.

Louisa hat für solche Präzision nichts übrig und zeigt lapidar an: »Ungefähr da.«

Ich bin froh um ihre Fähigkeit, Distanz zu wahren. Ich würde sie nicht halten können, quer darüber trampeln und das Vertrauen durch Nähe erdrücken. Es gäbe so viel weniger für mich zu ergründen. Immer einen Schritt voneinander entfernt, kann ich mich in ihr spiegeln, ohne dass wir uns ineinander verlieren. Und reflektieren wir uns zuweilen als Vorbild, schmettert sich uns ebenso oft ein abschreckendes Selbstporträt brutal entgegen. Wir sind uns gegenseitig ein moderner Dorian Gray mit all den Spuren unserer Sünden, Sinnlichkeit und Dekadenz.

Elma hantiert umständlich mit dem Bohrer herum. Mit größter Vorsicht setzt sie an, um den richtigen Winkel zu treffen, nicht abzurutschen und das beste Loch aller Zeiten zu kreieren. Schließlich fertigen wir nicht weniger als unsere Schlüssel zur Stadt, Türöffner zu Tausenden Augenpaaren, denen wir das Denken anpreisen wollen, anstelle von austauschbarem Plunder. Wir werden den völlig verramschten öffentlichen Raum zurückerobern, in dem uns der schrille Konsumzwang auf jedem Meter stalkt und dabei an sich reißt, was ihm nicht gehört – unser Blickfeld.

»Doch nicht so einfach, wie ich dachte«, gibt Elma zu und setzt erneut an.

»Alles Übung. Muss auch nicht schön sein, sondern nur funktionieren«, spornt Louisa sie an, der das alles zu lange dauert.

»Ha!«, ruft Elma ausgelassen, als sie ihr erstes Loch gebohrt hat. Ich bin neidisch, dass ich mir solch direkte Emotionalität versage und weiterhin abgeklärt tun werde. Es ist ein elendiger Automatismus, den man sich aneignet, wenn man ständig dagegen ankämpft, als schwach zu gelten.

Merve nickt anerkennend, und ich wundere mich fast, dass sie sich keine Notizen macht. Ich schiebe eine dicke, lange Schraube durch das nagelneue Loch und schwurbel eine Mutter drauf. »Fertig!«

Unser Kunstwerk sieht aus wie ein martialisches Fundstück aus einer futuristischen Nachwelt. Wir sind selig über unseren ersten kleinen Schatz und müssen ihn alle mal in die Hand nehmen.

Elma prüft das Gewicht des Gebildes. »Ich bin so angepisst, dass ich das nicht vorher schon gelernt hab. Dafür hatte ich ne Puppe, der ich den Arsch abwischen konnte. Ernsthaft. Überlieferungen aus der Hölle des Konservatismus.«

Merve rückt ihre Schutzbrille zurecht: »Geschlechtliche Ungleichheit in diesem Sinne kam auf, als Hausarbeit und Herstellungsstätten getrennt wurden. Hausarbeit, also *Frauenarbeit*, findet heute ja außerhalb des Produktionsprozesses statt. Davor haben Männer und Frauen gleichsam *produktive* Aufgaben erfüllt. Weben, Kerzen ziehen, backen, Hebamme sein et cetera, nicht bloß putzen, kochen, Windeln wechseln. Arbeiten, die man nur bemerkt, wenn sie nicht gemacht sind.«

Elma grinst und Louisa hält ungeduldig den nächsten Rohrsteckschlüsselrohling in der Faust, leicht gereizt wegen der Unterbrechung. »Bei IKEA kosten Kerzen nur fünfzig Cent. Warum soll ich die selber ziehen?«

»Ja, und das Geld dafür gibt dir dein Göttergatte«, tut Merve den störenden Kommentar ab. »Die Bedeutung von Hausarbeit erlitt eine systematische Erosion. Heute gilt sie als minderwertig und als natürliche Rolle der Frau, im Gegensatz zu profitabler Lohnarbeit.«

Elma setzt sich den Bohrer wie ein Gewehr an die Schulter, kneift ein Auge zu und zielt auf Louisa. »Aha!«

Louisa wehrt den Angriff mit unserem Sechskant-Kruzifix ab, während Merve sie stoisch in ihrem Katechismus unterweist: »*Frauenarbeit* ist nicht Bestandteil der Produktion, sondern ihre Voraussetzung. Der Kapitalismus braucht ausbeutbare Arbeitskräfte für die simple Aufrechterhaltung der menschlichen Existenz, deren Zweck dann wiederum die Produktion ist. Sexismus erwächst auch aus dem Kapitalismus.«

Merve, die Frau, die die Verhältnisse umstürzen wird, labt sich an der Aufmerksamkeit, und ihre Stimme steigert sich zu einem seltenen Level an Gepresstheit: »In England zum Beispiel, da haben Anfang des 18. Jahrhunderts fast hundert Prozent der verheirateten Frauen außer Haus gearbeitet. Zweihundert Jahre später waren dann mehr als neunzig Prozent von ihnen in ihr trautes Heim gesperrt.«

Sie legt eine bedeutungsschwere Kunstpause ein und kommt zum Finale: »Die Hausfrau ist auch ein Machwerk der Industrialisierung.«

»Was ist mit deinem Gehirn los? Du wandelnde Doktorarbeit«, staunt Elma, und Merve winkt geschmeichelt ab.

Louisa werkelt weiter, ich stehe mit den Händen in den Taschen da und brummel vor mich hin: »Wenn alle Frauen einfach mal sagen würden *nö, mach ich nicht mit …*«

Ich komme nicht über das Geschrei des Bohrers hinweg, und vielleicht ist es auch gut, wenn die anderen gerade mehr auf ihre Finger achten als auf mich. Trotzdem, ein fieser Fleischhandel ist das, in dem unsere Zeit und unsere Körper als Allgemeingut veräußert werden. Und wir haben den Mist so tief in unseren Hirnwindungen und Herzfasern sitzen, dass unser Auflehnungsvermögen nicht mehr als ein verkümmerter Wurmfortsatz ist. Die

Zwangsarbeit beginnt im Kopf. Wenn Nietzsche mit einem Federstrich den Herrn im Himmel abschaffen konnte, was sollte uns davon abhalten, schnöde irdische Herren zu stürzen?

Elma bohrt das nächste Loch und lacht: »Das erinnert mich an Sex mit Christian.«

Wir kichern und wissen genau, wovon sie spricht. Wochenlang hatten wir uns damals gemeinsam die Köpfe zerbrochen, wie Elma aus ihrer Misere, Christian ihre Orgasmen immer nur vorzutäuschen, herauskommen könnte. Irgendwann wird es ja komisch, jemanden der Wahrheit auszusetzen. Ihn abzusägen schien ihr letztendlich verführerischer.

Die Zungenspitze schiebt sich eigenmächtig zwischen Louisas Lippen hervor, während sie Gänseblümchen zu einem dünnen Kranz zusammensteckt. Elma hockt neben ihr auf dem Rasen und positioniert vorsichtig Weingläser zwischen den Grasbüscheln. Weil Julie nicht gerne im Gras sitzt, holt Merve die große karierte Picknickdecke. Tine hilft Aynur, das Gebäck rauszutragen, dicht gefolgt von Sheitan, der sich nicht vom Tablett entfernen mag und um ihre nackten Beine wuselt. Aynurs Haar fließt wie ein schwarz schimmernder Wasserfall über ihre Schultern. Sie bewegt sich so lange sicher, wie sie das Essen verteilen kann. Als nichts mehr zu kredenzen ist, wird ihr Blick fahrig. Ihre Finger tasten genant über ihr üppig gepudertes Gesicht. Auch das Make-up kann die Flecken und gelben Färbungen der abklingenden Hämatome nicht ganz kaschieren. Elma, die jetzt den verknickten Blumenkranz auf ihrem Haupt sitzen hat, deutet auf den Platz neben sich, und Aynur folgt der Einladung mit einem erleichterten Lächeln.

Wortlos packen Julie und ich das Werkzeug zusammen, und Merve hält weiter ihr Referat: »Die Krux ist, dass die ganze antisexistische Arbeit auch wieder von Frauen gemacht werden muss.«

Nebenbei befingern alle die fertigen Schlüssel, die wie Trophäen auf dem Gras aufgebahrt liegen. Merve krempelt sorgfältig die Ärmel ihrer Bluse hoch, und weil niemand in ihre Diskussion einsteigt, zieht sie ihr Fazit frotzelnd allein: »Ich hasse Männer.«

»Neee«, rät Elma mit zerknautschter Mundpartie ab.

Louisa kaut mit offenem Mund ihren Kaugummi. »Pah!«

Aynur beschaut die Lage mit Argusaugen, als säße sie still und starr in einer Wildwarte, bedacht, das natürliche Verhalten von uns bizarren Wesen nicht zu stören.

»Toll. Und was fängt man jetzt damit an?«, zeige ich mich erst ahnungslos und dann schwarzseherisch. »Oh Gott! Und das als Hete!«

Mit ungewohnter Albernheit bleibt Merve dabei: »Ich hätte das auch gerne anders, aber wie soll ich denn nicht?«

Sheitan setzt sich neben Aynur und lehnt sich an sie. Sie tätschelt seinen Kopf und beobachtet das Spiel zusehends belustigt.

Tine schenkt Merve das Glas randvoll und sagt in beruhigend sonorem Krankenpflegerinnenton: »Sooo, bitte.«

Elma setzt ihr begleitend den Blumenkranz auf, und Aynur lacht zart wie der Mondschein und genauso uferlos. Wissbegierig dreht sie jetzt einen der Schlüssel in ihren Händen. »Was macht ihr eigentlich damit?«

Ich sortiere die abgenutzten Trennscheiben aus, und wie aus der Ferne lausche ich den Ausführungen und dem Gekicher meiner Freundinnen, mit dem sie Aynur liebevoll einfangen wie eine Schar mythischer Harpyien in ihren schillernd glänzenden Prachtkleidern. Wehmütig schaue ich von unten zu, wie sie mit scharfem Blick und gestreckten Schwingen ihre Kreise ziehen, unfähig, mich zu ihnen zu erheben.

Beladen mit Werkzeugkoffern folge ich Julie die kahle Treppe hinunter in den Keller. Das düstermuffig Geheimnisvolle schmeichelt meiner Gemütslage. Die Spinnen huschen in die Ecken, und der Staub flüstert vom Leben in den Schatten, das heimlich auf den Tischen tanzt, sobald die schwere Stahltür quietschend geschlossen wird.

Ich reiche Julie die Kabeltrommel. »Danke, dass du uns geholfen hast.«

»Mir hat es auch Spaß gemacht«, gibt sie mit schräg gelegtem Kopf zu und schiebt die Bohrmaschine ins Regal zwischen die Kartons mit dem Weihnachtsdekor.

»Aber weißt du, Püppi, manchmal hab ich vor sowas richtig Bammel.« Sie hält kurz inne, um sich dann gekünstelt zurückzunehmen. »Na ja, ich übertreibe wohl.«

Ich kaue auf meiner Unterlippe und erinnere mich an ihre gramvollen Erzählungen darüber, wie sie das innerliche und äußerliche Bild eines Mannes endlich überwinden konnte und dabei so viel mehr starb als das, was sie so vehement wie vergebens versucht hatte, zu sein. Mit dem alten Ich schied auch ihr damaliges soziales, familiäres und berufliches Leben dahin. Es war ein vielfacher Tod, da durfte man schon traumatisiert sein und sich etwas fester an das darauffolgende Leben klammern.

Sie packt die Schutzbrillen in die Kiste auf dem oberen Regalbrett und erzählt erschreckend beiläufig: »Nächste Woche lasse ich mir die Brüste machen.«

»Krass. Bist du aufgeregt? Platzt du vor Vorfreude?«, hoffe ich auf Hinweise, wie ich mich verhalten soll, und lehne mich an die kühle Rauputzwand.

Obwohl alles verstaut ist, bewegen wir uns beide nicht weg. Manche Gespräche führen sich an unwirtlichen Orten besser. Julie wischt den Staub von einem Holzschemel und nimmt mit übergeschlagenen Beinen Platz.

»Ich hab ein bisschen Angst. Aber ja, ich freue mich sehr.« Sie lächelt mit gesenktem Scheitel und streicht sich über ihre Brust, die auch nach der Hormontherapie nicht merklich gewachsen ist.

»Ist das teuer?«

»Achttausend Euro.«

»Hui … Zahlt das die Kasse?«

»Ich hab zwei Absagen bekommen. Ich kann jetzt entweder immer weiter Geld für psychologische Gutachten und Anwältinnen ausgeben, oder es einfach im Alleingang machen. Bei der Klinik kann ich in Raten zahlen. Ich will jetzt so aussehen, wie ich bin«, stellt Julie resolut klar.

»Aber die haben doch auch die Hormontherapie bewilligt.« Ich komme mir richtig blöd vor, wie ich das sage, weil ich weiß, was für einer Tortur sie sich dafür unterziehen musste. Da wollte man ernsthaft sehen, wie sie einen Ball fängt oder den Pullover auszieht.

»Wie kann das sein?«

»Weil ich erstmal nicht alles machen lassen will.«

»Wie jetzt?«

Julie zeigt auf ihren Schritt. »Die finden wohl, dass ich erst zwischen den Beinen bluten muss, um Brüste haben zu dürfen.«

Sie schlägt mit den Händen auf ihre Oberschenkel und steht auf, sie will nicht weiter darüber reden. Julie deeskaliert sich selbst. Sie steigt die Stufen hoch, dreht sich noch mal um und blinzelt mir neckisch zu: »Und dann geh ich zum FKK-Strand! Ich sags dir, wie es ist, Püppi.«

Wir steigen die Treppe hoch, vor mir Julies lange Beine und das Septemberlicht. Ich schmunzel. Die Trauerfeier über unsere verlorene Freiheit ist abgeblasen, stattdessen brechen wir aus. Wir haben uns selbst aus der Büchse der Pandora befreit und die Hoffnung gleich mit. Pandora, wieder eine erste Frau, eine *femme fatale*, mit Schuld an allen Übeln. *Tja, falsch gedacht,* die Hüterin der Menschenqual ist exkulpiert. Denn einmal der Büchse entwischt, zeigt sich, was die gelüfteten Geheimnisse und die gestiftete Unruhe sind: feministische Neugier und Kritik. Wer jetzt vor Sorge zitternd die Götter anruft wird schon wissen, warum.

Julie geht kurz rein, und ich setze mich zu den anderen, die sich im Garten fläzen, einen gewichtslosen Schwarm Mücken über ihren Köpfen.

»... und dann ist sogar Merve ausgerastet«, sprudelt es aus Elma mit einer Frische und Offenheit, als wäre sie just dem weiten, salzigen Meer entstiegen. Tine drückt mir ein Glas in die Hand und verschwörerisch stoßen wir auf Hannover an.

Louisa spuckt ihren Kaugummi ins Gebüsch und erklärt herablassend: »Ich finde, sowas ist Zeitverschwendung.«

Grau zeichnen sich ein paar Furchen in ihr Bildnis.

»Nö, finde ich nicht«, seufzt Elma, legt sich ins Gras und lässt das leichtfertige Urteil an sich abperlen.

»Wieso soll das Zeitverschwendung sein?«, fragt Tine getroffen.

Louisa zwirbelt eine ihrer Locken, statt zu antworten. Aynur ist die Stimmung spürbar unangenehm. Immerhin kann sie sich an Sheitan festhalten. Merve grinst verschmitzt.

»Sag doch auch mal was«, wendet sich Tine jetzt an mich. Aber anders als sie habe ich keinen Rede-, sondern Grübelbedarf, und ich zucke bloß mit dem Mundwinkel. Ich sitze da in meiner geistigen Eremitenhöhle und will in Frieden gelassen werden. Angestrengt, abgeschreckt und doch gebannt von allem Zwischenmenschlichen. Dabei ärgert es mich, dass mir ewig dieser schale Ernst anhängt, während selbst Merve Quatsch macht und Sheitan die Gänseblümchen um den Kopf legt.

Elma reibt sich die Hände und scheint von all dem unangetastet: »Also, ich freue mich aufs Adbusting!«

Für einen leichtblütigen Augenblick hangeln sich unsere Gedanken um den Moment, wenn die neusten Werbeplakate von unseren druckfrischen Exemplaren ersetzt sein werden. Auf Louisas Gesicht senkt sich ein Ausdruck der Zufriedenheit, und ich greife nach einem Stück Baklava.

»Nicht das!«, schlägt Louisa mir das Gebäck hastig aus der Hand.

»Wieso?«, maule ich.

»Ist nicht vegan«, offenbart Louisa und guckt so, als hätte sie mir damit einen Gefallen getan.

»Warum?«, frage ich bestürzt, auch weil sie gerade noch davon gegessen hat. »Ich dachte, wir hätten abgemacht, dass die Küche vegan ist.«

»Reg dich mal nicht so auf«, mokiert sich Louisa und weist mit rollenden Augen auf Aynur.

»Es ist immerhin vegetarisch«, will Merve mich beschwichtigen.

»Ach, gerade du beschränkst dich also auf das Wohl der männlichen Tiere. Die anderen können schön weiter gebären, nur um Milch zu produzieren oder für dich in Kalkschalen zu menstruieren.«

Tine kaut an ihren Fingernägeln.

»Es kann ja wohl kein Drama sein, wenn jemand traditionelle Küche mit uns teilen will«, mosert Louisa.

»Jetzt komm mir nicht mit dieser Traditionsscheiße! Ein beschönigtes Gestern hat doch nichts mit übermedikamentierter Massentierhaltung zu tun.«

Ich bin so fokussiert auf den Unmut über meine Freundinnen, dass ich Aynur nur aus dem Augenwinkel taxiere. Trotz meines Geifers wirkt sie nicht ängstlich, wenngleich entschieden passiv.

»Und beim Butterlutschen so zu tun, als sei es tragbarer, eine ominöse Verbindung zu irgendwelchen längst vermoderten Vorfahren zu beschwören, als sich um die zwangsgeschwängerte Kuh und ihr geklautes Kalb zu scheren, ist doch total bescheuert.«

Ich atme tief ein, nicke Aynur zu, die regungslos dasitzt und von Sheitan angehechelt wird. Die anderen sind genervt oder unangenehm berührt. Das ist mir egal, ich finde beides scheiße. Meine Harpyien können mich gerade mal kreuzweise, sollen sie doch vom Himmel fallen. Tine popelt abwesend im Rasen, Louisas Ringe klimpern gegen ihr Glas, Elma reibt sich mit geblähten Nüstern über die Stoppel. Und die Erde rast mit hunderttausend Kilometern pro Stunde um einen riesigen Feuerball, der in der Unendlichkeit feststeckt. Ich aber stehe kurz vorm Wahnsinn, weil sie mich mit der banalen Frage nach dem Warum alleine lassen.

»Jetzt macht ihr alle einen auf Unschuldslamm? Komplizinnenschaft durch Ignoranz oder was?«

Ich bin auch schon gar nicht mehr bei der Kuh, sondern sauer, dass ich mich für sie mit empören muss.

Aynur räuspert sich. »Ich sitze übrigens hier. Ihr könntet auch mit mir reden.«

Tine nickt.

»Ja, stimmt«, sage ich bockig, weil sie mich kalt erwischt hat.

»Sorry«, druckst Merve.

»Scheiße«, schnaubt Louisa und ext ihren Wein.

»Die Küche ist vegan«, stelle ich fest und bin zu feige, dabei Aynur anzusehen.

»Okay«, antwortet sie sachlich, alles kein Problem.

»Du bist so eine Tussi!«, jubelt Elma, als Julie über den Rasen wandelt. Sie trägt jetzt ein luftiges Sommerkleid mit opulentem

Blumenmuster, einen großen Strohhut mit rotem Band und eine lange Glasperlenkette.

»Püppi, ich bin postpubertär«, erklärt sie nicht ohne Stolz, wackelt mit dem Hintern und lässt sich kapriziös auf der Decke nieder.

Ich kann Aynurs Reaktion nicht deuten und frage mich, ob es Zufall ist, dass sie in diesem Moment die Nase hochzieht. Auch Julie entgeht es nicht, so wie ihr die Mimik entgleitet, und sie schiebt abschätzig das Baklava auf dem Teller hin und her. Ich schätze, dass das nichts mit den Zutaten zu tun hat.

Tine setzt eine gewichtige Miene auf und wendet sich an Aynur: »Magst du erzählen, warum du hier bist oder lieber nicht?«

Ihre Kreolen funkeln golden, als sie ihr Kinn in die Sonne reckt: »Mit Eifersucht ging es los, wir haben uns viel gestritten. Am Ende hat mein Mann mich regelmäßig krankenhausreif geprügelt. Jetzt bin ich hier.«

Elma bläht die Backen, Louisa zieht ihre ein. Julie überwacht das Ganze mit größter Obacht, allzeit bereit, eine Auszeit auszurufen, uns Schnittchen in den Mund zu stopfen oder in den Arm zu nehmen.

»Er hat sich ständig mit seinen Freunden getroffen«, spricht Aynur nüchtern weiter. Dabei guckt sie auf ihre Hände, als müsste sie prüfen, dass sie tatsächlich im Korpus dieser Geschichte steckt. »Ich durfte nicht vor die Tür und vor allem keine Männer treffen.«

»Ja, das ist in manchen Kulturkreisen leider so«, wirft Julie fatalistisch mit einer Schnute ein.

Aynur mustert Julie derb.

»Dann durfte ich nicht mehr arbeiten gehen. *Eine Frau gehört ins Haus.* Es wurde schlimmer, als wir nach Deutschland gezogen sind.«

Eine schwere Erinnerung schwappt durch Aynur, jedenfalls ist es das erste Mal, dass sie die Fassung nicht ganz halten kann. Sie tupft sich die Augen. »Im Krankenhaus habe ich dann gelogen.«

»Und deine Familie?«, fragt Tine, mit Tränen in den Augen.

»Ich soll eine bessere Ehefrau sein«, seufzt Aynur mit schockierend viel Verständnis für das Gesagte, als wäre ihre Wirklichkeit nicht glaubwürdig genug.

»Auch ne Tradition«, flüstere ich giftig und blitze Louisa an, die abweisend mit der Zunge schnalzt.

»Und dann hat Daniel …«

»Wer ist Daniel?«, fragt Julie brüskiert.

»Mein Mann.«

»Oh. Ich dachte …«, stockt Julie und spielt nervös mit ihrer Perlenkette.

Aynur legt irritiert die Stirn in Falten: »Mein Mann ist Bio-Deutscher. Mit Gartenlaube, Sportschau und allem Drum und Dran.«

Louisa lacht über uns alle und nicht zuletzt über sich selbst. Wir legen unsere Stereotypen übereinander und stellen verschämt nahezu Deckungsgleichheit fest. Gewalt ist religionsfrei und ethnienlos, aber sie hat meist ein Geschlecht.

»Ja, dann biste doch in der Mitte dieser Gesellschaft angekommen«, gratuliere ich flapsig.

Julie windet sich um eine Erklärung: »Ich dachte wegen des Kopftuchs …«

Aynur schüttelt den Kopf, da ist wieder ihr lunares Lachen. »Das war das erste Mal in meinem Leben, dass ich ein Kopftuch trug. Ich wollte mein Gesicht verstecken, mich am liebsten ganz verstecken. Ich habe keine Ahnung von Hijabs. Ich kam mir mehr vor wie eine Bäuerin.«

Julie presst zufrieden die Lippen zusammen, wie immer, wenn die Gottesfurcht leer ausgeht. Genüsslich schiebt sie sich eine Baklava in den Mund.

Elma schüttelt den Kopf: »Krass. Da waren wir gerade einfach mal knallhart rassistisch.«

Aynur senkt den Blick, als wäre ihr die Aufmerksamkeit zu viel. Vielleicht muss sie uns auch nicht beim Stolpern über unsern Lernpfad zusehen.

Julie schluckt und versucht, sich in Aynur zu versetzen: »Als weiße Frau ohne Menstruationshintergrund hab ich zwar schon viel erlebt, aber Rassismus habe ich natürlich nie erfahren.«

»Doch!«, mischt sich Merve entschieden ein. »Aber auf der ausübenden Seite. Ihr alle. Dafür muss man kein Nazi sein, nur Teil des Systems.«

Bevor Julie dem etwas entgegnen kann, greift Aynur zielstrebig nach einem Schlüssel und hält ihn vor sich: »Kann ich bei euch mitmachen?«

»Ernsthaft?«, freut sich Elma, und Julie atmet hörbar ein.

»Also man geht dafür bestimmt nicht in den Knast, aber es kann schon ein Nachspiel haben«, gibt Louisa in Anbetracht Aynurs ohnehin beschissener Lebenslage zu bedenken.

»Wenigstens bin ich dann nicht unschuldig«, folgert Aynur und zwinkert mir zu. »Das soll mir keine nachsagen.«

...

Mir tut die Hand weh. Vielleicht der Beginn einer Sehnenscheidenentzündung. Und alles nur, weil ich den halben Tag auf diesem verschissenen Apparat rumwische. Am Morgen hat Sven mich gefragt, ob ich ein paar Tage mit ihm wegfahren will, er müsse beruflich nach München, wir könnten einen Tag oder zwei dranhängen und zwischen Hotelkissen frohlocken. Komisch hat sich das gelesen, wie eine Dialogzeile aus einem zerfledderten, speckigen Groschenroman. Seit ich ihn gefragt habe, ob er nicht eventuell doch noch mit der Mutter seiner Kinder zusammen sei, komme ich nicht von meinem Telefon los. Hier mal gucken, da kurz lesen, *scroll scroll scroll.* Hätte ich stattdessen doch Spanisch gelernt oder Liegestütze gemacht. Oder endlich diese widerwärtige Fliegenfalle zum Fenster rausgeworfen. Aber ich kann nichts tun, ich warte schließlich auf eine Antwort. Stattdessen bekomme ich Kowalis Bekundungen, dass er es sich jetzt noch einmal gut überlegt hat und *sehr* dafür wäre, dass sein Neffe das Mural ans *Chez Julie* schmiert. Ich lese mir seine unverschämte Nachricht und meine patzige Entgegnung nochmal durch. Und nochmal. Hinterher sofort wieder den Verlauf mit Sven. Am besten wäre es, ich lösche alles, setze das blöde Ding auf seine Grundeinstellung zurück, und mich irgendwie gleich mit. Aber zuerst drehe ich mir eine Zigarette, das sind dann schon zwanzig Sekunden, in denen ich etwas anderes getan habe. *Hurra.*

Das Teufelsgerät bleibt auf dem Tisch liegen und reflektiert aufmerksamkeitsheischend einen Streifen Licht. Es ist, als würde das schwarze Display mich verhöhnen, voller Zuversicht, dass es mich noch lange knechten wird. Ganz der Herr der Fliegen, der mir spottend erklärt, dass ich das Ungeheuer nicht töten kann, weil es untrennbar mit meinen Gelüsten verwachsen ist. Ich wische aufs Neue rum, auf dem Ende zwischenmenschlichen Tiefgangs mit zweiunddreißig Gigabyte Arbeitsspeicher und einer zugeschmierten Kameralinse. Plötzlich blinkt eine Nachricht auf, zwängt sich an den oberen Bildschirmrand. Mein Herz flattert, um sofort einen Schlag auszusetzen. *Ja, sind wir. Aber du kannst da nichts kaputt machen, was nicht eh schon kaputt ist.* Gefolgt von einem urstkitschigen Rosenemoji. Ich komme mir vor, als sei ich ungewollt zur Hüterin von Schurkenwissen avanciert, in diesem sich ständig bewahrheitenden Klischee von Treulosigkeit. Das Handy fliegt in die Ecke. Sven ist raus.

Erst auf dem Weg nach draußen sickert es richtig ein, und ich werde sauer. Als hätten meine Synapsen oder der Gnom, der in meinen Innereien für die Gallenproduktion und verknotete Gedärme zuständig ist, eine Aufwärmphase gebraucht. Jetzt ist alles einsatzbereit. Ich kneife die Augen zusammen und renne fluchend das Treppenhaus runter. *Wie bescheuert bin ich eigentlich?* Natürlich war es deswegen so kompliziert. Und natürlich findet einer wie er Gefallen daran, mit einer ach so verwegenen, unabhängigen, lustigen Schnitte das Bett zu teilen. Mit *mir* hat das herzlich wenig zu tun. Ich bin ein fesches Ventil, ein Ausbruch aus seinem Leben, das er nicht mehr leiden mag, das er sich nicht traut zu ändern. Deswegen lügt er seine Familie an, das feige Arschloch. Auf dem nächsten Absatz bleibe ich stehen und trete ein paarmal gegen die Wand. Meine schlechte Laune gärt zusehends, weil ich so knapp davor war, mich zur Komplizin machen zu lassen. Ich hätte es ahnen können. Aber meine Gefall- und Genusssucht sind potenter als meine Moral.

Die Schneider reißt die Tür auf, steckt ihre verbitterte Visage in den Flur und wird mit einem hasserfüllten Blick meinerseits gegrüßt. Ihre Tränensäcke sind aufgedunsen, vielleicht hat sie geheult. Das ist mir gerade egal, die soll sich heute besser nichts bei mir trauen. Misslaunig beben ihre Nasenflügel, das kann ich von hier aus sehen. Und ihre Zornesfalte, die so auffallend ist, dass ich mich frage, wie viele Jahre es benötigt, dass sich etwas so deutlich in ein Gesicht gräbt, wird tiefer und tiefer. Wir blitzen uns noch einen wortlosen Moment an, dann verschwindet ihr hässlicher Kopf wieder hinter der Tür. Ich renne weiter die Treppen runter und ärgere mich, dass ich wegen des Dämpfmechanismus die Haustür nicht zuknallen kann.

Die Hitzewelle ist fürs Erste vorbei. Graue Wolken sammeln sich am Himmel und ziehen sich zu dunklen Feldern zusammen, türmen sich majestätisch auf. Pat und ich gehen trotzdem in den Biergarten. An einem Tag wie heute brauche ich die Sonne eh nicht mehr.

Die Bierbänke mit Blick auf den Fluss und die Promenade sind dicht besetzt, und die Bienen schwirren durch das Getratsche über die Tische. Pat schnauft zufrieden und sieht sich in dem Trubel um, als sei er ihre Befreiung. Ihr macht es gar nichts, dass wir endlos warten, bis der Kellner mit seinem übervollen Tablett anjongliert kommt. Man will am liebsten helfen, so lange braucht er, die ganzen Krüge, deren Schaumkronen schon in sich zusammengesackt sind, zu verteilen. Wir sitzen uns gegenüber, neben uns eine Gruppe lustiger Rentner, denen ich nicht genau zuhöre, damit sie auch lustig für mich bleiben. Pat und ich füßeln unterm Tisch, und sie nimmt meine Hand, als bräuchten wir die körperliche Nähe, weil es sonst so wenig gibt, bei dem wir uns nah sind.

»Wie gehts dir?«, fragt sie, und ich weiß nicht recht, warum sie gleich so besorgt guckt. Ich setze mich erstmal aufrecht hin. Nichtsdestotrotz schäme ich mich, dass ich wieder keine finanzielle Erfolgsstory vorzuweisen und ihr Geld schon lange durchgebracht habe.

»Nichts Besonderes. Und bei dir? Was macht dein Parasit?« Ich greife nach meiner Saftschorle. Ich hatte in letzter Zeit genug Fuselöle in meinem geschundenen Körper. Mit einer Schwangeren auszugehen, macht es leichter mit der Abstinenz, wenigstens bei der ersten Runde.

»Es nervt. Mir ist ständig schlecht. Ich kann nicht schlafen. Und ich befürchte, ich rutsche in eine Depression«, steigt sie voll ein, als hätte sie seit Tagen darauf gewartet, darüber sprechen zu können.

»Hä? Ich dachte, man kriegt ne Glückshormonschwemme.«

»Ich weiß nicht, wer dauernd diesen Scheiß erzählt! Keine Frau, die schwanger ist, würde ich sagen.«

Ich lasse ein paar Fragezeichen über mein Gesicht tanzen, und der nächste Damm ist gebrochen.

»Es sagt dir keiner, wie scheiße es sein kann, schwanger zu sein! Vielleicht hat man mal von Kindbettdepressionen gehört, aber dass Megaviele eine dicke, fette Depression während der Schwangerschaft haben, da redet niemand drüber. Stattdessen soll man ja tolle Fingernägel bekommen. Am Arsch. An manchen Tagen will ich einfach überfahren werden!«

Ich mag es, wenn sie sich so entrüstet, und bin doch überfordert. Ist das jetzt Ernst oder Spaß?

»Und dann gehst du zu so nem verkackten Frauenarzt, kriegst kalte, antiquarische Gerätschaften in die Muschi gerammt, während du auf nem Stuhl wie aus dem Foltermuseum hockst, und sie offenbaren dir, dass die Kasse nur noch drei Ultraschalluntersuchungen bezahlt. Wenn mir einer mit Aderlass gegen Wassereinlagerungen kommt, wäre ich auch nicht überrascht. Scheiße.«

Pat sitzt erzürnt da und trinkt mit festen Lippen aus ihrer Flasche. In einer energischen Bewegung wischt sie sich mit dem Ärmel über den Mund. »Und bei Ralfs Fleischscheiß wird mir jetzt richtig schlecht. Letztens waren Freunde zum Grillen da, und ich hätte echt kreuz und quer über das ganze Barbecue kotzen können!«

Sie untermalt das Gesagte mit einer ausholenden Geste. Zum Glück amüsiert mich das etwas. Denn so sehr ich wirklich gerne möchte, dass es im Moment um sie geht, so wenig kann ich an mich halten. Es geht wieder los. Ich bin ein zähnefletschender Wolf und will in alle Richtungen schnappen. Ich füßel jetzt nicht mehr mit ihr, weil mein Bein nervös wippt, in einem skandalös schnellen Takt, als könnte ich Ralf mit der Fußspitze in den Boden rammen und seine Grill-Buddies gleich mit.

»Ich raff das nicht. Wieso darf der in deinem Garten grillen?«

»Ja, wenn der schon mal seine Jungs da hat ...«, versteht Pat die Frage oder zumindest meinen Aufruhr nicht, und im Sud der getöteten Tiere köchelt ihre Selbstverleugnung mit, damit die Wünsche des Partners wie immer oben auf dem Menü stehen können. *Bleibt mir bloß vom Leib!* Bleibt doch von allen Leibern, *himmelnochmal.*

Ich versuche es andersrum: »Merkste nicht, dass das ziemlich fragwürdig ist, wenn wir sagen, dass Tiere Nahrung für Männer und Gemüse Nahrung für Frauen ist?«

»Das sag ich ja gar nicht.«

»Aber du lässt es ihn indirekt sagen.« Ich nehme ihre Hand in meine. »Die Jungs dürfen grillen, eben weil sie ›die Jungs‹ sind. Lebewesen zerhackstücken ist hier Maß und Ausdruck einer männlichen Kultur. Männer sind stark und essen Fleisch. In der Konsequenz sind Frauen schwach und essen Salat. Wie erklärst du das denn Emil und dem neuen Zwerg?«

Pat schnaubt abweisend: »Ich hab grad genug Probleme. Und Ralf auch, der unterstützt mich echt toll. Da will ich mich nicht über sowas streiten.«

Die Wolkendecke reißt kurz auf, als wolle mich das himmlische Schauspiel Schönes sehen lassen, eine erfüllende Epiphanie, die mich zur Bewunderung für Pats Fähigkeit, das auszuhalten, führt. Aber sie knibbelt am Etikett ihrer Flasche, und nun drängt sich der Eindruck auf, sie sei eher wie ein angeschossenes Tier, das sich im Dickicht verkriecht. Ich drücke ihre Hand und wünschte, sie würde meine zänkischen Kapriolen einfach mitschlagen.

»Es bringt doch nichts, die Klappe zu halten, nur weil man Sorge hat, sich zu streiten.« Ich ahne, dass ich mehr mit mir selbst rede. Dieses Nüchternsein ist nichts für mich.

Pat kräuselt die Nase. Ich lege noch eine poetische Schippe oben drauf, weil ich weiß, dass sie das mag, während ich nach dem Kellner schiele und überlege, ob ich mir nicht direkt zwei Bier bestelle. »Wer sich den Mund zuhält, hat die Hände nicht zum Kämpfen frei.«

Die Bestellung bringt uns dazu, unser, na ja, mein Thema fallen zu lassen und so angestrengt wie Pat auf den Fluss unter uns starrt, ist entschieden, dass sie es auch nicht wieder aufnehmen wird. Selbstgefällig schiebe ich alle Versäumnisse auf ihr hormonelles Desaster und klemme ihre Wade liebevoll zwischen meine Füße.

Ich hab mich zusammengerissen und ein Leitungswasser bestellt, Pat trinkt so viel alkoholfreies Bier, wie sie kann. Die Altmänner-Gruppe ist aufgebrochen, dafür sitzen jetzt drei junge Typen an unserem Tisch. Ich muss zweimal hingucken, ob es nicht meine Rempelei-Bekanntschaft mit dem Schniedlein ist. Ich stelle fest, dass ich ihn nicht wiedererkennen würde, und hoffe, es geht ihm genauso. Erst recht, falls er gerade neben mir sitzt.

»Ich hab den Text gelesen, den du mir geschickt hast. Richtig toll!«, schwärmt Pat. Ihre Schmeicheleien sind Musik in meinen Ohren. Durch Pat verhallt nichts von meiner Schreiberei im leeren Raum.

»Danke.«

»Wurde der gedruckt?«

»Noch nicht.« Ich lasse es klingen, als hätte ich Zuversicht.

»Du bist spitze. Ich könnte das nicht«, vertut sie sich mit ihrer Fähigkeit, auch selbst mal etwas zu tun. Auf einen Schlag trifft mich ihr Lob schwer. Solange sie annimmt, dass *ich* irgendetwas *für sie* bessere, nimmt sie mir unwillkürlich die Möglichkeit, genau das zu tun. Das Ganze ändern, kann per se keine Einzelne leisten. Den Job haben alle gemeinsam zu erledigen. Ich fische eine Fliege aus meinem Glas und streife sie behutsam auf dem Tisch ab, ein wenig ungeduldig, weil sie sich unkooperativ zeigt und ihren Körper in den Wassertropfen zurückwindet. Soziologie funktioniert für mich nicht. Entweder bin ich eine Außenseiterin oder eine Ikone. Beides sind Soloveranstaltungen.

»Ich würde mich nicht trauen, das so rauszuhauen. Was ist denn, wenn doch mal was nicht stimmt, und dann steht das da für immer? Ich wage es ja nicht mal, mich im Großraumbüro auf einen anderen Platz zu setzen.«

Ich nehme an, sie erwartet ein Lachen von mir, und unserer Freundinnenschaft zuliebe ringe ich mir eins ab.

»Eine muss es ja machen«, breche ich witzelnd ab, eifersüchtig darauf, wie leicht sie über ihre Visionen hinwegsehen kann.

Pat grinst kess. »Und bei dir und René?«

Habe ich ihr von Sven erzählt oder habe ich das vergessen? Egal, denn ich überrasche mich soeben selbst: »Ich verliebe mich jetzt in den. Das habe ich heute beschlossen.«

»Beschlossen?«, fragt sie mit kritischem Lächeln, und ich nicke bloß, weil ich es nicht genauer erklären könnte.

»Dann soll er doch später zu Zwetschges Feier kommen!« Begeistert von ihrem Vorschlag lehnt sie sich über den Tisch.

»Nee, auf keinen Fall«, schießt es aus mir raus. Ich will hier nichts übertreiben. Lassen wir die Kirche im Dorf. Vorzugsweise in einem, in dem ich nicht wohne.

Wir treffen die anderen in den Auen. Zwetschge und Elma waten mit hochgekrempelten Hosenbeinen im Fluss und winken uns mit ihren Bierflaschen zu. Zwetschge scheint sich nicht am verhangenen Firmament zu stören und bringt uns strahlend Getränke aus den Kisten, die zum Kühlen im Wasser stehen. Torben sitzt mit einer mir unbekannten Punkerin auf einer Isomatte im Kies und flirtet offensichtlich mit ihr, so unbeholfen, wie seine Arme herumschlenkern. Die zwei rutschen, um uns Platz zu machen, aber mir ist das zu viert trotzdem zu eng. Ich lasse Pat den Vortritt und setze mich auf den Boden. Aus dem Gebüsch kommt Jannis vom Pinkeln zurück und macht sich im Gehen den Reißverschluss zu. Ich kenne ihn nicht gut, er ist so ein Bandprofi, der jedes noch so abstruse Konzert besucht und danach ausschweifend darüber berichtet. Meine musikalischen Analysen beschränken sich meist ausschließlich auf den Schrammelfaktor der Gitarren, und so sind wir noch nicht warm miteinander geworden. Elma eiert über den Kies, der ihren nackten Füßen zu schaffen macht, und balanciert sich mit ihren Armen aus.

»Ah shit«, begrüßt sie mich, »ich hab dein Buch vergessen.«

»Nicht so schlimm. Andere sind Faschos«, gebe ich mich nobel, und sie lacht.

Es ist ein wildes, lautes Hallo. Zwetschge ist bestens aufgelegt, sein schiefer Zahn reckt sich zum Beweis hervor. Mit umständlicher Förmlichkeit stellt sich Pat der Punkerin und Jannis vor. Die Punkerin schüttelt ihr manierlich die Hand: »Tach, Katze mein Name.« Dann lutscht sie an ihrem Lippenpiercing und bietet Pat Kautabak an. Jannis fragt unumwunden, ob sie *Crisix* kennt. Es platscht, als Torben versucht, Steine übers Wasser flitschen zu lassen, aber dabei nach Katze lugt. Ich bewege meinen Hintern auf den wirklich spitzen Kieseln hin und her, bis ich eine kleine Mulde geschaffen habe. Als Pat aufsteht und sich ins Gestrüpp verzieht, nutze ich die Gelegenheit: »Ich brauche einen Job. Weiß jemand was?«

Mein erstes Bier, das ich aus Versehen getrunken habe, ist bereits leer. Ganz unbemerkt ist es in mich reingelaufen.

»Hm«, überlegt Elma.

»Nee«, sagen Torben und Katze unisono und kichern wie erwischt.

Zwetschge immerhin hat genug Optimismus, um nachzufragen: »Was suchst du denn?«

Es rattert in meinem Schädel, doch die Maschinerie spuckt nicht viel aus.

»Keine Ahnung. Chinesischer Zirkus?«, rudere ich zurück, weil ich mich mit dem Ernst des Themas übernommen habe. Und so wette ich mit Zwetschge, dass er kein Bier im Handstand trinken kann. Wir turnen rum. Die anderen geben bereitwillig Hilfestellung und gute Ratschläge. Zwetschge schäumt das Bier aus der Nase, dann läuft es ihm in die Augen. Irgendwo zwischen Husten und Gelächter gurgelt törichtes Glück.

Es wird dunkler, als die Wolken sich immer dichter übereinander schieben. Ein leichter Nieselregen fällt aus dem grauen Teppich über uns, und alle kramen Klamotten aus ihren Rucksäcken und Taschen hervor. Elma und Torben starten ein Feuer, Pat pustet wild und verschluckt sich dabei an ihrem Lachen. Während die Schatten aufgeschreckt vor den Flammen davonlaufen, rücken wir aneinander und singen schief für Zwetschge. Katze tanzt Pogo dazu, Torben schmachtet sie an und schunkelt ungelenk mit. Es gibt Applaus, und Jannis erzählt von einer Bewerberin im Fitnessstudio seines Vaters.

»Die hatte nicht nur einen total tiefen Ausschnitt, sondern sich extra noch so einen großen Kettenanhänger zwischen die Brüste gehängt. Man konnte gar nicht anders, als da hinzugucken. Ich stand an der Rezeption, und die hat mich, als sie reinging, mega gewinnermäßig angelächelt. Die wusste genau, was ihre Waffen sind«, nickt er anerkennend, und die anderen nehmen es glucksend hin.

Ich sollte das auch, doch da hat mein Sprachzentrum es sich schon anders überlegt. »Was ist denn das für ein Mist? Das ist eine total traurige Geschichte.«

Katze macht ihrem Namen alle Ehre und visiert mich gespannt und bewegungslos. Jannis nimmt sich noch ein Bier.

»Wieso? Wenn das ihr *game* ist«, kontert er.

»Ja, *sie* hatte doch Spaß dran«, stimmt Torben zu.

Ich verdrehe die Augen: »Wenn eine das Gefühl hat, auf ihr Dekolleté zurückgreifen zu müssen, ist das ein ziemlich mieses Zeugnis für diese Gesellschaft.«

»Aber ist doch gut, wenn sie sich das dann wenigstens zunutze macht«, meint Pat mit äußerst leisem Zweifel in der Stimme. »Oder nicht?«

»Dann ist es aber doch immer noch eine traurige Geschichte und keine zum drüber Lachen. Ich rede auch gerade nicht über *sie*, sondern darüber, dass man es witzig findet. Das ist vorsätzliche Verharmlosung«, führe ich meinen Anklagepunkt richterinnenlich auf und drehe mir eine.

Torben zieht beflissen die Brauen zusammen. »Jo, stimmt. Tschuldigung.«

»Ja, sorry«, sagt Katze, und die zwei lächeln sich allerliebst zu.

Elma guckt ihren Bruder im spaßigen Vorwurf an, als würde sie solche Abbitten auch gern öfter von ihm hören. Zwetschge reicht eine Flasche Sekt herum und schenkt Pat aus einer Thermoskanne Tee ein.

»Nee, nix Entschuldigung«, mäkelt Jannis. »Wenn die darüber lachen kann, darf ich das doch auch!«

Ich halte inne, bevor ich mir die Zigarette anzünde, und schwanke, ob ich lieber eine Hasstirade ablassen oder ihm einfach die Zunge rausschneiden soll. Beides wäre wohl nicht so cool für Zwetschges Party. Ich spüre, wie Verachtung mein Mienenspiel verzieht, und die Feuchtigkeit des Bodens beginnt, durch meine Kleidung zu dringen.

»Nein. Es geht darum, welche Auswirkungen die kollektive Akzeptanz von Sexismen hat. Wenn das der Standard ist, ist das ein gehörig negativer Ausgangspunkt für das Leben von verflucht vielen Menschen.«

»Ich hab doch nur ne Story erzählt«, wiegelt er konsterniert ab.

Ich gucke mich um, der Rest ist nur halbherzig dabei. Elma geht nochmal im Fluss spazieren, Torben hat abgeschaltet oder Angst. Pat schaut noch interessiert drein, allerdings ist sie meist eh auf meiner Seite, wenn sie nicht weiß, welche ihre ist.

»Und ich habe dir nur gesagt, dass ich es scheiße finde, wie du sie erzählt hast.«

Katze hält sich vornehm zurück und justiert die Sicherheitsnadeln an ihrer Jacke neu, wodurch ich mich prompt für sie erwärme.

»Aber wenn die selbst darüber lacht, wieso bin ich dann scheiße, wenn ich es auch tue?« Jannis findet immer noch alles ungerecht.

»Also erstens ist darüber lachen eine sehr freie Interpretation von ihrem Verhalten, und zweitens geht es hier nicht um gut oder böse. Es wäre verhängnisvoll zu denken, dass nur scheiß Menschen sexistisch sein können.«

In der Runde zuckt eine Lippe, die Blicke stürzen sich ins Feuer, und sonst ist da nur ein immenses Schweigen. Wenn niemand etwas sagt, rede ich halt weiter. Ich werde so lange auf dem Resonanzboden unserer Konversation herumtrampeln, bis sich endlich was tut.

»Das hat nichts mit Moral zu tun, es sind Ausläufer einer ungleichen, hierarchischen Machtverteilung, die sich überall zeigen. Darum heißt es ja strukturelles Problem.«

Katze saugt an ihrem Piercing und will wissen: »Und was willst du jetzt damit sagen?«

»Sexismus blüht leider oft auch da in voller Pracht, wo die Leute sich nicht als sexistisch betrachten, beziehungsweise sich sogar davon ausnehmen. So ein selbst ausgestelltes Attest, immun gegen Sexismusausübung zu sein, ist eine grandiose Ausrede, wenn man sich an so einer Farce beteiligt, und das dann noch augenzwinkernd witzig findet.«

»Tolle Rede«, quittiert Jannis meinen Wortschwall aufgeplustert und schmeißt ein Steinchen ins Feuer. »Schön die ganze Stimmung kaputt gemacht.«

»Nach Jahrtausenden von sexistischer Kackscheiße brauchst du jetzt nicht rumzuheulen, weil du dir für ein paar Minuten unangenehme Dinge anhören musst!«

»Ey, ich will nur, dass das hier ein schöner Abend wird! Für Zwetschge.«

»Und ich will nur klären, wem die Welt gehört und wer entscheidet.«

Katze zieht das Gesicht zusammen und spuckt ihren Tabak aus. Elma lacht über meine Großspurigkeit, und ich verbeuge mich dankend vor ihr. Zwetschge könnte ich knutschen, als er eine seiner ernsthaften Fragen stellt: »Wenn die Frau das jetzt wirklich gut gefunden haben sollte, würdest du dann sagen, dass sie Opfer oder mitschuldig am Sexismus ist?«

»Elma, was sagst du?«, bemühe ich mich, den Abend einladender zu gestalten, und nehme gleichzeitig Pats Hand. Ich weiß, wo es hinführt, wo es mich hinführt, wenn ich weiter disputiere, und Elmas Meinung wird nicht weit von meiner liegen. Das halte ich schon aus, hoffentlich.

Elma rückt sich kurz zurecht und spricht über die zuckenden Flammen hinweg: »Frauen sind durchaus manchmal halb Opfer und halb Mitschuldige. Es braucht beides: die Befreiung von der

Unterdrückung, aber auch das Verwerfen der eigenen erlernten Passivität und Verhaltensmuster.«

»Ich bin auch so wie die manchmal, glaube ich«, nuschelt Pat nachdenklich.

»Eben, ich doch auch!« Schön, dass wir jetzt ein bisschen vorankommen. »Aber es ist wichtig, das scheiße zu finden. Wir kommen uns toll dabei vor, weil wir glauben, das System mit den eigenen Mitteln zu schlagen. Dabei wurschteln wir uns nur irgendwie durch diesen Murks. Wir müssen mehr von uns erwarten! Ein Umbruch passiert nicht mit einem Mal, und er passiert auch nicht außerhalb von uns.«

»Krass.« Katze stupst Jannis auffordernd den Ellbogen in die Seite, weil es Zeit ist, dass er einen Schritt macht.

»Ich finde trotzdem doof, dass du so reingrätschst, nur weil ich eine Geschichte erzähle.«

»Es ist nicht *nur eine Geschichte*, verdammt!«, brause ich auf.

Jannis starrt mich entgeistert an. »Reagier doch nicht so emotional!«

Jetzt will ich ihn töten. Wie lange soll ich mir denn den Mund fusselig reden, bis es akzeptabel ist, rabiat zu werden?

»Und dann heißt es immer *die Männer*. Als wären wir alle gleich«, setzt er beleidigt einen drauf.

»Ja, komm gerade du mir jetzt mit Political Correctness. Ehrlich mal.«

»Und wenn dann einer öffentlich fertig gemacht wird, weil er angeblich was getan hat? Wenn da eine Hetzjagd draus wird. Wo ist denn da die Unschuldsvermutung? Diese Art von Feminismus kann ich nicht ernstnehmen!«

Das Springen zwischen den Diskussionsebenen treibt mich zur Weißglut. Den ganzen Tag lebt der größte Teil der Menschheit im

Nachteil, und dann schreit es ›Männerhass‹, wenn man die Strukturen thematisiert. Während alles von Benachteiligung bis hin zur Gewalt so normal ist, dass man sich daran gar nicht mehr stören darf. *Ich denke nicht, Freunde der Sonne.* »Bist du dumm?«

»Wie redest du mit mir?«, echauffiert sich Jannis, und Pat schaltet sich schlichtend dazwischen: »Ich finde auch, man muss versuchen, mit- und nicht gegeneinander zu reden.«

»Ja, genau, immer drauf gucken, dass sich Männer gut fühlen. Schön der Panik zuvorkommen, jemand könnte ihre Pimmelvorrechte beschneiden. Es wäre ja absurd, stattdessen mal unverblümt über Unterdrückung zu sprechen«, geifer ich sie an, zucke vor mir selbst zurück und nehme schnell wieder Pats Hand.

Ich schaue mich erneut nach Zwetschge um. Er ist der Einzige, bei dem mir heute wichtig ist, dass er meine Tobsucht ertragen kann. Er sitzt gedankenversunken da und packt eine knisternde Tüte Marshmallows aus. Wie dressiert gucken wir uns alle nach Stöckchen um.

Pat drückt wie zur Entschuldigung meine Finger mit ihrer kühlen Hand und nimmt Jannis in Schutz: »Man kann aber auch nicht einen einzelnen Mann für die Perfidität des ganzen Systems verantwortlich machen. Das ist ein bisschen viel, oder?«

Elma wirft einen skeptischen Blick auf Torben. »Tun wir doch auch gar nicht. Aber man muss jeden dafür verantwortlich machen, der es nicht angreift.«

»Vor allem sollen die sich endlich mal selber verantwortlich machen!«, platze ich dazwischen.

»Vielleicht ist *das* ein bisschen viel verlangt«, kichert Katze abfällig, und sie rollt sich in einer Ecke meines Herzens zusammen.

Von mir aus können all die redlichen Kerle noch so betreten tun. Solange sie nicht sehen, dass unsere Befreiung mit ihrer verbunden ist, können sie mir gestohlen bleiben. Wieder so eine Misere, in der sich schon Eva und die Schlange befanden, als ihnen niemand zur Seite stand. Ich bin der apathischen Untätigkeit all dieser guten Männer überdrüssig.

Torben stochert grüblerisch mit seinem Stock in der Glut. Die Stimmung ist am Nullpunkt. Ich habe die minus zweihundertdreiundsiebzig Grad höchstpersönlich heraufbeschworen, oder vielmehr heruntergeschworen. Jannis stiert ins Feuer, und sein Marshmallow schrumpelt zu einem braunen Klumpen zusammen. Elma vergnügt sich damit, klebrige Fäden aus dem erwärmten Schaumzucker zu ziehen, und hört nicht mehr zu. Pat ist schon wieder pieseln.

»Und was für ein Quatsch, alle Frauen zu Opfern zu stempeln.« Jannis kann es nicht lassen. Dafür kriegt er einen Pluspunkt. Und sogleich hundert negative fürs Inhaltliche. »Was für eine traurige Sicht auf sich selbst. Eine starke Frau lässt sich nicht unterdrücken.«

Er schleudert sein verkokeltes Marshmallow ins Gebüsch.

»Na bravo, das heißt also im Umkehrschluss, dass die anderen es einfach nicht drauf haben? Mann! Opfer zu werden ist nicht gleichbedeutend mit Schwäche.«

Elma pflichtet mir bei: »Es geht ja nicht nur darum, ob man alles irgendwie unter bestimmten oder entgegen den normalen Umständen schaffen kann, sondern was selbstverständlich ist.«

Meine Kassette läuft auf Autoplay: »Und wenn wir es mit Schwäche gleichsetzen, steckt auch da direkt wieder die Schuld mit drin. Das ist genau die Denke, die all die vorherrschende und gesellschaftlich eingebrannte Grütze negiert und verharmlost. Und Opfer nicht zu benennen ist ein Persilschein für die mit Macht, und der Rest kann Frauengold kippen!«

Ich habe mich selbst angespuckt, so schäume ich.

»Jetzt lass mal gut sein«, dreht Elma mir schmunzelnd den Hahn zu. »Wir müssen es ja heute nicht übertreiben.«

Ich weiß, dass ich drüber bin, und dann weiß ich wieder genau das nicht. Eine Endlosschleife. So spult man sich da durch, bis es selbstredend leiert. Ich kann es nicht lassen, als wäre ich darauf abgerichtet. Gleichwohl bilde ich mir das ja nicht alles ein. Aber wo kommen diese tsunamihaften Regungen her? Stets auf voller Lautstärke, mit hoher Intensität, erdrückend, tosend, reißend.

Auch Torben macht mich nun schleichend wütend, weil er bloß dasitzt und bedröppelt guckt. Er schnaubt wie außer Atem, so leid tut ihm alles. Und doch versteckt er sich nur hinter diesem Feigenblatt, seinem Bekenntnis zu einer unverschuldeten Schuld. Es ist eine inerte Nummer, reine Zeitschinderei, in der wieder nicht gehandelt wird.

Zwetschge spielt Musik mit einem kleinen verbeulten Ghettoblaster ab, in dem vier D-Batterien stecken. Wir stehen jetzt alle, es ist zu kalt zum Sitzen, und das feuchte Holz im Feuer qualmt und stinkt. Elma regt sich mit Pat über den Stand der Gynäkologie auf. Jannis bemüht sich um Normalität, jedenfalls hat er mir von seiner aktuellen Lieblingsband erzählt, und ich habe mich glatt drauf eingelassen. Ich ernte einen dankbaren Blick von Zwetschge. Katze steht mit Torben am Wasser, das dahinplätschert und in den seichten Biegungen den Mückenlarven ein Zuhause schenkt.

Wie macht man das als Misanthropin? Alleine stehe ich zwischen ihnen und fühle mich unzugehörig. Das vorhin war echter, ich war echter.

Es ist anstrengend und zermürbend, mit meinem Kopf zu leben, mit diesen anderen zu leben. Manchmal so sehr, dass ich mich danach sehne, die Augen einfach zu verschließen, die Bilder von meiner Retina und das Verstandene aus dem Gedächtnis zu ätzen. Es murrt in mir. Ich denke immer, was ich sehe, müssen doch auch andere sehen. Uns sind die gleichen Wellen durch die Nervenbahnen gerauscht, bei dem, was wir auf der Haut gespürt, in einer Geschichte gehört, in anderen gesehen haben. Doch wo andere Tatsachen und unverrückbare Zustände zu erkennen glauben, zeichnen sich für mich scharfkantige Irritationen und unaufschiebbare Handlungsbedarfe ab. Ich kann nicht anders, als mich aufzulehnen.

Pat schlingt ihre Arme von hinten um mich. »Kommst du?«

...

»Sorry, wir waren noch am See«, schmatzt Louisa kaugummimalmend, mit einem Unterton, der suggeriert, ich könne froh sein, dass sie ein ›Sorry‹ vorne angestellt hat. Sie tätschelt Marks Nacken, der auf dem Sitz neben ihr hockt und seine Beine zum Fenster rausstreckt. Ich zwänge mich zu Karsten, einem Grafiker Mitte vierzig mit gestriegelten Koteletten, und Nina aus der Kunstwerkstatt in einem Wickelkleid mit verschnörkelten Elefanten in grellen Farben auf die Rückbank. Bunte Badehandtücher hängen zum Trocknen über den Sitzen. Aus dem Picknickkorb ragen drei leere Flaschen Cidre, und die schwüle Luft trägt den Geruch von aufgeheiztem Plastik und der Glorie ihres jüngsten Abenteuers. Die Sonne klebt noch auf ihrer Haut wie ein Film von Unantastbarkeit, und ein lebenskünstlerischer Dünkel quillt aus ihren Poren.

»Jo, cool«, tue ich so, als würde es mir nichts ausmachen, dass sie mich haben warten lassen. Ich schiebe die Bastmatte unter den Vordersitz und versuche, Platz für meine Füße zu schaffen.

Mir sind diese Zusammenkünfte suspekt. Geziert tapere ich mal wieder durch das Prozedere menschlicher Interaktion. *Haha, ja* (jetzt lachen!), *ich freue mich auch mega, dich zu sehen.* Mein Gesicht zieht Fratzen, die ich mir bei anderen abgeschaut habe, darunter spannt es leidig.

Louisas Clique ist immer so verdammt gut drauf. Allen voran Mark, scheint die Hipster-Bande erfüllt vom Sein, als hätten sie allen alles vergeben. Sie sind ein einziger gönnerhafter Friedensprozess, und ich trage in meiner Ecke unterdessen keuchend Scheiterhaufen um Scheiterhaufen zusammen.

Louisa lacht angestrengt über einen Witz von Karsten, und ihr strenger Blick trifft mich im Rückspiegel. Bei aller Oberflächlichkeit dieser Begegnungen schwingt der unausgesprochene Vorwurf im Auto, ich sei nicht freundlich genug zu diesen ihren Lieblingen. Louisa hat Sorge, ich könnte ich sein oder eine Meinung über Mark haben, die ihr heute nicht passt, und sie dann sogar teilen. Und ich fürchte, sie könnte Recht haben.

Nina berichtet mit fliegenden Händen von ihrer letzten Ausstellung, und ich verkrieche mich in meinen Kopf. Ich bin todmüde und schlecht gelaunt. Mein Belegexemplar der politischen Anthologie lag am Freitag im Briefkasten, und auch die fünfhundert Euro Honorar haben endlich den Weg auf mein Konto gefunden. Wohlgemut habe ich das Ding durchgeblättert, nur um festzustellen, dass mein Beitrag geändert wurde. Einfach so, ohne Absprache, plötzlich ist der Text verhunzt. Nach einem verdatterten Moment stieg Rage in mir hoch, und ich hätte das Büchlein am liebsten in lodernde Flammen geworfen. Mit vor Empörung verkrampften Fingern rief ich den Verleger an.

»Sie können nicht einfach Fußnoten in den Fließtext kopieren und ellenlange Begriffserklärungen zwischen meine sorgsam gewählten Worte knallen!«

»Wir fanden, so ist der Text besser lesbar und zugänglicher.«

Ja, scheiß doch die Wand an! Der ganze Fluss ist dahin, die Harmonie der Sätze und Worte, wie sie sich über die Zeilen, ja Seiten hinweg nacheinander sehen, sich voneinander abrücken – alles kaputt.

Was solls! Mich nimmt hier eh keiner ernst. Ich berste immer noch vor Wut, wenn ich daran denke.

»Machs gut, *babe*!«, ruft Louisa Mark nach, als wir ihn am Bahnhof absetzen.

»Bis später«, verabschiedet er sich lässig mit einer Shaka-Geste, und Nina nimmt vorne seinen Platz ein.

Hang loose, äffe ich in meinem Kopf und schließe die Augen, damit Louisa nicht sieht, wie ich sie verdrehe. Ah, Augen zu, das tut gut. Der Ärger hat mich die ganze Nacht wach gehalten. Das Gedankenkarussell im Kopf drehte sich auf Höchsttouren. Ich habe den Streit in jeder Variante durchgespielt, mir toughe Antworten und gewinnende Schlagfertigkeiten überlegt, dann wiederholt, wie das Gespräch tatsächlich verlief, und das Ganze wieder und wieder von vorn. Ich hab mich in den Laken gewunden und fast geschrien. Ich war angepisst, und trotzdem war da noch Platz für ein anderes Gefühl. Es schob sich im Schutz der Dunkelheit aus den Dielenritzen hervor. *Ich kriege mein Leben nicht auf die Kette.* Mit einem Mal war ich von der hellen Panik befallen, irgendwann selbst Hilfe annehmen zu müssen. Der ganze Bums, den ich anderen vorbete, beschwörend auf sie einrede, sie sollen es sich doch zugestehen. Mir selbst ist der Gedanke zuwider, schier furchteinflößend. Es ist ein hohes Ross, von dem aus ich auf mich hinabsehe. Vielleicht ist es bald an der Zeit, die Wahrheit zu schlucken und sich in die Riege der Gescheiterten zu reihen. *Gescheitert.* Dieser Verdacht ist so verstörend, dass ich mich frage, was mein arrogantes Problem ist. Warum *muss* ich erhaben sein? Warum kann ich nicht mit, neben, zwischen ihnen sein? Meine Unfähigkeit zu Zugehörigkeit ist lächerlich.

Tine, Merve, Elma und Torben sind schon da und vertreten sich die Beine am Eingangstor der alten Lagerhalle, die das Kunstprojekt als Atelier angemietet hat. Wir fallen ihnen aus dem Auto entgegen und tippeln aufgekratzt umeinander. Louisa witzelt maneriert und macht alle miteinander bekannt. Dabei sagen sie hallo, als sei diese affektierte Menschelei nicht ebenso scheußlich wie Sand zwischen den Zähnen.

Nina und Karsten führen uns in die schattigen Räumlichkeiten, in der auch ihre Siebdrucktische stehen. Unsere Schritte hallen gedämpft auf dem muffigen Betonboden, bis unter die hohen Decken reichen etliche Regale, vollgestopft mit Farbeimern, Werkzeugen, Kunst, Holz und Glas. Ein märchenhaft schräges Sammelsurium. Nur die großen Blechkisten, die die Neonröhren halten, hängen wie sterile Särge von der Decke.

»Herzlich willkommen«, tönt Karsten stolz, und unsere Augen glänzen, sausen über Staub und Sägespäne, die Papierfetzen und Farbkleckse, die allem anhaften. Es ist ein wundersamer Spielplatz, auf dem man die Revolution dekorieren, in Bildern festhalten, schnitzen, in Schichten auf die Welt auftragen kann. So wie wir es heute mit den schreiend gelben Arbeitsjacken machen werden, wenn wir sie mit dem Logo der Werbefirma verzieren. Und noch mehr, wenn wir die Plakate – unsere Agitationsreklame – drucken und anschließend mit Pinseln verfeinern.

Nina und Karsten holen drei Siebdruckrahmen aus einer Ecke und legen sie zu den vorbereiteten Folien auf den langen Tisch an der Wand. Als ich einen davon in die Hand nehme, ernte ich ein strafendes Schnaufen von Karsten. Tine blinzelt mich irritiert an. Sie hat es auch gehört. Ich weite die Nasenflügel und behalte den Rahmen in der Hand. Louisa kommt mit einem dampfenden Kaffeebecher zu uns geschlendert.

»Krieg ich auch einen?«, frage ich eine Spur zu gnatzig.

»Dahinten«, speist sie mich mit einem Fingerzeig auf die kleine Küchenzeile voller ausgewaschener Pinsel und leerer Weinflaschen ab und hängt sich an Karsten.

Die zwei tragen die Rahmen in die anliegende Dunkelkammer, während sie ein offenbar angefangenes Gespräch fortführen.

»Ich fühle mich alleine in der Crew. Ich werde so oft beleidigt, aber keiner unterstützt mich, weil die Beleidigungen von den anderen gar nicht zur Kenntnis genommen werden. Es ist zu normal, da regt sich niemand drüber auf«, klagt Louisa über den Job an der Oper, und Karsten streicht sich über die Koteletten.

Es sticht, dass ich das nicht wusste. Ich schwanke zwischen Kränkung und Reue. Sie redet auf fremdartige Weise, wenn ihre anderen Vertrauten dabei sind. Als würde sie ein Magnetfeld aufbauen, das alles verzerrt und verhindert, dass wir uns nahekommen. Sie schließen die Tür hinter sich, um die Rahmen mit der Fotoemulsion zu präparieren.

Ich würde mir gern einen Kaffee machen, aber Nina sortiert zu Farbtöpfen umfunktionierte Konservendosen in der Kochnische.

Elma traut sich auch nicht vom Fleck und ruft ihr zu: »Kann ich helfen?«

»Nö«, sagt Nina, ohne bei ihrem Tun innezuhalten.

Wir stehen unbeholfen da, wissen nicht recht, wohin mit uns. Torben läuft rum und guckt sich Bilder, Drucke und Figürchen an, die sich in den Winkeln stapeln. Dann schreitet auch Merve musternd umher.

Elma gibt sich einen Ruck: »Ich schau mal nach dem Kaffee.«

Tine dackelt ihr hinterher, und ich schiebe eine abhandengekommene Unterlegscheibe mit der Fußspitze hin und her.

Als Louisa und Karsten mit den belichteten Rahmen zurückkommen, kriegen wir doch noch eine kleine Einführung. Nina klappt den Deckel der Siebdruckpresse wie einen riesigen Schnabel auf und spannt eine der Jacken auf das darunterliegende Brett. Karsten setzt sich ein paar Meter weiter an seinen hauchdünnen Laptop und arbeitet an Entwürfen. Nina justiert den Rahmen und spachtelt Farbe auf den unteren Rand.

»Jetzt *fluten* wir das Motiv«, sagt sie lächelnd zu Louisa, die aufgeregt grinst, und zieht eine dicke Farbschicht über die Fläche des Motivs.

»Und jetzt: rakeln«, kündigt Nina an, wieder an Louisa gewandt, und drückt mit der Gummilippe die schwarze Masse durch das feinmaschige Sieb.

Sie klappt den Rahmen wieder hoch, und dort liegt unsere erste offizielle Arbeitstracht. Wir schmunzeln erregt. Tine knibbelt an ihren Fingernägeln. Merve strahlt.

»Mach du mal!«, feuert Nina Louisa an. Sie drückt die Brust raus und legt die nächste Jacke aufs Brett.

Louisas Werk ist vollbracht, und während sie ihre neben die erste bedruckte Jacke zum Trocknen hängt, macht Nina mit unseren weiter. Wir stehen daneben und warten darauf, mitspielen zu dürfen.

»Läuft es wieder mit dir und Mark?«, frage ich, um irgendeine Brücke zu schlagen.

»Ja, ist ziemlich gut gerade«, sagt Louisa und zwinkert Karsten verschwörerisch zu, wahrscheinlich um die Erinnerung an ein lustiges Erlebnis vom See zu teilen.

Merves Stirn legt sich in Falten, und sie mahnt düster: »Führ ja keine apolitische Beziehung.«

»Er ist nicht das System, er ist Mark«, wehrt Louisa ab.

Tine bemüht sich verschüchtert um Diplomatie: »Was hat er vom System gelernt, was ist sein eigener Charakter ... Was machts am Ende für einen Unterschied für dich?«

»Soll ich die nächsten hundert Jahre allein bleiben, bis sich was bessert?«, fragt Louisa scharfzüngig, und mich trifft der Satz wie ein hässlicher Seitenhieb.

»Ich sag ja nur«, beharrt Merve altklug auf ihrer Warnung.

Elma unterbricht den Zank und wendet sich forsch an Nina: »Kann ich auch mal?«

Widerwillig nickt sie. »Okee.«

Sie lässt Elma unkommentiert machen und guckt stattdessen Karsten über die Schulter. Sofort hat Elma farbverschmierte Hände, und Louisa zieht die Brauen zusammen, als würde sie sich für die Ungeschicklichkeit schämen. Torben kommt von seiner Erkundungstour zurück und greift nach dem Spachtel in Elmas schwarz verklebter Hand.

»Sachma!«, pfeift sie ihn an.

»Was denn? Ich wollt dir nur zeigen, wie das geht«, hebt Torben entschuldigend die Arme.

»Wenn du mir nochmal was aus der Hand nimmst, dann klatsch ich dir eine!«

Sie rubbelt sich erbost über den Kopf und reibt dabei Farbe in ihre Stoppeln. Louisa kichert.

»Du bist so ätzend, wenn du deine Tage hast«, beschwert sich Torben.

Aus Elmas Augen funkelt es böse, und ich halte die Luft an. Karsten sieht peinlich berührt und mit zuckender Oberlippe von seinem Rechner auf. *Oh, Mythos der Menstruation!* Bewundert als Zeichen, neues Leben schaffen zu können; verpönt, weil das Blut Männer töten und Tote zum Leben erwecken soll. Unterm Strich bleibt triefender Neid. Bis sie herausfinden, dass sie sehr wohl auch blutende Körper haben können, wenn sie nur fest genug zuschlagen.

Elma schenkt Torben keine weitere Beachtung und widmet sich wieder ihrer Jacke.

»Einer muss jetzt die Sachen noch bügeln, damit die Farbe waschecht wird«, verkündet Karsten, als wir unsere kleine Charge bedruckt haben.

»Torben«, befehligt Elma, und der macht sich grinsend an die Arbeit, während sich der Rest von uns den Plakaten zuwendet. Elma kann sich ein Lächeln nicht verkneifen und sieht ihm kopfschüttelnd nach.

»Wieso darf Torben eigentlich nicht bei der Aktion mitmachen?«, erkundigt sich Karsten.

Ich schnaube lauter als gewollt darüber, dass Louisa ihm so viel erzählt hat. Ich versichere mir, dass ich so reagiere, weil Aktionshygiene Verschwiegenheit verlangt, nicht weil ich eifersüchtig bin. Ich lege den Kopf schräg und schaue sie fragend an.

»Na ja, ganz einfach, wir wundern uns, wo die guten Kerle sind, und wenn wir sie finden, lassen wir sie nicht mitmachen«, sagt sie hämisch und redet von *wir,* wie die Stationsleitung in der Geschlossenen von ihrem Klientel.

»Ich weiß auch nicht, ob das bei sowas Sinn macht, Männer auszuschließen«, mischt sich Nina ein. Und es ist mir durchaus bewusst, dass wir auch sie nicht gefragt haben.

Karsten krault seinen Backenbart, weil er sich blitzgescheit vorkommt: »Wenn man sagt, alle sollen gleich sein, dann muss man sich auch so begegnen.«

»Wir sind die Borg. Ihr werdet alle assimiliert«, knöttere ich mechanisch und bin kurz überrascht, wie sehr ich nach Merve klinge. Das Lachen bleibt aus, zu Recht, und ich setze erneut an: »Es wäre doch absoluter Unsinn, wenn wir jetzt stumpf behaupten, es gäbe keine Unterschiede. Sexismus existiert.«

»Aber unter euch mit Grabenkämpfen anzufangen ist doch nicht hilfreich. Es wäre viel sinnvoller, wenn ihr es so macht, wie ihr es am Ende haben wollt«, belehrt mich Karsten, und Louisa nickt beipflichtend.

»Sag ich doch«, druckst Elma und ist doch noch hin und her gerissen. »Wir reden immerhin über Torben.«

»Ich dachte, wir hätten geklärt, dass wir diese Aktion nur mit Frauen machen wollen. Ist doch scheißegal, wie toll Torben ist oder nicht. Was solln das jetzt?«

Elma macht einen Schmollmund.

Merve übergeht meinen frisch entfachten Streit und doziert stattdessen dickfellig: »So eine gewählte Blindheit den Geschlechterunterschieden gegenüber wird nicht zu einer Änderung des Systems führen. Im Gegenteil, sie impliziert, dass wir den wirtschaftlichen, politischen und sozialen Status quo hinnehmen.«

»Was?«

Merves Worte haben es nicht in Karstens Kopf geschafft. Nina hat abgeschaltet, falls sie jemals dabei war, und rührt mit einem Spachtel in einem Farbtopf.

»Wir sind nicht gleich!«, stoße ich ruppig vor. Ich schaue Louisa nicht an, weil ich befürchte, meine Verachtung nicht verbergen und mich nicht vor ihr verstecken zu können. »Das ist eine kindische Herangehensweise an Sexismus. Es ist geistlos zu sagen, *ist mir doch egal, wer was zwischen den Beinen hat.*«

Merve steigt wieder ein: »Um dem Problem gerecht zu werden, müssen wir benennen, wer von seinem Geschlecht profitiert und wer von einer negativen Stereotypisierung betroffen ist.«

»Aber doch gemeinsam«, besteht Karsten auf seinem Punkt.

»Aber nicht als Gleiche, weil das sind wir ja leider eben nicht«, wagt sich nun auch Tine in die Arena.

Louisa wirkt so, als fühle sie sich mehr und mehr unwohl in ihrer Haut, und sie guckt Merve und mich verächtlich an. »Worüber redet ihr eigentlich gerade?«

»Also ich hab nur von Torben gesprochen«, grunzt Karsten, wie um uns vorzuführen.

Das wiederum kann Elma nicht so stehen lassen, und sie fällt schnippisch ein: »Und wir darüber, dass *frau* es sich nicht aussuchen kann, ständig herablassend behandelt zu werden!«

Das ist schon eher *active aggressive*, und ich erwische mich bei dem unsportlichen Gedanken, dass ich jetzt eine Vorstellung davon habe, wie sich ihre Mutter anhört.

Nina streift Farbe vom Spachtel in die Dose und spitzt blasiert die Lippen: »Ich versteh eure Aufregung nicht.«

»Und ich versteh nicht, warum man nicht als Frauengruppe was machen darf, ohne sich rechtfertigen zu müssen«, bockt Tine.

»Ignoranz ist die glänzende Rüstung von Gewalt«, falle ich ihr mit mörderischem Blick auf Karsten ins Wort.

»Ey! Lehn dich mal nicht so weit aus dem Fenster«, springt Louisa ihrem Freund zu Hilfe.

»Wie denn? Das Fenster ist zugemauert!«

Ich würde gerne über mein Pathos lachen, aber es zieht sich ein Feld von Eisblumen über Louisas Gesicht und schließlich mein Gemüt.

»Pah!«

Nee, Fräulein. Ich finde dich beschissener als du mich. Ich überfresse mich an diesem Zerrbild von ihr, dem Ärger darüber, dass wir gespalten sind, wo wir zusammen gehören; gequält vom Grauen, sie könnte mir wichtiger sein als ich ihr. In diesem Augenblick vertilgt unsere Freundinnenschaft sich selbst. Ein martervolles Gemenge aus Verlassensangst, Versagensangst, der Angst, verurteilt zu werden. Ein ewiges Spiel von Macht, das wir nie spielen wollten. Macht über uns selbst, über die andere und die bittere Bange, sie zu verlieren oder dass sie womöglich nie unser war. *Damengambit. Remis.*

»Hey, lasst uns mal nicht persönlich werden.« Tine will uns versöhnen.

»Wieso nicht? Es ist persönlich!«, schmettere ich feindinnenselig und sauer, weil Tine sich wieder rauszieht und den Konflikt auf mich abwälzt. Es ist so schnell aus mir rausgezischt, dass ich übersehen habe, dass Tine auf meiner Seite steht.

Louisa guckt gleichgültig und gießt Öl ins Feuer, als sie einen buchstäblichen Schritt auf Karsten zumacht. Dass sie ihm alles verzeiht und mich abweist, entfesselt ein Gemisch aus Zorn und Enttäuschung in mir. Ich will, dass sie sich auflöst oder jemand anderes ist oder immerhin nie geboren wurde. Ich komme doch schon nicht darauf klar, dass ich bin.

Torben kehrt von seiner Bügelei zurück. Tine verdrückt eine Träne, und ich rolle mit den Augen, diesmal offen. Louisa fummelt mit Nina am nächsten Rahmen und ignoriert mich.

»Ist was?«, wundert sich Torben, als er in versteinerte Gesichter guckt.

Elma herrscht mich an: »Was ist los mit dir?«

»Mit *mir*?«, frage ich ungläubig.

Sie deutet auf Tine. »Merkst du eigentlich, wie fies du manchmal bist?«

Ich verziehe angewidert das Gesicht. »Willst du mich verarschen? Wieso denn jetzt ich?«

»Hör mal, wie du redest! Guck mal, wie du da stehst!«

Ich prüfe meinen breitbeinigen Stand, die verschränkten Arme, das erhobene Kinn. Heiß beißt die Ahnung, dass Karsten, Nina und nicht zuletzt Louisa diese Rüge schmeckt.

»Manchmal bist du echt ein Arschloch«, setzt Elma hinterher und nimmt Tines Hand, die es stumm geschehen lässt und erleichtert scheint.

»Was hab ich denn gemacht?«, frage ich entgeistert, obwohl ich die Antwort kenne. Jetzt bin ich nicht nur auf die anderen, sondern auch auf mich sauer. Ich werde den Teufel tun, das zuzugeben. Ich schaue mich suchend nach Bestätigung um, aber selbst Merve wirkt verschreckt.

»Du hast Tine verletzt mit deiner ollen Macho-Attitüde«, züchtigt Elma mich.

Etwaiges Schuldgefühl ist sogleich verflogen. Ich bin angepisst. Warum soll ich mich ständig zurücknehmen? Nur weil sie keine Stärke hat, darf ich keine haben? Nein.

»Ach, als Frau sollte ich fürsorglicher sein oder was?«

Ich weiß, dass ich nicht mehr reden, sondern streiten will. Mein Unterbewusstsein klopft an, und ich frage mich, ob meine Abkapselung, diese Sucht, mental zu dominieren, typisch ›männlich‹ ist. Und ob sie bloß nicht sein darf, weil ich eine Frau bin.

»Nee, aber du könntest etwas sensibler sein. So ein bisschen Selbstprüfung würde dir nicht schaden. Hör mal deinen eigenen Predigten zu, verdammt.«

Wir alle stürzen uns in ungenießbares Schweigen. Es gibt einen gemeinsamen Feind, der auch ich bin. Gerade gebührt meine Missachtung trotzdem den anderen.

»Können wir endlich weitermachen«, fragt Louisa betont unberührt.

Ich nicke, und wir bringen es nicht über uns, uns in die Augen zu sehen. Uns hindert die Befürchtung, Verrat im Antlitz der anderen zu erblicken. Oder im schlimmsten Fall uns selbst.

Nach dem zweiten Plakat ist die Stimmung wieder gelöster. Elma witzelt jetzt mit Nina und passt auf, dass Tine dabei nicht zu kurz kommt. Karsten zeigt Torben ein Zeichenprogramm auf seinem Computer. Wir drucken, malen, beschriften, kreieren. Merve und

Louisa johlen über die Parolen, die sie auf die Poster setzen. Schweigend prökle ich vor mich hin und kann und will mich dem Gram nicht entreißen. Zu groß ist mein Frust, dass es kein rundum schöner Tag sein konnte.

Ich gehe raus, um eine zu rauchen, und lehne mich gegen die Backsteinmauer. Im Gebüsch neben mir liegt Müll. Trotz des harten, ausgedörrten Bodens sind ein paar Halme Unkraut durchs Erdreich gebrochen. Es sieht wehmütig aus. Ich kratze mir Farbspritzer von der Hand und unter dem Fingernagel hervor. Ich kann nicht davon ablassen, grausame Urteile gegen Louisa und was sie tut zu verhängen. Es ist ein schäbiges Messen mit ihr an einer verstümmelten Skala meines Selbstbilds. Ich will nicht so sein und noch weniger kann ich ihr verzeihen, so zu sein. Und doch durchzucken diese Gedanken meine Wahrnehmung, ohne Gnade.

Ich stehe auf, schnippe die Glut von meiner Zigarette und stecke den Filter in die Hosentasche, wo ich ihn sicherlich vergessen werde.

...

Wir sitzen uns hölzern an meinem Esstisch gegenüber. Auch die Musik aus den alten scheppernden Boxen trägt nicht zur Entspannung bei. Wir stopfen gesalzene Mandeln in uns rein, weniger aus Hunger, mehr um uns zu beschäftigen. Mit jeder Geste bemühen wir uns, die Verlegenheit zu übertünchen, jedoch ohne spürbaren Erfolg. Ich habe Louisa eingeladen, vielleicht vorgeladen, weil ich schwelenden Streit nicht aushalte. Ich spüre, wie er sich immer gröber in meinem Gehirn festkrallt und mich wieder und wieder in meine Entrüstung zitiert.

Jetzt sitzt sie da mit ihren langen Gliedern und schmalen Lippen, und wir versuchen, uns auf das Wagnis einzulassen, einen

Ausweg zu finden. Doch es will kein Gespräch in Gang kommen. Sie lässt ihre Finger über meine ungeordneten Notizzettel laufen, und ich streiche mir unentwegt die Haare hinter die Ohren und lächle empfindlich.

»Willst du drüber reden?«, bringe ich heraus, ohne zu atmen.

»Nein«, lacht sie unbeholfen und wibbelt auf ihrem Stuhl.

Das war eindeutig ein Zugeständnis. *Gekauft!* Mir entfleucht ein ungeniertes Grinsen, und die zänkischen Ränke lösen sich mit einem Schlag in Luft auf. »Also ist zwischen uns alles okay?«

»Ja.«

Sie schüttelt ihre Locken und macht die Rotweinflasche auf. Die Sorge springt von meinem Herzen, und das gerade versiegte Gefühl absoluter Verfahrenheit erscheint mir umgehend aberwitzig und infantil. Wie das negative Nachbild der Sonne, das auf der Netzhaut verweilt, lässt es sich nicht mehr greifen.

So sehr wir uns nacheinander sehnen, wissen wir um die Hemmungen der anderen und dass wir uns nicht bedingungslos lieben können, weil die Unzufriedenheit mit uns selbst es verbietet. Das ist nicht optimal, es ist nicht das Ende, immerhin aber ein Anfang. Was in Louisas Psyche vor sich geht, kann ich nur erraten. Sie ist ein Enigma, das ich nicht sein will und das ich nie aufgehört habe, zu begehren.

»Sollen wir was kochen?«, laviert sie uns in weniger heikle Gefilde, und ich frage mich, warum meine Emotionen immer durch einen hochgeschraubten Verstärker laufen müssen.

»Ich werd wohl wieder kellnern gehen«, offenbare ich ihr und werfe die Zwiebeln in die Pfanne. Louisa schneidet Tomaten und kümmert sich darum, dass unsere Gläser voll bleiben. Zu jung ist der Burgfrieden, um jetzt etwas zu riskieren.

»Shit. Wie gehts dir damit?«

»Ich denke besser nicht drüber nach.«

Sie legt das Messer nieder und schlägt verheißungsvoll vor: »Vielleicht kann ich dir an der Oper was besorgen. Als Assi oder so.«

»Ja, das wäre cool«, sage ich schlaff, und lenke das Gespräch auf sie. »Für dich läufts dort aber auch nicht so gut?«

Trübselig verzieht sie die Mundwinkel. »Weißt du, an manchen Tagen will ich es einfach lassen und bloß das sein, was die Leute von mir erwarten. Jemand, der brav folgt oder tumb die Dinge abarbeitet. Dieses Ringen um meine Position macht mich fertig.«

Nichts würde ich ihr lieber schenken, als die Möglichkeit, einmal schwach und klein sein zu dürfen. Und alles, was ich ihr bieten kann, sind wieder mal nur schnöde Worte.

»Es tut mir leid, dass es dort auch wieder so ist.«

»Na ja, tun wir nicht so, als sei es eine Überraschung«, schnaubt sie mit Galgenhumor und durchstöbert das Gewürzregal.

Ich stoße mit ihr an: »Lass uns alles anzünden!«, und rühre in den Zwiebeln, die ich nicht anbrennen lassen will.

»Ja, es ist immer ein guter Zeitpunkt, um etwas in Brand zu setzen«, stimmt sie hitzig zu.

»Hast du gesehen, was die Femen diese Woche wieder gemacht haben?«, frage ich mit Bewunderung in der Stimme.

»Du meinst, wie die wieder oben ohne in ner Kirche protestiert haben? Voll gut!«, grunzt Louisa zufrieden. »Es ist echt krass, wie hart darauf reagiert wird. Die Konservativen sind richtig Amok gelaufen.«

»Es tut gut, zu sehen, wie die Fassade dieser ach so anständigen Gesellschaft zerbricht.«

Ich vergeude ein wenig Wein zum Ablöschen der Zwiebeln und genieße die Vorstellung von der schockierten Unrast der reaktionären Menge.

»Aber es ist auch zum Haare ausreißen, wie die sich an vaterländische Fantasien und ihre bequemen Leben klammern und das mit allen Mitteln verteidigen«, sagt Louisa, als sie die Tomaten vom Schneidebrett in die Pfanne schiebt, und ich reiße mich zusammen, mich nicht darüber zu beschweren. Gemeinsames Kochen ist ein Graus für mich, ich hätte gern erst den Knoblauch dazugeworfen.

»Null Hoffnung?«

»Ich weiß nicht. Es gibt nicht viel, was heutzutage positiv ist, aber die alte Welt bekommt Risse. Gut möglich, dass eine noch hässlichere daraus schlüpfen wird. Aber diese Risse könnten auch Gelegenheiten sein, sich wieder zu verbinden und andere empfänglicher für das zu machen, was wir mit Flammen kommunizieren können.«

»Das ist ein Plan! Weltvernichtung oder -rettung. Egal. Hauptsache Feuer!«, feiere ich das umstürzlerische Tempo, das Louisa auf dem Tacho hat.

»Haha! Das lasse ich mir als persönlichen Wappenspruch eintragen«, juchzt sie, und ich würde sie am liebsten küssen.

Wir stapeln den Abwasch in der Spüle und machen noch eine Flasche Wein auf. Als es klingelt, durchzuckt mich wie immer Misstrauen, und Louisa lacht mich aus. Ich ziehe eine Schnute und gehe zur Tür. Durch den Spion sehe ich die Schneider im Hausflur stehen.

»Mist«, flüstere ich.

So laut wie wir waren, kann ich nicht so tun, als sei niemand da. Aber ich muss ja nicht aufmachen, nur weil ich zu Hause bin. Die Schneider lehnt sich vor und versucht von der anderen Seite durch den Spion zu lugen. Dann klopft sie an die Tür.

Ich atme einmal tief ein und mache auf.

»Ah, Sie sins«, sagt sie enttäuscht, und ich vermute, sie hat gehofft, Pat sei da.

»Ich wohne hier«, stelle ich nüchtern fest.

Sie hält mein Pilzbuch in ihren Klauen und knickt die Seiten dabei, dass ich fast Krämpfe davon kriege. Ich will es ihr aus der Hand nehmen und die Tür zuschlagen. Doch Louisa lehnt sich mit dem Stuhl zurück, winkt durch den engen Flur und singt freundlich: »Hallo!«

»Also?«, erbitte ich mir Auskunft über die Störung und halte das Buch wenigstens mit meinem Blick fest.

Unruhig zappelt die Schneider herum. Sie ist ganz fahrig, als falle sie gleich auseinander. Dann nimmt sie sich ein Herz, sieht mich an und sagt sonderbar flehentlich: »Kann isch reinkommen?«

»Wieso?«, frage ich befremdet von der Art, in der wir uns plötzlich begegnen.

Sie reibt sich kränklich die Hände und verknickt das Buch dabei noch mehr. Ich werde ungeduldig und hebe fragend die Augenbrauen.

»Mir is da ein Malheur passiert«, erklärt sie und wirkt plötzlich gebrechlich. Ihre rabiate Patina ist porös und darunter zeigt sie mir eine Fragilität, die mich in meinem Unmut verwirrt.

»Kommen Sie.«

Mit schlurfenden Schritten geht sie vor mir her in meine Wohnung. Sie schaut sich um, als prüfe sie, was in diesen Mauern anders als in ihren ist, wie unterschiedlich ein Grundriss gefüllt werden kann. Ihre Wohnung ist größer, aber sie hat den gleichen Ausblick in den Hof.

»Wollen Sie ein Glas Wein?«, offeriert Louisa und schenkt schon ein. Ich mache einen geistigen Vermerk, meine Hausregeln zu ändern, und darin meinen Freundinnen zu untersagen, ständig mit der Schneider anzubandeln.

Sie nickt und setzt sich ermattet an den Tisch zu Louisa. Ziellos schiebt sie das Glas hin und her, nippt schließlich daran und blickt müde drein.

»Was ist denn passiert?«, will ich wissen und stehe immer noch, als sei ich die Ungeladene.

Sie knibbelt bloß am Buchrücken des Pilzbuchs.

»Ist Ihnen was passiert?«, fragt Louisa mitfühlend.

Die Nachbarin regt sich nicht.

»Frau Schneider …«, rede ich ihr mit strenger Höflichkeit zu und nehme einen großen Schluck.

»Isch glaub, isch hab meinen Mann ermordet«, beichtet sie mit gebrochener Stimme und sackt in sich zusammen.

Ich spucke den Wein aus. »Was?«

Während ich mir die Tropfen vom Kinn wische, legt Louisa der Alten sanft die Hand auf den Arm: »Aber wieso?«

»Wieso?«, fragt die Schneider sich leise und walkt ihre weißen Fingerknöchel.

Das will ich allerdings auch wissen, obwohl ich nicht weiß, ob es der passende Auftakt ist. In Ermangelung einer besseren Idee warte ich gespannt auf ihre Antwort und setze mich.

Louisa und ich glotzen uns stumm an. Wir schwimmen in Überlegungen, angezogen vom Sog des undurchsichtigen Dramas. *Was ist hier eigentlich los? Was ist zu tun? Hat sie es wirklich getan, oder spinnt die einfach?*

»Der wollt mir das Haushaltsjeld streichen. Seit die Kinder ausm Haus sin, is alles nur schlimmer jeworden«, redet sie mit gesenktem Haupt und an niemanden gerichtet.

»Okaaay«, ziehe ich das Wort so weit in die Länge, dass fast eine Frage daraus wird. Ich habe nie Kinder oder sonstigen Besuch bei den Schneiders mitbekommen.

Wir sitzen gelähmt wie vor einer raschelnden Schachtel Skorpione. Ohne Ahnung, was zu tun ist, ohne Mut hineinzuschauen und ohne Mumm davonzulaufen. Louisas Mund zuckt auf der Suche nach den richtigen Worten und schnürt sich letztlich zu einer blassrosa Rosette zusammen. Ich habe Druck auf den Ohren. Die Schneider fummelt ein benutztes Taschentuch aus ihrer Strickjacke.

»Er hätt misch sein Leben lang aushalten müssen. Dat hat der jesagt«, schluchzt sie tiefe Enttäuschung in ihr Tuch und haut dann plötzlich mit der Faust auf den Tisch, sodass Louisa und ich vor Schreck zusammenzucken. »Das lass isch mir nisch sagen! Isch hab immer jearbeitet. Für uns.«

Wie oft habe ich mir diese Wut von anderen gewünscht! Dass die Ungerechtigkeit auch ihren letzten Blutstropfen zum Kochen bringt, und sie mit dem unbändigen Drang, etwas zu ändern, erfüllt. Jetzt scheint es geschehen zu sein. Und es ist doch nicht ganz so, wie ich es mir vorgestellt habe.

Louisa und ich checken uns wortlos gegenseitig ab, wie um zu klären, ob wir uns trauen, verständnisvoll und trotzdem indigniert zu sein.

»Und ständig seine schleschte Laune. Immer am Meckern«, brabbelt die Schneider resigniert weiter.

Ich lasse die Begegnungen mit ihrem Mann Revue passieren und kann es mir nicht richtig vorstellen. Die Hadeskappe über seine Gewalt gestülpt, und sie mit dem bleiernen Schleier, der zum Schweigen auffordert. *Kann das wirklich sein?*

»Und Sie haben ihn umgebracht?«, vergewissere ich mich.

Sie bejaht mühsam, stützt ihren Kopf in die Hände und fängt an, bitterlich zu weinen. Ich schiele nach meinem Telefon und bin beruhigt, es in Griffweite zu sehen. Ich weiß nicht, ob ich Mitgefühl oder Angst haben sollte. Sie sitzt so hutzelklein da, ein eingefallener Haufen Mensch.

»Hat er Sie geschlagen?«, fragt Louisa vorsichtig.

»So jut wie nie. Er hatte es ja so im Rücken«, erklärt sie fast schon entschuldigend und schnäuzt sich.

»Und wie …?«, stammle ich immer noch im Unklaren.

Sie schiebt mir mit zitternden Fingern das Pilzbuch zu. Dann trinkt sie in einem Zug ihr Glas aus, stellt es vor sich, legt die Hände flach auf den Tisch und sitzt da, als warte sie auf etwas. Als ich weiter Maulaffen feilhalte, verweist sie auf das Eselsohr im hinteren Drittel des Buches.

»Sieht ja auch us wie en Champignon. Hat ihm jeschmeckt«, erklärt sie und murmelt dann nachdenklich: »Bis isch die erstmal jefunden hatte …«

Ich schlage die Seite mit dem Grünen Knollenblätterpilz auf und mir wird flau im Magen: »Aber …«

»Es hat lang jedauert. Isch musst das janze Erbrochene wegmachen. Einjeschissen hat er sich auch. Und nach zwei Tagen, da gings ihm besser! Isch wusst nisch weiter. Isch hab noch jedacht, es war nisch jenug«, eifert sie sich mit schrillen, aber kraftlosen Worten. Kurz schließt sie die Augen, wie um sich zu sammeln, und ballt dann die bebenden Fäuste. »Wars aber doch.«

Ich überfliege die Seite mit dem Knollenblätterpilz und ein fettes rotes Ausrufezeichen schreit mich warnend an: *Tödlich giftig!* Ich lese weiter. *Der Tod tritt in der Regel 6 bis 14 Tage nach der Vergiftung ein.*

Louisa und ich sitzen mit offenen Mündern da, immer noch nicht fähig, zu begreifen, was hier passiert.

»Was haben Sie gemacht?«, frage ich, obwohl es mir unheilvoll dämmert. Ich dringe nicht zu ihr durch, zu der Mörderin, die vor mir sitzt.

»Dann lag er tagelang da rum. Wollt nisch leben, wollt nisch sterben. Der wusste nie, was er will. Man konnte es ihm nie recht machen. Jewimmert hat er und jestunken. Isch hatt so oft den Hörer in der Hand, um den Arzt zu rufen. Aber dann hab isch sein sabberndes Jesicht jesehen, seine blöde, sauteure Buddelschiffsammlung und daran jedacht, dass ich ihm wieder den Kaffee bringen soll. Isch habs nisch über misch jebracht.«

Louisa und ich sind überfordert, wechseln eilige Blicke, in der Hoffnung, dass die andere mehr kapiert und aufgeben kann, was zu tun ist. Die Frau ist krank. Oder war es am Ende Selbstverteidigung?

Als würde sie vor einem Scharfrichter stehen, verteidigt sie sich ruppig: »Was hätt isch denn tun sollen?«

Die Menschheit ist wahnsinnig geworden, schon immer gewesen. Ich schüttle den Kopf, unfähig zu akzeptieren, dass nie etwas anderes als verbotene Früchte gereicht worden sind. Die Schuldfrage ist damit auf vor den ersten Tag verlegt.

»Gehen?«, schlage ich vor, aber dafür ist es wohl zu spät.

Vielleicht hat sie geglaubt, dass der Mord ihre Katharsis sein würde. In einem Geflecht von kalkulierter Brutalität, Gier und Gehorsam gefangen zu sein, bedeutet letzten Endes, ein eigenes Leben zu versäumen. Sie hat sich entschieden, auszubrechen. Auch möglich, dass ich da ein bisschen zu viel psychologisch-philosophische Motive unterstelle. Außerdem hat sie stattdessen ungefragt sein Leben drangegeben, das sollte ich nicht vergessen.

»Nach einer Scheidung wär mir nischts jeblieben.«

Da sitzt sie vor mir, die Schneider, als sähe ich sie zum ersten Mal. Ihr strähniges Haar, die Falten, die ihr Gesicht zeichnen, die fahle Haut, die alles wie verblichenes Pergament zusammenhält. Hausfrau sein ist nicht nur ihr Beruf, es macht sie mit Haut und Haaren aus. Ihre Stellung und ihre Substanz sind eins. Unmöglich, sie anderweitig definieren zu wollen. Was bleibt ihr in dem Moment, in dem sie sich diesem gestrigen Lebenskonstrukt entreißt?

»Und jetzt?«, fragt Louisa.

»Isch weiß es nisch«, gesteht die Schneider, trist, hilflos und fern von dieser Welt.

Ich habe Mitleid mit ihr, wegen ihres armseligen Lebens und weil sie diese Tat begangen hat. Aber ich erinnere mich auch an seine gelupften Hüte. Jetzt ist er nicht mehr da – elendiglich verreckt, einen Stock tiefer verwesend. *Muss ich den Seuchenschutz rufen?*

»Isch kann nisch mehr in der Wohnung sein«, stellt sie klar und stiert uns unumwunden an. »Isch will nisch mehr bei ihm sein!«

Die Frage, ob sie ein Ungeheuer ist, das er selbst erschaffen hat, und ob ein ungerechtes System ihre persönlichen Taten entschuldigt, verlangt mir alles ab.

Louisa zieht langsam die Schultern hoch. Wir können es nicht mehr richten. Ich kann auch nicht die Bullen rufen, irgendwie muss sie das von sich aus wollen. Louisa nickt, und wir ergaunern uns ein wenig Zeit zum Überlegen.

»Wir wissen einen Ort, wo Sie erstmal unterkommen können.«

Auf dem Weg nach draußen schreibt Louisa eine Nachricht an die anderen. Die Schneider meidet den Anblick ihrer Wohnungstür, als würde das alles ungeschehen machen. Chronisch massiert sie ihre Hände und zwinkert konfus mit ihren trüben Augen.

»Wir müssen gucken, ob er wirklich tot ist«, sage ich zu ihr mit Bestimmtheit, unter der ein nicht zu kaschierendes Zaudern schwelt. Dennoch schließt sie ohne zu zögern auf und tritt zur Seite. »Zweite Tür links.«

Ich gehe alleine rein, während Louisa ihr im Treppenhaus Beistand leistet. Der Gestank ist nervenbetäubend. Kein süßlicher Verwesungsgeruch, vielmehr die säuerlichen Ausdünstungen von

Kotze und Kot, durchsetzt vom chemisch-zitronigen Geruch nach Duftspray. Da hängt der Weidenkranz an der dick tapezierten Wand. Ich presse die Lider fest zusammen und stoße die angelehnte Tür auf.

Der Schneider liegt auf dem Sofa zwischen den bestickten Kissen wie eine geschundene Wachspuppe. Sein rechter Arm hängt leblos herunter, und alles Menschliche scheint ihm entwichen. Ich will nicht zu genau hinsehen, will später sein von Weh entstelltes und von Schweiß verklebtes Gesicht nicht in meinem Gedächtnis schwirren haben, die leicht geöffneten Augen, die sich in vergeblicher Anklage ins Leere richten. Ich wundere mich, wie wenig mich der tote Mann berührt, als könne er mich aus dem Totenreich nicht mehr erreichen.

Ich halte die Luft an und suche an seinem Handgelenk nach dem Puls, beuge mich mit dem Ohr über seinen Mund und warte auf ein Röcheln aus seinen Lungen. Nichts, sehr viel Nichts. Ohne mich noch einmal umzudrehen lasse ich ihn dort liegen, mache die Tür, wie um ihn nicht zu stören, leise hinter mir zu und bin wieder draußen.

Die Schneider guckt mich bange an.

»Er ist tot.«

Ein tiefer Seufzer drückt sich aus ihrer Kehle, und sie dreht sich dem Treppenabsatz zu.

Merve ist vor uns da und wartet mit Julie und Aynur in der Küche. Julie tigert angespannt auf und ab.

»Hallo«, sage ich mit hoher, dünner Stimme.

Merve kämpft sich ein Lächeln ab und bleibt neben Sheitan, der sich hingebungsvoll das Fell leckt, auf dem Boden sitzen.

»Hallo«, erwidert Julie scharf, und mein Hals wird kürzer, drückt sich zwischen meine Schulterblätter.

»Hi«, wispert Louisa und schiebt die Schneider schützend vor sich her.

Wir alle wissen nicht recht, was wir sagen sollen, als sei die Wucht an Realität zu unermesslich, um sie in Worte zu fassen. Trotz ihres Unwillens gibt Julie weiterhin die Gastgeberin, als könne die Schneider nichts dafür, dass Louisa und ich ihr den Abend verdorben haben.

»Setzen Sie sich erstmal.«

Ihre Bewegungen sind steif von den Schmerzen der Operation, und sie zieht geräuschvoll die Luft ein, wenn die frischen Wunden unvermittelt stechen. Tine schiebt sich durch die Tür und lässt ihren Blick verhalten über die Anwesenden gleiten. Die Schneider kauert saftlos auf dem Sofa, knetet ihr Taschentuch und fixiert die Bodenfliesen, als wolle sie sich wegdenken aus der fremden Umgebung, fort von uns kuriosen Gestalten und den Folgen ihrer Tat.

Aynur setzt sich neben sie. »Wollen Sie einen Tee?«

Bekümmert wischt sich die Schneider eine Träne aus dem faltigen Augenwinkel und ihre Lippen beben. Aynur haucht Mitleid durch die Nase, schenkt ihr noch ein mildes Heben der Mundwinkel und setzt Wasser auf.

Abgehetzt und mit roten Wangen stürmt Elma in die Küche: »Was ist hier los?«

Die Gebeutelte auf dem Sofa schreckt kurz auf und widmet sich dann wieder dem Boden.

Julie ringt um Fassung. Sie hält ihre Verärgerung so weit zurück, dass nur winzige Splitter davon durch ihre Worte schneiden: »Ich glaube, wir gehen mal kurz raus.«

Entschuldigend lächle ich meiner Nachbarin zu, was sie freilich nicht sieht, weil ihr Blick weiterhin am Boden klebt. Aynur deutet mir mit einer Geste an, dass sie bei ihr bleiben wird. Vielleicht weiß sie, dass allein zu sein das Schlimmste ist.

Schweigend, voller Schauder über das, was gleich gesagt und nicht gesagt werden wird, trotten wir auf den Rasen. Die heiße Sommernacht stemmt sich von oben dagegen. Merve schließt die Glastür hinter uns. Das warme Licht von drinnen sieht ungemein gemütlich und fern aus.

Julie lässt ihren Blick in die Runde schweifen, als zähle sie ab, ob wir alle da sind. Wir stehen im Kreis wie auf dem Schulhof. Dann kommt der Anpfiff.

»Spinnt ihr? Wieso schleppt ihr hier eine Mörderin an?«, sagt sie mit gepresster Stimme. »Wisst ihr, was das für die Wohnung bedeuten kann? Wieso zieht ihr uns da mit rein?«

Louisa und ich schlingern nebeneinander wie fehlgeleitete Marionetten und sind uns nun auch nicht mehr so sicher, dass es die beste aller Ideen war.

»Was hätten wir denn machen sollen?«, oute ich mich als überfragt und beleidigt zugleich.

»Die Polizei rufen! Wie jeder normale Mensch.«

»Ach, die Polizei ...«

»Die soll selber entscheiden, wie ihr Leben weitergeht«, bietet Louisa eine beschwichtigende Auslegung an.

Tine kaut auf ihrer Unterlippe und klagt: »Die hat jemanden umgebracht. Das können wir doch nicht einfach so stehen lassen!«

»Ich finds ja auch nicht gut!«, schnarre ich patzig. »Aber deswegen muss ich doch nicht zu den Bullen gehen.«

Mein vehementer Trotz maskiert jeden Vorbehalt, den ich zuvor noch hatte. Ich bin rechthaberisch um des Rechthabens Willen. Tine taxiert mich vorwurfsvoll und schüttelt den Kopf.

»Aber deswegen musst du noch lange nicht hierher kommen!«, erzürnt sich Julie. »Dann versteck sie doch in deiner Wohnung!«

Ich rolle mit den Augen, weil ich das natürlich auch nicht will, und weil ich merke, dass der Einwand angebracht ist.

»Die soll erstmal klarkommen. Die ist in keiner Verfassung für irgendwas«, versucht es Louisa.

Merve steht mit verhärmter Miene da und hört bisher nur zu.

»Also für mich sieht die ganz fit aus«, schwächt Elma unsere Argumentation ab.

»Und wieso ist es wichtiger, wie es für die weitergeht als für uns hier?« Julie brennt. Ich habe sie so noch nie gesehen. Rasende Ablehnung wallt durch sie hindurch, bläht ihre Sehnen und Adern auf, sodass sie noch größer wirkt als sonst. Sheitan setzt sich neben sie und guckt zu ihr hoch, bestrebt, von ihr zu hören, dass er es nicht war, der für ihren Missmut sorgte, und sie streicht ihm über den Kopf.

Louisas Kiefer mahlen, vielleicht um dem Chaos einen Sinn abzukauen. In meinem Kopf liefern sich das Für und Wider um die Frage, welche Wege man gehen darf, um sich selbst zu schützen, einen cholerischen Wettkampf.

Merve hat unterdessen lange genug gelauscht und zieht ihr Resümee: »Wir brauchen eine Strategie. Worum geht es uns jetzt, und was ist zu tun?«

Louisa untersteht sich als Erste: »Wir sollten solidarisch sein. Immerhin geht es um eine Reaktion auf männliche Gewalt.«

»Ehm, aber es geht um einen Mord«, gibt Merve zu bedenken.

Tine lässt sich jäh von einer Sorge überrumpeln und ruft: »Machen wir uns eigentlich gerade alle strafbar?«

»Pscht!«, zischt Julie und sieht sich schon nach dem Sondereinsatzkommando um.

»Gorgo und Louisa machen uns strafbar«, witzelt Elma finster.

Julie stemmt die Hände in die Hüften, sie ist für keine Diskussion zu haben: »Ich will, dass sie verschwindet!«

Ich kann diese Angst nicht billigen. Dabei weiß ich nicht, ob das tatsächlich meine Meinung ist oder ob ich nur auf der anderen

Seite stehen will, um das Gleichgewicht zu halten. Vielleicht will ich auch schlicht keinen Fehler gemacht haben, oder zumindest, dass wir es verschweigen. »Ich glaube auch, dass ihr Lebensweg, und ja, auch *er*, sie dahin getrieben haben.«

»Du kennst die doch gar nicht!«, fährt Julie mich an und den Punkt muss ich ihr wohl oder übel lassen.

Merve schiebt sich die Bluse in die Hose und doziert: »Zum einen glaube ich nicht, dass sie in ihrem Zustand absehen kann, was es heißt, unterzutauchen, und zum anderen etabliert die Unterscheidung zwischen gerechtfertigtem und ungerechtfertigtem Töten eine Moral, die einige Formen des Tötens als legitim anerkennt.«

»Sagt die, die Fleisch isst«, maule ich.

»Echt jetzt?«, staucht Elma mich kurzerhand zusammen.

»Tss«, macht Tine, und Julie schüttelt entgeistert den Kopf.

»Stimmt doch«, nuschel ich und reibe mir die Augen.

»Wir müssen uns, also sie, doch schützen«, mahnt Louisa. »Es kann doch hier nicht schon wieder nur um eine Seite der Gewalt gehen.«

»Ja, wieso werten wir das anders? Warum darf ihr nicht geholfen werden?«, schlage ich in die gleiche Kerbe, und mein mürber Sopran verrät meine feige Beklommenheit.

»War das dann Notwehr oder Gegenwehr?«, denkt Elma laut. »Und rechtfertigt es einen Mord?«

Julie wirft fassungslos die Hände in die Luft: »Was soll die Scheiße? Sind wir jetzt der Ethikrat oder was?«

Eine niederschmetternde Stille ist heraufbeschworen, nur durchzogen vom Zirpen der Grillen und dem Surren einer Klimaanlage von irgendwo.

»Wie hat sie ihn denn ...?«, fragt Tine heiser und kratzt sich verzagt am Arm.

»Vergiftet«, antwortet Louisa denkbar knapp.

Als ginge ihr erst jetzt auf, dass es nicht allein um die Schneider geht, erkundigt sich Elma besorgt: »Was ist mit dem Mann? ... der Leiche?«

»Der liegt in der Wohnung«, sage ich schulterzuckend. »Für den können wir nichts mehr tun.«

Tine stellt einen Fuß auf den anderen. »Hast du ihn gesehen?«

»Ja.«

Sie schauen mich entsetzt an. Ich scheine ihnen wohl nicht betroffen genug.

»Was machen wir jetzt?«, verlangt Merve weiter nach einer Erkenntnis.

Julie stampft mit dem Fuß auf: »Ich will, dass sie geht!«

»Können wir bitte erst nachdenken«, bettelt Louisa.

Elma drückt die Hände ins Hohlkreuz und legt den Kopf in den Nacken: »Das ist alles viel zu krass.«

»Sie ist weg.«

Keine von uns hat Aynur kommen sehen.

»Wie?«, fragt Merve.

»Weg?«, fiepst Louisa, und Julie schnaubt: »Gott sei Dank!«

»Ja. Sie hat gesagt, dass der Tee nicht schmeckt, und ist zur Tür raus«, berichtet Aynur mit gerunzelter Stirn und offensichtlichem Unverständnis für die ganze Begegnung.

Ich muss über die Pointe fast lachen, *die ätzende Alte*.

»Und jetzt?«, tuschelt Tine.

»Nichts«, stellt Julie klar.

Louisa schiebt die Lippen vor. »Nichts?«

»Nichts«, stimmt Merve zu. »Oder willst du sie verfolgen?«

»Pfff«, mache ich.

»Ich will, dass das nie passiert ist. Verstanden?«, fordert Julie roh.

Das elektronische Geklimper eines Handys durchbricht unversehens die verkorkste Atmosphäre unserer kleinen Gesellschaft. Elma hat Dienst und zieht das Telefon aus ihrer Hosentasche. Sie schaut auf das Display und krächzt: »Kowalski.«

»Kowali!«, lacht Louisa nah der Hysterie.

»Ach der«, stürzt sich auch Merve, nach Erleichterung lechzend, auf Elmas schwaches Namensgedächtnis.

Julie blitzt mich an: »Hast du ihm das erzählt?«

»Was? Quatsch. Nein!«

Elma drückt den Störenfried weg und steckt das Telefon wieder ein. Wir stehen in unserem drolligen Kreis, ahnungslos, was zu tun ist, ahnungslos, ob wir lachen oder streiten.

Endlich klatscht Elma in die Hände: »Gehen wir rein!«

Elma fährt mit Merve zur Tanke, um Schnaps zu holen. Louisa zieht vorerst zwei Flaschen Weißwein aus dem Regal. Vom Ordnungszwang befallen räumt Julie die Küche auf. Wie um Spuren zu verwischen, schrubbt sie die Tasse der Schneider besonders emsig. Sheitan ist froh, dass nicht mehr geschimpft wird, und liegt wedelnd auf der Couch, wo Tine einen Keks mit ihm teilt. Wir reden nicht über das, was passiert ist. Es ist zu unwirklich.

Nach einer Weile ist es für mich an der Zeit, das nächste Kapitel aufzuschlagen. Ich stelle mich zu Julie an die Spüle und trockne ab.

»Du, Julie, sag mal, wegen unserer Aktion. Würdest du mitmachen?«, tschirpe ich unschuldig und übergehe ihren bösen Blick. Sie schüttelt sich das Wasser von den Händen und nimmt eine Tupperdose aus einem der Hängeschränke. Ich ziehe straff an beiden Enden des Geschirrtuchs, als würde ich dadurch die Spannung der aufgeladenen Situation abzwacken können. »Und würdest du dich als Mann verkleiden?«

»Das fragst du mich *jetzt*?«, faucht Julie und knallt die Tupperdose auf den Tisch.

Louisa gurgelt ein unbeholfenes Kichern, und Tine ist so bestürzt, dass sie sich von Sheitan den Rest des Kekses aus der Hand stibitzen lässt. Aynur tippelt wie auf Eierschalen zwischen uns herum und stellt Gläser bereit.

»Es ist einfach unauffälliger, wenn ein Mann dabei ist«, beeile ich mich zu erläutern.

Julie macht die Schultern schmaler und schürzt die Lippen. Mit elegant gespreizten Fingern fischt sie Muffins aus der Dose und stellt einen vor jede von uns. Ihr Körper ist ein Instrument, das in vollem Ton gegen meine unerhörte Frage anspielt.

»Manchmal glaube ich echt, du hast sie nicht mehr alle.«

»Strafrechtlich ist das echt gar nicht so wild. Selbst wenn sie uns erwischen«, rede ich mich um Kopf und Kragen. Ich kann nicht aufhören.

Sie unterbricht das Auslegen der Servietten und donnert: »Darum gehts mir nicht!«

Ich traue mich nicht, die kitzelnde Strähne aus meiner Stirn zu streichen, meine Hand hängt statuenhaft vor mir in der Luft.

»Ich will mich nicht ständig auflehnen müssen! Das habe ich mein Leben lang getan. Gegen meine Eltern, gegen alle und nicht zuletzt gegen mich. Von allen geprügelt und vom eigenen Körper vergewaltigt. Ich will nicht mehr. Ich will Ruhe! Du weißt nicht, was es heißt. Ich will einfach ich sein!«

Dann stellt sie auch mir einen Muffin hin, und ich schäme mich. Ich befürchte, ich habe meine persönliche Arschlochskala gesprengt.

Aynur schaut sich betreten nach Louisa und Tine um, ob sie Sicherheit versprechen.

»Schnaps?«, platzt Elma herein und hält die Flasche wie einen Siegespreis empor.

Julie starrt mich an, um keinen Zweifel an meinem Anteil ihrer Verletzung zu lassen: »Ich brauche erstmal frische Luft.«

Merve sieht ihr aufgelöstes Spiegelbild in der Glastür, die Julie hinter sich zuschmeißt.

»Was ist los?«

Louisa lacht: »Gorgo ist eine Idiotin.«

»Erzähl mir was Neues«, foppt Elma und sucht nach Schnapsgläsern.

Nur Tine hat noch Kraft für Ernsthaftigkeit: »Sie hat Julie wegen der Aktion gefragt.«

»Jetzt?«

»Scheiße.« Ich werfe das Handtuch in die Ecke und folge Julie bußbereit nach draußen.

Sheitan sitzt neben ihr auf der Sonnenliege und schmiegt sich an sie. Zerstreut fahren ihre Finger durch sein Fell, und die Nacht stülpt sich wie eine dämpfende Glocke über die Szenerie.

»Kann ich mich zu euch setzen?«

Julie nickt müde, aber vor allem im Reinen mit sich und ihrem Ausbruch. Ich setze mich an den Fuß der Liege und drehe mir eine. Sheitan hechelt, schnappt nach einer Motte, und Julie spricht beruhigend auf ihn ein. Nichts an ihr ist zerstörerisch. Mit beeindruckender Courage und Findigkeit strampelt sie gegen den Treibsand dieser Welt an, das wird ihr nicht verziehen. Mit jedem Tag, den sie so flott auf dieser alten Erdkruste herumstöckelt, enttarnt sie die krankhaften Metastasen von Geschlechternormen. Ihrer Sanftmut wird mit Härte entgegnet und umgekehrt.

Ich stütze mich mit den Ellbogen auf die Knie und bin erschlagen von meiner Anmaßung, die Aufgabe ihres Schutzraums eingefordert zu haben. »Es tut mir leid.«

»Was tut dir leid?«, fragt sie matt, weil sich eine blamable Anzahl von Optionen bietet, und winkt sogleich ab. »Ist schon okay.«

Leise flucht sie vor Schmerz, als sie sich aufsetzt.

»Tuts sehr weh?«

»Es geht.«

»Siehts gut aus?«, wage ich etwas Ruchlosigkeit, und Julie grinst stolz. »Ja.«

Ich ziehe an meiner Zigarette, stoße den Qualm aus und sehe den Schwaden nach, wie sie sich im Dunkeln verkriechen.

»Willst du sie sehen?«

»Echt? Ja, gerne.«

Julie streift sich ihren dünnen Pulli über den Kopf, das Halstuch lässt sie an. Der beige Stütz-BH erinnert an die modischen Verirrungen einer in schwarz-weiß fotografierten Ära. Mit bedachten Fingern, um schnelle, schmerzbringende Bewegungen zu meiden, löst sie sachte ein Häkchen nach dem anderen. Dann stockt sie mit einem Mal. Mag sein, dass es doch zu viel ist.

Ich lege meine Zigarette ins Gras, ziehe mein T-Shirt aus und sitze barbusig vor ihr. Julie lächelt und öffnet das starre Bustier ganz. Die Narben unter ihrem entblößten Busen leuchten wie rote Sicheln. Wir sitzen voreinander und gucken uns, unsere Körper, an. Meine Brustwarzen härten sich, und auch weil meine linke Brust größer ist als die rechte, druckse ich beschämt herum.

»Ich hab bestimmt mehr Möpse gesehen als du, Püppi«, ruft sie mir ihre krampfhaften Bemühungen, ein heterosexueller Mann zu sein, in Erinnerung.

»Willst du sie anfassen?«

Wie in Zeitlupe strecke ich meine Hand aus und schaue sie dabei fragend an, ob es wirklich in Ordnung ist.

»Aber vorsichtig.«

Mit verlegenen Fingerkuppen befühle ich ihre neuen Brüste. Wir sind uns so nah, dass die Luft zwischen uns knistert.

»Was macht ihr da?«, flötet Louisa und kommt mit zwei Gläsern Wein zu uns gelaufen. »Oh.«

Wir lachen.

»Wow«, bewundert Louisa Julies Brüste, und ich meine, darin den Respekt vor Julies Last mitschwingen zu hören; der Last, sich seit ihrer Geburt weit mehr als wir entwerfen zu müssen. Nicht nur ausgemergelt vom unstillbaren Bedürfnis, dieser grundlosen Existenz eine Bedeutung zu geben, sondern obendrauf im Zwist mit ihrem zellulären Rohstoff.

Louisa drückt uns die Gläser in die Hand. »Wollt ihr alleine sein?«

Ich schaue auf Julie, um sie entscheiden zu lassen.

»Nein.«

»Gut.« Ohne Umschweife zieht Louisa ihr Hemdchen aus und wirft es in den dunklen Garten. »Ich hol mein Glas«, sagt sie und stiefelt oben ohne in die Küche.

Wieder zurück setzt sie sich ins Gras und schaut gen Himmel. Ihr drahtiger Körper mit den kleinen Brüsten badet friedlich im Mondschein. »Was für ein Tag.«

Nach wenigen Minuten schleichen sich auch Elma und Merve zu unserem Stelldichein. Im Nu zieht Elma ihr T-Shirt aus, als hätte sie nur auf die Gelegenheit gewartet, und setzt sich im Schneidersitz vor uns. Ich folge den Bikinistreifen auf ihren Schultern zu ihren üppigen, weichen Brüsten. Merve bleibt stehen und wartet auf eine Erklärung.

»Jetzt mach schon«, gluckst Louisa.

Merve knöpft sich, ohne ein Flimmern in ihren Zügen, die Bluse auf, lässt sie aber an ihren Schultern hängen und setzt sich hin. Ihre Warzenhöfe sind viel kleiner, viel deutlicher umrissen als meine.

»Fühlt es sich aufregend an?«, fragt Louisa Julie.

»Es ist ganz komisch. Seit ich die Brüste hab, sind sie gar nicht mehr so wichtig. Ich bin jetzt so sehr ich.«

Tine und Aynur stecken ihre Köpfe zur Tür heraus. »Was macht ihr?«

»Kommt!«, ruft Elma sie herbei.

Aynur schmunzelt verblüfft und wiederholt ihre Frage: »*Was macht ihr?*«

Obwohl es ein bisschen viel der Blöße für Tine scheint, setzt sie sich. Merve nickt ihr aufmunternd zu, und ich hoffe, dass sie sich nicht aus Gruppenzwang auszieht. Beklemmt schaut sie an ihrer weißen, flachen Brust herunter und dann auf uns.

»Also ich weiß ja nicht«, rätselt Aynur in vermeintlicher Bedrängnis.

»Du musst auch nicht«, beteuert Elma und klopft auf den Platz neben sich.

Aynur und Julie tauschen einen einvernehmlichen Blick.

»Ach, was solls.«

Sie hat bordeauxrote Nippel und einen kleinen, dunklen Leberfleck auf der linken Brust. Verkrampft sitzen wir voreinander, außer Louisa, die entspannt herumlungert. Wir anderen bemühen uns um vorteilhafte Posen, spinksen an unseren Figuren entlang, prüfen die Fettröllchen, die Rippen, das nachgebende Bindegewebe, die Male, Narben und Pickel, als sähen wir zum ersten Mal unser eigenes Fleisch. Wir sind so gefangen davon, dass wir vergessen zu sprechen.

»Das ist doch bescheuert«, mokiere ich mich und höre auf, den Bauch einzuziehen. Er rollt sich entfesselt nach vorne.

Erst schüchtern und heimlich, dann immer offener, betrachten wir uns gegenseitig. Ich ertappe Elma dabei, wie sie mich in Augenschein nimmt.

»Hier! Schau!«, rufe ich und drücke den Rücken durch und meine Brüste mit den Händen zusammen, bis wir alle feixen.

»Und da, da ist ein schwarzes Haar«, setze ich eins drauf. »Wer das peinlich findet, hat meinen Busen nicht verdient.«

»Ich hab zwei«, erklärt Merve mit triumphalem Mut.

»Ich nicht«, sagt Julie verschmitzt.

»Meine Brüste hängen«, löst sich Elma von einer schlummernden Wertung.

»Meine nicht«, sagen Louisa und Tine gleichzeitig, die eine fröhlich, die andere bedrückt. Sie schauen sich verdutzt an, und wir brechen in schallendes Gelächter aus.

Im Lichte ferner Sterne sitzen und liegen wir auf dem dichten Gras, schlürfen Wein, spaßen und versinken wieder in Gedanken. Unsere Augen huschen weiter über die Häute der anderen, nun ohne Schuld, Scham und Scheu. Louisa lässt eine Ameise von ihrem Bein auf einen Grashalm laufen.

»Ich finde euch alle schön«, bezeugt sie friedselig.

Das Kompliment trifft uns trotz allem unverhofft, und wir strafen uns mit routinierter Schüchternheit.

»Ich euch auch«, entgegnet Julie schließlich beglückt.

Aynur räuspert sich. »Ich auch.«

Elma hebt ihr Glas auf uns, und jede gestattet es sich, sie selbst zu sein. Unaufgeregt und hüllenlos zelebrieren wir die gemeinsame und eigene Odyssee. In einem Vertrauen, das durch seine Ungeschütztheit satt vibriert, rufen wir uns Strophe um Strophe unserer Sirenengesänge zu.

»Ich auch«, macht Tine einen zaghaften Schritt und sagt dann lauter: »Und mich auch!«

»Ich euch auch«, stimmt Merve zu und fährt mit ihren Fingern die Knopfleiste ihrer Bluse nach.

»Scheiß Hippies«, spöttelt Elma.

»Ihr seid verrückt«, kichert Aynur, und Julie lächelt sie breit an. »Hat dir keiner gesagt, dass du in einem Irrenhaus gelandet bist?«

»Auf die Gorgonen-Guerilla«, feiert Elma die Unantastbarkeit unserer Schwesternschaft und fügt nach einer Pause albernd hinzu: »Ich fasse es nicht, dass ihr die hier angeschleppt habt.«

Julie bleibt nur, gütlich zu stöhnen und sich dem Treiben hinzugeben. Ein Netz aus zarten, unaufhörlichen Fäden spannt sich zwischen uns, fängt uns auf, verwickelt uns. Es durchbricht den endlosen Raum und verbindet die Vergänglichkeit, die zwischen uns einsamen Kreaturen liegt. Meine Schwestern sind ewig.

...

Der Aschenbecher quillt über. Nach nur fünf Stunden Schlaf habe ich mich heute Morgen direkt an den Computer gesetzt und weitergeschrieben. Der Text hat mich geweckt, mich in den Schlaf hinein angebrüllt, ich solle endlich voranmachen. Ich trinke den Kaffee in gierigen Schlucken, auch um den metallischen Geschmack der Zigaretten zu überdecken, die ich unablässig rauche.

Als ich vom Stuhl aufstehe, falle ich fast um. Ich habe so lange auf meinem angewinkelten Bein gesessen, dass es jetzt bis auf ein piksendes Kribbeln ganz taub ist, und ich darauf rumwabbele wie auf einer Prothese aus Wackelpudding. Mit der Eleganz eines einstürzenden Sechzig-Kilo-Fleischturms stütze ich mich auf dem Tisch ab und werfe dabei die Tasse um. Hastig wische ich die Lache mit der Hand über die Tischkante zurück in den Kaffeebecher, wobei die Hälfte auf den Boden tropft. Ich gehe pinkeln, ohne mir danach die Hände zu waschen, und falte mich wieder auf dem Stuhl zusammen.

Ich bin wie im Wahn. Das Leben meiner Gedanken steht auf dem Spiel. Gestern habe ich einen Funken zu packen gekriegt, mich auf ihn geworfen und niedergerungen. Und dann hat er mich gnadenlos bestürmt. Auf einmal war es da, das erste und letzte Wort des Buchs. Jetzt fülle ich fix die Seiten dazwischen. Ein Fluss von Palaver, Poesie und Parolen sprudelt, gurgelt und spritzt in meinem Kopf, als hätte der Rausch der Einfälle eine eigene Entscheidungsgewalt. Meine Finger können gar nicht schnell genug tippen. Es ist bereit, geboren zu werden, gereift, vielleicht schon ein wenig vergoren.

Abstrakte Fetzen ergeben nun Bilder, die mich erschrecken, beruhigen, liebkosen und anstacheln. Mit einem Mal sind es ganze Seiten, auf denen all das rumorende Unwohlsein und die beklommene Unruhe in bewussten Ausdrücken gebändigt wird. Ich erkläre mir die Welt, mich selbst, spreche mir gut zu und lache nervenschwach über die vergeudete Liebesmüh. Ich schreibe, damit ich nicht wahnsinnig werde, und werde es beim Schreiben.

Es ist schon früher Abend. Die Stunden sind zerronnen, haben sich in Sturzbächen fliegender Sekunden ergossen. Meine Augen sind trocken, der Geist überspannt, der Rücken steif. Ich habe Seitenstechen im Hirn. Ich ärgere mich, dass ich mich mit René verabredet habe und meinen Taumel unterbrechen muss, wo es gerade so gut läuft. Aber ich weiß, was passiert, wenn ich zu lange daran sitze, in ferne Sphären drifte, mich und meine Umwelt dabei verliere.

Ich drehe *Panzer* von *Kochkraft durch KMA* voll auf, dusche kalt und putze mir die Zähne. Dann raffe ich mich auf und fahre zu René, um meiner eigenen Verschratung vorzubeugen.

Nackt liegen wir auf der Couch, wir haben es nicht bis ins Schlafzimmer geschafft. Jede Zelle unserer Körper schwingt zufrieden. Wir knutschen jetzt wieder mehr beim Sex, und ich versuche, mir die Namen seiner Freunde zu merken. Alles in allem läuft es gut. Wir sind uns näher, ganz meinem Beschluss entsprechend. Ich erzähle ihm von meinem Buch, all der Schläue und dem Kalkül, das ich hineingebe, dass ich besoffen vor Erleichterung bin, weil es sich aus meinem Hirn herausschlagen lässt und es nicht mehr verstopft.

»Find ich voll gut, dass du das machst«, sagt er mit einem altväterlichen Lächeln, sodass der Satz eher wie die Gratulation zu einem ulkigen Hobby wirkt. Mein Gesichtsausdruck entgleist und die Atmosphäre fast mit. Das wollte ich doch nicht mehr, nicht mit ihm. Schnell rudere ich zurück zum Weibchensein und helle die Stimmung auf, *wie es mir aufgetragen ward, oh holde Herren*. Ich putze und poliere die verschissene Malaise so lange auf, bis sie glänzt wie Katzengold. Mit meinem Finger fahre ich lasziv über seine Brust und frage herzig: »Hast du Hunger?«

»Wusstest du, dass sich im Weltraum der veränderte Druck voll auf den Geschmackssinn auswirkt? Die ganze Astronautennahrung wird total überwürzt«, lädt er mich auf einen Schwung Geplapper ein.

Mein Kopf ist ausgelaugt, und es tut gut, mal nicht Vollgas zu geben, mal nicht alles wichtig zu nehmen. Und während wir über touristische Reisen zum Mond sprechen, führt mein Hirn mit mir heimlich eine zweite Unterhaltung. Es raunt von der Gier nach grundsätzlichen Exzessen, von erhebenden Komplotten und erschütternden Beben der Entgrenzung. Ich will nicht weniger als eine Revolution. Ich finde den Teil von mir gar nicht schlecht, aber ich habe Angst, ihn zu zeigen, weil ich weiß, wie unbekömmlich er ist. Wie würde René wohl darauf reagieren, würde ich ihm mein ganzes Ich offenbaren. Tagträumend, *tagschäumend* treibe ich ab, und dabei entwischt mir das andere, gesprochene Gespräch.

René knufft mich in den Arm: »Komm, du Zausel, lass uns Pizza bestellen.«

Ich krabbel auf seinen Schoß und gebe ihm einen Kuss. Behutsam befüttere ich wieder den Small Talk, der einen opportunen Puffer zwischen uns bildet: »Aus der Tube? Wie viel extra Knoblauch und Oregano brauchen wir auf dieser Etage?«

Er lacht und zieht mich an sich, und ein verzücktes Seufzen flattert aus mir heraus, ein echtes. Es ist wie blauer Himmel mit dumpfem Donnerhall in der Ferne.

»Ich wäre bestimmt eine gute Astronautin.«

»Ja, bestimmt«, belächelt er mich und legt seinen Arm schwer über meine Schulter. Ich schiebe die Oberlippe vor. Ich bin noch lange nicht fertig mit mir, immer noch hinke ich mit so vielem hinterher. *Wohin soll ich wachsen?* Es gibt keinen bequemen Platz für mich, nicht in diesem Jahrhundert, nicht in dieser Welt. Ich bin auf der Flucht und vor mir liegen unbekannte, unerforschte Ziele.

»Wieso denn nicht?«, will ich wir-zerstörerisch eine Erklärung.

Er macht ein einfältiges Gesicht und erklärt unbeschönigt: »Weil du eben keine bist.«

»Aber ich könnte doch«, bin ich mit einem Mal sehr ernst und voll kindlichem Unverständnis.

Belustigt verzieht er das Gesicht, und ich schiebe hinterher: »Wobei der Anzug natürlich nicht für Frauenkörper geschnitten ist.«

»Hast du Sorge, dein sexy Hintern würde nicht genug zur Geltung kommen? Hä hä.«

»Ja, genau darum gehts«, sage ich spröde, »und nicht darum, dass ich mich darin nicht richtig bewegen könnte und Gefahr laufen würde, ins All gesogen zu werden wie durch ne Slushy-Maschine.«

»Ist ja gut«, lenkt er gekränkt ein.

»Sorry«, unterbinde ich den Fortgang des Gesprächs, damit ich weiter Sex haben kann. Es ist mir jetzt auch egal, ob das egoistisch, selbstverleugnend oder ein brillanter Trick ist, mir zu holen, was ich kriegen kann.

Die Demütigungen sind nicht nur um mich herum. Er kann genauso wenig mit einer starken Frau anfangen wie ich mit einem schwachen Mann. Es fehlt uns die Bedienungsanleitung füreinander, es beißt sich mit allem, was wir gelernt haben. Es gibt hier keinen *safe space*, sondern bloß imaginierte Realitäten hinter unserer Stirn. Wir beide fantasieren mühsam von der Idee von einem Uns. Unser Verlangen, wenn wir es je erfüllen könnten, würde sich in Luft auflösen, sobald wir feststellten, dass die Sehnsüchte gar nicht unsere waren. Sogleich würden wir dazu übergehen, uns einander dafür verantwortlich zu machen. Wir lügen uns nicht nur gegenseitig an, sondern werden um unser Wissen um die eigenen Bedürfnisse betrogen.

»Beide Knoblauch oder keiner Knoblauch?«, fragt René, als er seine Arme von hinten um mich schlingt und mir den Flyer der Pizzeria unter die Nase hält.

Armer, lieber René. Was weiß ich, wo er steht.

»Beide!«, verlange ich euphorisch und drücke seine Hand gegen meine Brust.

Ich kann ihm nicht sein, was er sucht, und umgekehrt.

Satt und nackt liegen wir unter der Decke und jetzt, wo ich ihn abgeschrieben habe, sind seine Lippen viel weicher für mich. Entspannung legt sich über unser Bettgeflüster, weil es nicht mehr als das sein will. Ohne die Neugier auf Abgründe, die ich schon kenne, ohne den vorauseilenden Gehorsam der Beziehungsspiele, gestatten wir uns unhinterfragt, Dinge zu sagen, die wir nicht meinen, die aber gehört werden wollen. Ich wollte ohne eigens gestrickte Intrigen gegen mich auskommen. *Pustekuchen.* Stattdessen gebe ich den Glauben auf, freue mich an dem, was wir haben, ohne die hoffnungsvolle Qual, die das Leiden versagter Träume bloß verlängert.

Egal wie eng wir uns unter den Laken aneinanderreiben, solange ich dabei für mich bleibe, ist es prächtig mit ihm. Wie aneinander vorbeiziehende Schiffe tauschen wir ein paar Nachrichten und Rationen aus. *Gute Fahrt. Es war schön mit dir.* Wir sehen uns auf dem nächsten Törn. Bis dahin halte ich mich an den Horizont.

Um drei klingelt der Wecker. Meine Lider sind schwer wie Blei und klammern sich trotzig um meine Augäpfel. René schnarcht friedlich mit halb geöffnetem Mund. Ich schäle mich aus dem Schlaf, verabschiede mich von seinem warmen Arsch und fahre ins *Chez Julie*.

Merve stellt ächzend den Karton mit den aufgerollten Plakaten ab, und wir freuen uns bestimmt nicht weniger als eine archäologische Expedition, die einen altägyptischen Papyrusschatz erblickt. Sheitan liegt unterm Tisch und ist nicht sonderlich beeindruckt von dem Gewusel in der Küche zu dieser Zeit. Der Kaffee ist endlich durchgelaufen, und ich fülle die Tassen, die Aynur aus dem Regal geholt hat. Verschlafen, aber angespornt durch unsere Vorfreude, bereiten wir uns vor. Wir werfen uns in Arbeitshosen und unsere schicken Jacken. Louisa stopft ihre roten Locken unter eine Mütze, und Elma kontrolliert, dass keines ihrer Tattoos hervorlugt. Tine dreht sich in ihrer neongelben Jacke um die eigene Achse und kichert schlitzohrig, während Merve ihre feinen Mokassins gegen Stahlkappenschuhe tauscht. Wir fühlen uns großartig, weil sich zu solchen Stunden, in denen die Grenze zwischen gestern, heute und morgen verschwimmt, alles wunderbar verboten anfühlt. Mit unserer klandestinen Kostümierung setzen wir noch eins drauf.

»Zucker irgendwer?«, frage ich in die Runde, aber die Blicke richten sich auf etwas hinter mir. Ich drehe mich um, und da steht Julie – als Mann verkleidet.

»Hi«, sage ich vorsichtig.

»Morgen, Püppi«, säuselt sie neckisch und zerrt ihren Hosenbund zurecht.

Louisas Mundwinkel zucken, und Julie hebt ratlos die Schultern: »Ich weiß, dass es scheiße aussieht.« Wir lachen.

Ich verteile die Clipboards und Lanyards, die ich beim Merch habe mitgehen lassen und mit kleinen, aber einflussreichen Plastiktaschen samt Namensschildern versehen habe, weil sowas immer gut ankommt. Ich hoffe, niemandem fallen die Tribal-Drachen auf dem Stoffband auf. Es bleibt nur noch, die Teams aufzuteilen und loszulegen.

»Sollen wir ...«, wende ich mich an Tine, doch die schaut an mir vorbei, als hätte sie mich nicht gehört und presst stattdessen schnell hervor: »Ich geh mit Elma!«

Elma gibt ihre eine High Five, und ich bin beleidigt. Ich tue mich mit Julie zusammen. Louisa, Merve und Aynur sind das dritte Team. Jede Frauschaft packt zehn Plakate ein. Beim letzten Schluck Kaffee sprechen wir noch einmal die jeweiligen Stationen ab, und schon sind wir aus der Tür, von himmelstürmender Mobmentalität getrieben. Behände und findig wie die Ratten machen wir uns auf die Suche nach einer Zuflucht in der Unterwelt. Ratzfatz sind die Taschen geschultert, feste Küsse werden vermacht.

»Hals- und Beinbruch!«, wünscht Tine heiser, und Elma boxt ihr auf den Arm: »Hass und Einbruch!«

Ich klopfe Merve etwas zu energisch auf die Schulter, als gelte es, so den emotionalen Überdruck des Lampenfiebers zu mindern. Leichtherzig stolzieren wir in die ausklingende Nacht. Wir holen uns ein Stück Straße zurück.

Julie parkt abseits der Bushaltestelle. Die Blumengirlande an ihrem Rückspiegel und die pinken Polsterbezüge könnten uns verraten. Mit einem Plakat unterm Arm schreiten wir zur Tat.

In diesem elitären Vorort sind die Hecken akkurat geschnitten, man traut sich sogar, die kleinen Grünflächen um die Bäume, die die Straßen säumen, zu bepflanzen. Und gleich die erste Schelmerei findet vor Publikum statt. Vier schweigsame Gestalten stehen an der Bushaltestelle. Die Gesichter von zweien der Männer leuchten bläulich über dem Schein ihrer Handydisplays, der dritte starrt ins Nichts. Die eine Frau krallt sich an ihrer Handtasche fest und sieht genauso leblos aus wie ihr Accessoire. Schwaden von Parfum und Aftershave hängen in der Luft.

Obwohl bereits das erste Tageslicht die Dunkelheit verdrängt, erscheint mir die Beleuchtung des verglasten Unterstands unerträglich hell. Ich presse die Kiefer zusammen und bin auf masochistische Weise froh um die Autorität, die Julie als Mann ausstrahlt. So ist nur eine von uns im Zweifel fehl am Platz, nur eine prinzipiell nicht dafür gedacht, nicht zugelassen, nicht befugt. Er geht mir gewaltig auf den Keks, dieser olle Ruf der Geächteten, Verräterin des Paradieses. *Mit deren verkacktem Paradies will ich sowieso nichts zu tun haben.* Ich will ein neues Paradies, und die Schlange nehme ich gleich mit. Wir werden uns als Opfer und mehr noch als Widersacherinnen dieser ›Männlichkeit‹ gegen den ganzen Mist versöhnen. *Gott, du kannst nach Hause gehen, du miso-*

gynes Arschloch (Gen 3, 16). In unserem Garten würde die Schlange nicht als falsch verschrien oder vernutzt werden. Ich würde sie mit klopfendem Herzen wie eine Krone tragen, ohne ihre Gebieterin zu sein. Und jeder, jede, jedes würde davon hissen, dass auch die Gärten sich selbst gehören.

»Darf ich mal«, schiebe ich die Wartenden mit freundlicher Bestimmtheit zur Seite.

»Moin«, brummt Julie mit besonders tiefer Stimme.

Ohne ein Wort der Gegenwehr oder Begrüßung gehen sie zur Seite, als hätten sie sich schon lange damit abgefunden, Komparsen zu sein. Sie haben sich zurechtgemacht für den Tag im Büro, im Stand-by-Modus schlafen sie hinter ihren geschminkten und glatt rasierten Gesichtern weiter. Ich vermute, ihr Morgen schmeckt nicht so süß und spritzig wie geklaute Kirschen.

Während Julie den Schlüssel in das Loch an der unteren Ecke des Rahmens führt und ohne Schwierigkeiten den Schaukasten aufmacht, kritzle ich die Initialen der letzten drei Autorinnen, die ich gelesen habe, auf die Tabelle auf dem Clipboard, die nichts weiter ist als der Mülltonnen- und Putzplan aus meinem Haus. Ich blättere zum nächsten Blatt, sauge wissend Luft durch die gepressten Lippen, denn Dinge abzuzeichnen ist immer eine bedeutsame Angelegenheit. Alles läuft nach Plan und dass es ordnungswidrig ist, ist mit das Beste daran. Wir schieben das Poster in die Klick-Vorrichtung am oberen Rand. Die Werbung für ein dickes SUV wird dieser Gemeinde bis auf Weiteres verborgen bleiben. Passenderweise haben Julie und ich unseren Gegenentwurf mitgebracht. Mit schiefer Schrift und dem Bild eines Crashtest-Dummys mit großen Brüsten und einem Sicherheitsgurt vor dem Mund, bewerben wir die Welt, wie sie ist. ALLE AUTOS SIND MÄNNERAUTOS! Mit dicken Pinselstrichen kreischt es: *Weibliche Crashtest-Dummys kommen (wenn überhaupt) nur auf Beifahrer*innensitzen zum*

Einsatz. Gurte und Standardeinstellungen sind der Physiognomie von Männern angepasst. Dazwischen ein besonders engagiert gedruckter Mittelfinger. *Wahrscheinlichkeit, dass Frau bei Autounfall stirbt: 17 % höher!*

Die Farbe ist zum Teil verlaufen, für die Aufmerksamkeitshascherei haben wir noch Blutrotes quer darüber gespötzelt. Es sieht nicht perfekt aus, zumindest nicht, wenn man in den hochglänzenden Maßstäben der Werbeindustrie urteilt. Aber gerade der Dilettantismus ist hervorragend. Endlich mal etwas Echtes auf diesen Tafeln.

Wir streichen das Plakat mit flachen Händen glatt, machen die Glastür wieder zu, und das war es auch schon. Wortlos entfleuchen wir zurück in die nächtlichen Schatten, mit vor unerlaubtem Glück gebeugten Hälsen, die sich die Freudenschreie verkneifen.

»Eins zu null«, sagt Julie gewinnend, als sie die Wagentür zuschlägt.

»Eins zu null«, pflichte ich ihr bei. »Bähm!«

An der Bachstraße ist das Schloss zu abgenudelt, und der Rohrsteckschlüssel greift nicht. Nach fünf Minuten geben wir auf. Bei der nächsten Haltestelle zieht ein Mann in teurem Jackett beim Anblick der neuen Reklame die Augenbraue hoch, sagt aber nichts, weil wir ja schließlich nur unwissende Arbeitsdrohnen sind mit Plastikschildchen um den Hals. Das Plakat titelt neben einer Spritze in Penisform: *Sind Sie ein weißer Mann? Fantastisch! Dann werden Medikamente, Forschungen und Studien für Sie gemacht. P. S.: Wissen Sie, wie man einen Herzinfarkt bei einer Frau feststellt? P. P. S.: Wie sieht Borreliose bei Schwarzer Haut aus?*

Der Jackettträger liest sich das Poster durch und wirkt überfordert. Ob es ihn bei der nun verdeckten Anzeige wunderte, dass angeblich achtundneunzig Prozent der Frauen wegen einer Körpermilch in veitstänzerische Jubelstürme ausbrechen? Julie nickt ihm zu, als wäre es ihr, beziehungsweise im Augenblick *ihm*, auch nicht geheuer, was da präsentiert wird. Da der Mann jetzt starr auf seine Füße guckt, bemerkt er es nicht, und wir packen zügig zusammen, springen ins Auto und fahren zur nächsten Station.

Der Nervenkitzel bleibt auch beim fünften und sechsten Aushang. Obwohl niemand genau hinschaut oder uns anquatscht, und alle unseren Auftritt ungerührt absorbieren, schauen wir uns immer wieder fiebrig um, als sei uns der Teufel höchstpersönlich auf den Fersen. Stopp Sieben lassen wir aus, weil die Ordnungsamtstreife am Büdchen gegenüber Kaffeepause macht. Nach eineinhalb Stunden sind wir mit unseren Haltestellen durch.

Wie besprochen gehen wir zum Friedensplatz, um uns mit den anderen zu treffen. Die Tafel beim Bäcker preist zehn Brötchen zum Preis von neun an, und die Verkäuferin schaut schon jetzt sehnsüchtig auf die Uhr. Ein Skateboardfahrer macht sich fast lang, als sich eine achtlos weggeworfene Plastiktüte in den Rädern verheddert, und die Tauben stieben mit brüskiertem Geflatter auseinander. Julie und ich haben die Jacken im Auto gelassen, weil es mittlerweile eh zu warm dafür ist. Wie den Dirigentenstock der Marschkapelle schwingt Julie die Rolle mit den übrigen Plakaten vor sich her und zeigt plötzlich damit auf den Verkaufskasten eines rechten Käseblatts: »Da!«

Befremdet betrachten wir eine weitere Schlagzeile über das *Mutti-Monster* oder die *Gifthexe*, wie die Schneider hier seit mehreren Ausgaben tituliert wird. Die bösartige Redaktion schreibt hier nicht von Verbrechen aus Leidenschaft, Familientragödie und verwirrten Trieben. Solche ehrenvollen Motive sind Männern vorbehalten, die ihrerseits nur aus fiesester Hinterlist und Mordlust getötet werden.

Elma und Tine kommen mit ihren Fahrrädern über das Kopfsteinpflaster gepoltert. Die Jacken haben sie nach innen gedreht und auf den Gepäckträger geklemmt. »Hallo!«

»Hallo!«

»Hallo!«, umarmen wir uns eifrig und schieben zappelig die Stühle vor dem Café zusammen. Auf dem ganzen Platz murmelt es geschäftig, überall Eile und das Zischen der hydraulischen Türen der Straßenbahn, die auf der anderen Seite hält, Menschen mit schlaffen Gesichtern ausspuckt und aufnimmt und rumpelnd weiterfährt. Die Anzeigetafeln blinken elektrisch dazu. Es ist, als hätten wir ihnen alles voraus, mit unserem Tag, der in der Nacht begann, mit allem, was wir erlebt haben und mit unserem kleinen, aber kühnen Geheimnis im Herzen.

Kurz darauf fallen Louisa, Merve und Aynur aus der Straßenbahn in die Sonne, übermüdet, übermütig und immer noch in ihrer Montur.

Es wird sich noch mehr geküsst und umarmt.

»Alles gut?«, fragt Merve, als erwarte sie nichts anderes.

»Alles *sehr* gut!«, bestätigt Tine mit glühenden Wangen.

Louisa geht rein und holt Kaffee. Aynur strahlt wie ein Honigkuchenpferd, und wie Bonbons stecken wir uns die besten Geschichten von unseren Einsätzen zu.

»Wie viele habt ihr noch?«, erkundigt sich Elma.

»Zwei«, gebe ich zu.

Aynur ruft stolz: »Alle weg!«

»Wir haben noch eins«, sagt Tine.

Kurzentschlossen guckt Elma sich um. »Ich mach das gleich hier.«

»Hier?«, fragt Tine unsicher und räumt die Aufsteller vom Tisch, damit Louisa das Tablett mit dem Kaffee abstellen kann. »Hier gucken doch alle zu.«

»Eben!«

Elma lässt sich Merves Jacke geben und steht auf: »Kommt wer mit?«

»Ich!«, meldet sich Louisa laut.

»Ich steh Schmiere!«, biete ich an, und auch Merve meldet sich mit einem pflichtbewussten Nicken.

Merve und ich gehen von der anderen Seite zur Haltestelle und mengen uns unter die Menschentraube am Steig. Aynur, Tine und Julie passen auf unsere Sachen auf und beobachten das Spektakel aus sicherer Entfernung. Wir bummeln herum, um Louisa und Elma so gut es geht abzuschirmen. Das erste Plakat ist kein Problem, und das mutige Gespann begibt sich ohne Umschweife auf die andere Seite der Schienen. Merve und ich folgen mit etwas Abstand und wachen Augen.

Die beiden knien die Mechanik verwünschend vor dem Kasten und kämpfen mit dem Schloss. Ich schlender zum Fahrplanaushang, der neben ihnen hängt. Mit dem Finger fahre ich das Streckennetz ab, gucke auf die Uhr, drehe mich dabei beiläufig in die Richtung der zwei und nuschel: »Da kommt ein Bulle.«

Elma schaut entnervt auf und sieht den einzelnen Polizisten herumspazieren.

»Mir egal«, spuckt sie störrisch aus und versucht, den rostigen Mechanismus zu bewegen. Louisa lacht über den Irrsinn der Situation, und ich schleiche mich unauffällig wieder weg. Der Polizist kommt näher, lässt seinen Blick prüfend an meinen Freundinnen auf und ab wandern und stellt sich unverschämt nah vor sie. »Morgen. Ist alles in Ordnung hier?«

Die Leute neben mir steigen in die Bahn, und ich habe freie Sicht. Merve tut so, als würde sie telefonieren, und geht plappernd den Steig entlang. Louisa macht noch eine Notiz auf meinem Abfallplan, und Elma richtet sich auf.

»Ah, sehr gut«, schenkt sie ihm ein bezauberndes Lächeln. »Können Sie mal kurz helfen?«

Seine Hände stützen sich auf seinen albernen Utility-Gürtel, und er zögert misslaunig, weil das nicht sein Job ist.

»Oh ja, bitte«, bezirzt Louisa ihn in einem hilflosen Ton.

»Ja, dann lassen Sie mich mal«, nimmt er Elma jovial den Schlüssel ab und macht sich an unsere Arbeit. Elma kann ihr Grienen kaum verbergen, Louisa malt Häkchen auf ihrer Tabelle und meckert über all die Überstunden, die sie machen muss. Theatralisch schnaufend kriegt der Uniformierte schließlich den Schaukasten auf und drückt Elma den Schlüssel hochmütig wieder in die Hand.

»Danke!«, sagt Elma mit hochrotem Kopf und zieht die Tür auf.

Zu unser aller Bedauern bleibt er allerdings bei ihnen stehen, als warte er auf die nächste Aufgabe. Er gefällt sich zu gut in seiner Rolle und will vor den schwächlichen Jungfern ein weiteres Exempel seiner Tauglichkeit statuieren. Louisa und Elma werfen sich verstohlene Blicke zu. Die Plakate sollte er nicht zu sehen bekommen und auch nicht, wie unbeholfen wir sie anbringen. Sehr, sehr langsam holt Louisa das Plakat hervor. Elma studiert das Clipboard. Mir ist heiß und kalt. Merve trabt zu mir und spricht in ihr Telefon: »Ja … Da müssen wir was machen.«

Ich gebe ihr ein Zeichen, dass ich verstanden habe, und Merve ruft unverzüglich aus: »Hey, geben Sie mir meine Brieftasche zurück!«

»Wie bitte?«, entrüste ich mich und schon ist uns die Aufmerksamkeit der ganzen Haltestelle gewiss.

»Sie haben mir doch grad das Portemonnaie aus der Tasche gezogen!«, beschuldigt Merve mich und klopft zum Beweis ihre Klamotten ab.

»Sind Sie verrückt? Ich habe Ihre Brieftasche nicht!«

»Guten Morgen«, tritt der Polyp mit vorgeschobenem Wanst auf uns zu. »Was ist hier denn los?«

»Die Dame behauptet, ich hätte sie bestohlen«, beschwere ich mich.

Merve klagt hingegen: »Meine Brieftasche ist weg, Herr Wachtmeister.«

Später werde ich ihr dafür ein Eisbein geben müssen, weil sie es mir mit ihrem geheulten *Herr Wachtmeister* nahezu unmöglich macht, nicht in schallendes Gelächter auszubrechen.

»Ich habe Ihre Brieftasche nicht!«, mache ich mir Luft und sehe, dass die anderen fast soweit sind.

Louisa klebt das Plakat fest und klappt die Scheibe zu. Elma fummelt am Schloss, doch die Tür schwingt wieder auf. *Rumms!*, tritt Louisa plötzlich beherzt dagegen, und alle Köpfe drehen sich zu ihr.

»Meine Brieftasche!«, jault Merve da noch mimosenhafter. »Nehmen Sie diese Person fest!«

Beschwichtigend hebt er die Hände, um ihr klar zu machen, dass er Herr der Situation ist.

Die Tür ist zu. Elma und Louisa verschwinden im Menschengewirr.

Merve kramt in ihrer Hosentasche und rümpft die Nase. »Ach so. Hier ist sie ja.«

»Also hat sich alles geklärt?«, fragt er abfällig, als sei es unverzeihlich, ihn umsonst bemüht zu haben.

»Wollen Sie sich vielleicht entschuldigen?«, spiele ich amüsiert weiter, aber Merve lässt mich kalt abblitzen.

»Ja. Es ist alles in Ordnung. Danke, Herr Wachtmeister.«

Der Polizist empfiehlt sich behördlich und geht unbeeindruckt an dem Plakat gegen Genitalverstümmelungen vorbei. Über Umwege, die wir in gefühlten Luftsprüngen zurücklegen, treffen wir uns am Café wieder, wo Julie uns erleichtert in die Arme nimmt, während Aynur und Tine aufgekratzt applaudieren.

Merve läuft barfuß durch die Küche, und auch Louisas Locken sind befreit. Wir weiden uns an unserem von Leichtsinn durchtränkten Mut. Das Sonnenlicht schüttet sich großzügig durch die offene Tür, als sei uns der Tag ausgesprochen wohlgesonnen, nachdem wir ihn so früh und sinnreich begonnen haben. Tine und ich schnippeln Gemüse, und Julie, die sich wieder umgezogen hat, brät mit Aynur fröhlich schwatzend Tofu für alle. Merve zieht eine Packung veganen Aufschnitt aus dem Kühlschrank und inspiziert kritisch das Etikett.

»Warum heißt das eigentlich Wurst?«, verlacht sie die Scheiben in schwülstigem Unglauben.

Meine Freude stürzt unversehens in sich ein. *Hä hä, sehr witzig.* Ich bin es so leid, dass ihre Realität, die ich so gerne ändern will, mein Bezugspunkt sein muss.

»Warum spielen Leute Ego-Shooter und gehen nicht raus und machens in echt?«, pflaume ich sie an.

»Das ist ja wohl nicht das Gleiche«, knödelt sie, und ich bin frustriert über das ewige Dämpfen meiner Stimme, wenn sie dieses Thema anspricht.

»Mein Gott, es muss auch nicht immer genau das Gleiche sein! Aber was soll ich denn machen, wenn du das Problem nicht wahrnehmen willst?«

Die Stimmung der anderen schwenkt von erheitert zu angespannt. Tine verdreht die Augen und Louisa stochert martialisch in der Kräutercreme herum.

»Sei doch nicht gleich eingeschnappt!«, maßregelt mich Elma, die gute Laune nicht zu verderben, und stellt die Teller auf den Tisch.

Ich strafe sie alle mit vorwurfsvollem Schweigen und gehe dann wieder Merve an: »Was kann ich tun, um dir ein anderes soziales Geschöpf sichtbar zu machen? Sag es mir!«

Sie zieht nur ein versnobtes Gesicht.

»Wie dumm von mir, zu glauben, du würdest mich hören wollen«, sage ich schnippisch und reiße ihr den Aufschnitt aus der Hand.

»Boah, weißte«, schaltet sich Tine dazwischen, »du hast zwar recht, aber manchmal bist du echt ne richtige Dachrinne.«

»Manchmal seid ihr *alle* ganz schön ätzend«, schilt uns Julie.

Aynur verteilt den Tofu und fragt: »Dachrinne?«

Ich kann mich nicht entscheiden, aus welchem Grund ich lachen soll, und wähle zu guter Letzt den versöhnlichen, damit wir endlich essen können. Das Besteck klappert auf den Tellern, und Louisa stößt den Saft um, als sie mir die Tomaten mopsen will. Elma zitiert aufgebracht witzelnd rassistische TKKG-Folgen, und Julie schnitzt Radieschen-Röschen.

Dann grölt es über den Gartenzaun: »Hallo? Jemand da?«

»Kowali!« Julie schaut hilfesuchend zur Decke.

»Hau ab«, knurre ich leise.

»Sachma«, beschwert sich auch Elma.

Louisa gibt die Show-Ansagerin dieser störenden Einlage: »Willkommen bei der nächsten Episode. Bleiben Sie dran!«

»Hallo! Ich seh doch, dass jemand da ist!«

Julie wischt sich entkräftet die Hände an der Schürze ab.

»Hat der sie noch alle?«, bleibt Elmas Frage rhetorisch.

»Ich mach schon«, opfert sich Merve und geht mit festen Schritten raus.

Julie schmunzelt selig, als sie hört, wie Kowali rüde abgefertigt wird. Merves Body Count bleibt ungeschlagen.

Angefressen kommt Merve zurück in die Küche und entgegnet unseren fragenden Gesichtern: »Das wollt ihr gar nicht wissen.«

Sie schaufelt sich noch einen großen Löffel Tofu in den Mund. »Ich muss jetzt los, soll ich wen mitnehmen?«

»Ich geh lieber zu Fuß«, sage ich wahrheitsgemäß.

»Kannst du mich an der Uni absetzen?«, fragt Elma und packt schon ihre Sachen zusammen.

»Ich will mir noch mal die Plakate anschauen gehen!«, verkündet Louisa.

»Oh ja, da komm ich mit«, lade ich mich ein.

»Und du?«, zielt Louisa mit einer Möhre auf Tine.

»Nee, ich muss auch los.«

Louisa und ich flanieren eingehakt hinter Aynur und Julie, die von Sheitan die Straße entlanggezogen wird.

»Pah!«, ruft Louisa erhaben beim Anblick des von ihrem Team platzierten Posters, und Aynur schnalzt zustimmend mit der Zunge.

Louisa macht Fotos von der schreienden Frau, die hinter Gitterstäben aus Lippenstiften gefangen und an einer Kette aus Kleingeld an den Herd gebunden ist. GESELLSCHAFTLICHER FRAUENKÄFIG! Verzweifelt streckt sie ihre Hand nach Büchern aus, die sie nicht erreichen kann. Sheitan hebt sein Bein.

»Das finden Sie schön?«, fragt eine Frau pikiert und ruckelt an einem Kinderwagen.

»Ich finde es schön, dass es nicht darum geht«, lässt Louisa die Kritik an ihrem Geschmack abprallen.

Die Madame stülpt sich eine äußerst reservierte Maske über und drückt ihrem weinenden Kind den Schnuller zurück in den Mund. Der schöne Schein dieses Menschentums flackert nolens volens bei niedrigster Candela-Zahl, sodass es wehtut, hinzusehen.

Hier geht es nicht ums Gefallen. Als wäre das mit so abstoßenden Themen überhaupt denkbar. Mit geschwellter Brust gehen wir weiter.

Und ich, ich fühle mich wieder so lebendig und leibhaftig, wie es mir nur bei solchen Aktionen vergönnt ist. Aber bin ich das? Ein Dasein als Antagonistin bedeutet im Grunde doch meist, reaktiv zu sein, relativ zu sein. Was würde mich ausmachen, wenn es so laufen würde, wie ich es mir vorstelle? Vielleicht ist die Frage egal. Müßig. Wie soll eine Zukunftsmusik schon klingen, die man nur mit verstimmten Instrumenten anschlagen kann.

Wir haben genug gesehen. Mit schweren Beinen von zu wenig Schlaf und abklingendem Adrenalinspiegel tapern wir in Richtung Fluss. Sheitan springt mit schlackernden Lefzen ins Wasser und schnappt nach den sanft schwappenden Wellen. Wir setzen uns zwischen die Bäume am Ufer und strecken uns behaglich aus. Sheitan kommt zurückgerannt und schüttelt sich direkt neben uns. Fluchend und lachend heben wir die Arme vors Gesicht, um uns vor dem Sprühregen seines nassen Fells zu schützen. Dann halten wir die Nase in den Wind und lassen uns vom Glitzern des brandenden Wassers blenden.

»Hat die wirklich Dachrinne zu mir gesagt?«, sinniere ich, und die anderen glucksen vergnügt. Ich widme Tine einen lieben Gedanken.

In meinen besten Momenten bin ich frei, es zu wagen, kann mein eigenes Spiegelbild anschauen, ohne schmerzvoll zusammenzuzucken, wenn ich sehe, was dort ist und was dort nicht sein kann. *Noch nicht.*

Ich stütze mich auf die Ellbogen und lasse meinen Blick über die volle Promenade schweifen. Es gibt keinen Ausweg aus dieser in aller Gleichgültigkeit grausamen Gesellschaft, die mich zum

Scheitern verurteilt. Das ist schon okay. Alles, was sie sind, reflektieren sie einseitig wie ein venezianischer Spiegel. Im Dunkeln dahinter schmieden wir unsere Pläne, lecken Wunden, stellen uns unseren Ängsten und versuchen, sie Schritt für Schritt zu entwaffnen. Ich habe noch eine Menge Wut, die mich durch all das trägt, aber Geduld, weiter zu warten, habe ich nicht mehr.

Und wenn man genau hinhört, dann sind unsere schrecklichen Anklagen und unser wütender Radau nichts anderes als ein Liebesschwur. Eine inständige Einladung, ein maßloses Verlangen danach, gemeinsam dem Unmöglichen nachzujagen, auf dass es wahr werden möge.

Sheitan bellt aufgeregt und läuft unter einem Baum im Kreis. Wir gucken alle hoch und sehen ein Eichhörnchen, das sich erschrocken auf einen dürren Ast hangelt. Gebannt stieren wir nach oben. Sheitan knurrt und kläfft, so sehr will er es. Ohne ihn wäre es uns völlig entgangen, und Julie gibt ihm einen Kuss dafür.

»Wollen Sie nicht mal machen, dass der aufhört zu bellen?«, zetert ein wichtigtuerisches Paar, das extra dafür stehen bleibt. Abschätzig schüttelt er den Kopf, und ihr steht der Mund offen, so sehr muss sie sich ärgern, so sehr will sie sich ärgern. Louisa zischt mannigfaltige Beschimpfungen vor sich hin, und Sheitan bellt gleich nochmal.

»Hallo?«, lamentiert der Mann mit nörgelndem Tadel und einem Habitus von unerschütterlicher Geltungssucht. »Wollen Sie ni...«

Mit einem Satz springt Aynur auf und brüllt: »Nein!«

Pia Klemp (*1983)
ist Schriftstellerin, Kapitänin und vernarrte Landstreicherin. Seit Jahren steht ihr Leben im Dienste des Aktivismus, zu See und an Land. An Bord von Meeresschutz-Organisationen und als Kapitänin in der zivilen Seenotrettung kämpft sie für Tier- und Menschenrechte. Sie war Teil des feministischen Kollektivs, das (mit finanzieller Unterstützung von Streetart-Künstler Banksy) das Schiff Louise Michel zur Rettung schiffbrüchiger Flüchtender im Mittelmeer klarmachte. Klemp ist Preisträgerin des Clara-Zetkin-Frauenpreises (2019) und mit der Crew des Rettungsschiffs Iuventa Preisträgerin des Paul Grüninger Preises (2019) sowie des Amnesty International Deutschland Menschenrechtspreises (2020).

Ihre Überzeugungen, Eindrücke und Fragen brachte sie bereits in drei gesellschaftskritischen Romanen auch auf das literarische Parkett: »Allmende und Schrebergarten« (Edition Contra-Bass 2018), »Lass uns mit den Toten tanzen« (Maro 2019) und »Entlarvung« (Ventil 2021). Zuletzt erschien ihr Essay »Wutschrift« (Penguin 2022).

Originalausgabe · Oktober 2023
© 2023 by Pia Klemp und MaroVerlag, Augsburg
ISBN 978-3-87512-673-0

Umschlag und Pilz auf Seite 1:
Claudia Schramke, claudiaschramke.de
Satz: Sarah Käsmayr
Gesetzt aus der Dolly und der Flexa

Der Verlag dankt für die Mitarbeit am Lektorat und Korrektorat
Bettina Fellmann und Julia Sabsch,
Ralf Zühlke, Inez Schütt und Jana Völkl

Druck: Memminger MedienCentrum
Gedruckt auf säurefreiem, alterungsbeständigem Werkdruckpapier
Bindung: Thomas Buchbinderei, Augsburg